溯潮观海·中国海洋文学发展

SUCHAO GUANHAI · ZHONGGUO HAIYANG WENXUE FAZHAN

李雪 著

中国海洋大学出版社

·青岛·

图书在版编目（CIP）数据

溯潮观海：中国海洋文学发展 / 李雪著 . -- 青岛：中国海洋大学出版社 , 2022.6
ISBN 978-7-5670-3322-1

Ⅰ . ①溯… Ⅱ . ①李… Ⅲ . ①中国文学—文学史研究
Ⅳ . ① I209

中国版本图书馆 CIP 数据核字 (2022) 第 211252 号

溯潮观海：中国海洋文学发展

出 版 人	刘文菁	
出版发行	中国海洋大学出版社有限公司	
社　　址	青岛市香港东路 23 号	邮政编码　266071
网　　址	http://pub.ouc.edu.cn	
责任编辑	郑雪姣	电　　话　0532-85901092
电子邮箱	zhengxuejiao@ouc-press.com	
图片统筹	河北优盛文化传播有限公司	
装帧设计	河北优盛文化传播有限公司	
印　　制	三河市华晨印务有限公司	
版　　次	2023 年 1 月第 1 版	
印　　次	2023 年 1 月第 1 次印刷	
成品尺寸	170 mm×240 mm	印　张　14.75
字　　数	245 千	印　数　1 ~ 1000
书　　号	ISBN 978-7-5670-3322-1	定　价　88.00 元
订购电话	0532-82032573（传真） 18133833353	

发现印刷质量问题，请致电 18133833353 进行调换。

前　言

　　人类赖以生存和发展的地球，其表面有七成为海洋，仅有不足三成为陆地。也正因广阔海洋的存在，才使得我们在太空中看到的地球是一个蔚蓝色的生命星球。

　　自人类诞生之日起，浩瀚的海洋就已经和人类的生活产生了极为密切的联系。那一片片广袤无垠的海洋在带给人类巨大的心灵冲击和震撼的同时，也带给了人们无尽的资源和幻想。正是因为人类自古以来就对海洋存在探索的欲望，所以海洋也推动了人类审美情感的发展。

　　人类渴望了解海洋，渴望探索海洋，更渴望挖掘海洋。在人类的发展史中，海洋时刻处于千变万化的状态，有时它风平浪静、恬淡静怡，有时则波澜壮阔、潮涨潮落，有时柔情似水，赐予人类无尽的财富，有时又翻天覆地，带给人类巨大的灾难。在不同的景象衬托下，海洋的形象也在不断变化。这种多样化的自然属性在不同的年代和不同的社会属性下，对人类的审美和情感产生了不同的影响，从而最终在人类笔下形成了内涵多变且丰富多样的海洋文学。

　　早在先秦时期，中国海洋文学的薪火就已悄然点燃。本书从中国上古有文字记载的阶段追本溯源，按中国不同时期的发展路径对中国海洋文学的发展进行研究，梳理中国海洋文学的发展脉络。

　　本书共分为探寻·先秦时期的海洋创世神话、觉醒·秦汉时期的海洋意象探知、勃发·魏晋时期的海洋诗赋创作、怒放·隋唐时期的海洋传奇情韵、远航·宋元时期的多姿海洋情愫、归途·明朝时期的海洋文学曙光、梦醒·清朝时期的海洋文学余晖和新潮·现当代的蔚蓝海洋之魂八章内容，以不同的历史阶段为框架，对各阶段海洋文学的发展进行梳理、阐述和分析，以期展现出中国海洋文学的发展风貌和成就。鉴于水平有限，书中难免有不足之处，恳请读者朋友予以斧正。

目 录

第一章 探寻·先秦时期的海洋创世神话

先秦指的是公元前 221 年秦始皇统一中国,创立首个中央集权制帝国"秦"之前的一段时期,其跨越的时间段极长,远可追溯三皇五帝的神话传说时代,后则延续到夏、商、周及春秋战国时期。

虽然整个先秦时期生产力较为落后,科学水平也较为低下,但先民的精神世界非常丰富,传承至今的作品包括三皇五帝时代的神话和传说、后续的《尚书》《诗经》《楚辞》《山海经》《列子》《庄子》《左传》等优秀作品以及诸子百家的各类作品。

这些优秀作品均或多或少蕴含着先民及整个先秦时代的海洋精神,先民看到的壮丽及奇幻的海洋、先民在海洋中奋斗的辉煌事迹、先民对海洋的探索和感悟以及所抒发的情怀等都以海洋文学的形式进行展示。

第一节 先秦创世神话中的海洋追溯

先秦时期,先民的认知水平、科技水平和生产力都非常有限,因此,他们对自然界中的种种现象都感到非常好奇又不可思议。通过自身有限的经验加工后,先民对各种事物和现象做出了在他们的理解中较为合理的解释,从而产生了各种各样的神话。

神话属于人类文明史上最古老的文学样式之一,也是人类在原始生活阶段对自然界现象和事物的崇拜及探索的产物。通常,神话作为一种文学素材,蕴含着先民对宇宙、世界、现象的观察和认识。虽然很多神话看似荒诞不经、千奇百怪,但在先民的认知中,这些神话描述是真实的,先民均对其笃信不疑。

在这些神话之中,流传最广且对先民影响至深的就是其中的创世神话体系。中华民族拥有数千年的历史，同时中国的领土幅员极为辽阔，民族体系复杂又多样，因此，先秦时期出现过多个神话谱系。

不过，随着时代的更迭和文化水平的不断提高，以及受"不语怪力乱神"等思想的影响，先秦时期有关神话的古籍多有散失，整个神话谱系已经残缺不全。尽管后世不断有文人倾力收集、整理、解读，但依旧无法将神话古籍恢复原貌。

现有留存下来的较为零散的神话古籍主要包含三大类内容：一是创世神话；二是英雄神话；三是神佛神话。其中创世神话最为重要，其通常是记述先民对天地、万物的起源所进行的解读，蕴含着先民对世界和自身的初步认知，不仅有丰富且深刻的文化内涵，还展现了先民的精神境界，也对后世的文化发展有异常深远的影响。

各种神话古籍之中对海洋的认知和描述以创世神话的南北两部神话为核心，还包括对神奇海洋奥秘的种种探索与想象。

一、南部创世神话中的海洋

（一）南部神话的源头——百越族

南部创世神话指的是先秦时期世居于中国南方百越一带的古老族群所记载的神话。百越族并非民族，而是后人通过古越人生存区域引申而来的一个称谓。

百越是古代中原部落族群（黄河和长江流域部落）对长江以南诸多地区中的部落的泛称。这些部落复杂多样，中原部落对其了解并不深入，因此以"百"而称，在文献中也有"诸越"的称呼。

先秦古籍之中，中国东南地区的土著部落通常会被称为越。这片广大区域内包含诸多部落，不同地区的部落称谓会有所不同。比如，江苏南部及浙江北部一带被称为"吴越"；福建一带被称为"闽越"；江西和湖南一带被称为"扬越"；广东一带被称为"南越"；广西西部一带被称为"西瓯"；广西南部及越南北部则被称为"骆越（雒越）"等。

（二）"盘古开天地"的创世神话

盘古之名最早见诸三国时期徐整所著的《三五历纪》中，但这并非说明盘古神话不是先秦时期先民的创世神话。先秦时期，虽然盘古神话并未被记录在各种文献典籍中，但民间的传说流传甚广。

盘古神话的流传时间要早于秦汉，比如，在殷卜辞（中国商代晚期巫师进行占卜活动而将其刻于龟甲等兽骨甲壳上的文字记载）中有关盘古的卜辞就有多条。

盘古神话民间流传的区域则是在吴楚间，即周朝吴国（今安徽、浙江、江苏一带）和周朝楚地（今湖南、湖北一带）范围内，而这片区域均属于百越族群生活的区域。

盘古的神话之所以并未在先秦时期出现在典籍之中，主要是因为原始神话有很多是先民在原始思维基础上创作出的"口头文学"，盘古神话就属于口头文学中非常典型的例子。

另外，之所以将盘古神话的源头划分到百越族，主要是因为盘古神话虽未在先秦时期形成典籍，但形成了初画和初文古字。

比如，中国铜器时代出土的一个方鼎上就有奇特且别致的符号。经研究，该符号两边的刻纹是"盘"字的初文简刻，是一个代表神祖的符号，应该读作"盘古"，将"盘"和"古"两字合而为一进行符号显示。其虽存在于铜器之上，但追溯源头应该早于铜器时代，甚至源自生产力水平低下的远古。先民只能将这个神圣的符号铭刻于心，并在有能力传承后才将之见诸铜器。

先秦时期盘古之名虽并未被记载，但盘古神话必然存在，最明显的证据就是云南沧源岩画。此岩画是数千年前（具体时期无定论）先民的作品，内容就是一人头顶发散着太阳光芒，左手握石斧，右手持木器，与盘古神话中盘古傲立天地间、以斧劈混沌而开天辟地的说法契合。另一明显的见证则是云南文山州的大王岩画，比较确认有据的判断是其年代在公元前六千年左右，即八千多年前。画中的两个巨人像具有顶天立地、以手指表示数字并以奇偶表示男女的特征，其表现出的意境与徐整的《三五历纪》所言的盘古神话相契合。

天地浑沌如鸡子。盘古生在其中，万八千岁，天地开辟。阳清为天，阴浊为地。盘古在其中，一日九变。神于天，圣于地。天日高一丈，地日厚一丈，盘古日长一丈，如此万八千岁，天数极高，地数极深，盘古极长。后乃有三皇。数起于一，立于三，成于五，盛于七，处于九，故天去地九万里。

——徐整《三五历纪》节选①

---

① （唐）欧阳询撰《艺文类聚》，汪绍楹校，上海古籍出版社 1985 年版，第 2 页。

　　该文献所言就是盘古开天辟地的神话：天地初生时宛如鸡蛋，完全封闭，盘古就生于蛋中，并经历了一万八千年后醒来，发现天地混沌，遂以斧开天辟地，轻而清的物质上升形成了天，重而浊的物质下沉形成了地。盘古在天地初分的世界中一日经历九变，其头与天同高，脚踏大地。每日天会高一丈，地也会再厚一丈，盘古也每日生长一丈，如此经历了一万八千年，天已极高，地也极厚，盘古也长得极高，依旧头顶天，脚踏地。

　　盘古创造世界和海洋的文献，则是在盘古开天辟地的基础上，增加了盘古牺牲了自身而创造了自然界的各种景观，包括日月、江河、山林、海洋、草木等，相关的内容主要见诸以下文献。

　　天气蒙鸿，萌芽兹始，遂分天地，肇立乾坤，启阴感阳，分布元气，乃孕中和，是为人也。首生盘古，垂死化身，气成风云，声为雷霆；左眼为日，右眼为月；四肢五体为四极五岳；血液为江河；筋脉为地里；肌肉为田土；发为星辰；皮肤为草木；齿骨为金石；精髓为珠玉；汗流为雨泽；身之诸虫，因风所感，化为黎甿。

　　　　　　　　　　　　　　　　　——徐整《五运历年纪》节选①

　　昔盘古氏之死也，头为四岳，目为日月，脂膏为江海，毛发为草木。

　　秦汉间俗说：盘古氏头为东岳，腹为中岳，左臂为南岳，右臂为北岳，足为西岳。

　　先儒说：盘古氏泣为江河，气为风，声为雷，目瞳为电。

　　古说：盘古氏喜为晴，怒为阴。

　　吴楚间说：盘古氏，夫妻阴阳之始也。今南海有盘古氏墓，亘三百余里。俗云后人追葬盘古之魂也。桂林有盘古氏庙，今人祝祀。南海中盘古国，今人皆以盘古为姓。

　　昉按：盘古氏，天地万物之祖也，然则生物始于盘古。

　　　　　　　　　　　　　　　　　　　——任昉《述异记》节选②

　　盘古之君，龙首蛇身，嘘为风雨，吹为雷电，开目为昼，闭目为夜。死后骨节为山林，体为江海，血为淮渎，毛发为草木。

　　　　　　　　　　——董斯张《广博物志》卷九《五运历年纪》节选③

① （唐）欧阳询撰《艺文类聚》，汪绍楹校，上海古籍出版社1985年版，第2~3页。
② （梁）任昉撰《述异记 卷上下》，湖北崇文书局开雕1875年版，第3页。
③ 董志文.话说中国海洋神话与传说[M].广州：广东经济出版社.2014：3-6.

这些文献虽然均非先秦时期进行的记载，且这些盘古创世传说略有差异，但均属于先秦时期神话的后续传承记录，核心信息均是相同的：盘古是天地万物之始，不仅有开天辟地之功，还通过自身的牺牲换取了天地万物的兴盛和发展。

其中，江河、海洋均源自盘古的身躯，如"血液为江河""脂膏为江海""体为江海，血为淮渎"等，都在言明江河、海洋是由盘古部分身躯所化，极具牺牲意味和始祖特征。

单从海洋的角度而言，先民对保护神、始祖身躯所化的海洋感受并非恐惧，而是安全和亲切。从盘古开天辟地的神话中可以看出，在先民的思想观念之中，海洋与陆地以及陆地上的山岳、草木、虫豸等自然资源是完全一样的，都是先民安身立命和休养生息的基础，是先民传承和发展的根基。

二、北部创世神话中的海洋

上述盘古创世神话缘起于百越族，即中华大地的南部各部落及氏族，在同一时期生活于中华大地北部的各部落则是以华夏族为主。

（一）北部神话的源头——华夏族

华夏族也就是中华民族中最大族群——汉族的前身，是古代居住于中原地区的汉民族先人为了区别四夷而采用的自称，也称中华。华夏族在先秦时期同样有许多部落，主要活跃于黄河流域及长江流域，并在先秦的三皇五帝神话时期就成了统一的整体，即黄帝时期华夏各部落统一而形成了华夏部落联盟。

这一情形从黄河及长江流域留存的众多文明遗址即可得到证明。根据先秦时期的文献记载，以及夏、商、周各朝代的立都范围，华夏族先民主要在整个长江流域以及黄河中下游地区（西至甘肃，东至山东）进行活动。

华夏一词最早见诸《尚书·周书·武成》所言"华夏蛮貊，罔不率俾"，指的是在周武王时代，无论是中原地区的各部落和民族，还是边远地区的部落和民族，都对周武王表示遵从。

另外，在先秦的各种典籍中也多有"夏"或"诸夏"的称谓，而"华"在先秦上古时期与"夏"字同音同义，两者为同一个字的通用形态。如《左传·定公十年》中所言"裔不谋夏，夷不乱华"，其中的"华"和"夏"就是同义的反复。

华夏称谓的源头则是三皇五帝的神话。相传上古时期中华大地黄河中下游一带的华山和夏水之间分布着诸多部落。其中炎帝部落和黄帝部落最为知名和重要，最终两部落统一后形成了部落联盟，因此被称为华夏民族，又被称为炎黄子孙。黄帝之后，流传最广的神话传说则是华夏民族在帝喾、唐尧、虞舜、夏禹等人的带领下逐步走向了辉煌。

大禹治水的传说所指就是夏禹。禹是轩辕嫡系夏后氏部落的领袖，其姓为姒，因统领夏后氏部落，也被称为夏禹。

（二）"女娲补天造人"的创世神话

在以华夏族为主的中华大地北部创世神话中，记载最多的就是创世女神"女娲"。女娲又称娲皇、女帝、阴帝、女希氏、风皇等。在《史记》中，女娲被称为女娲氏，以风或凤、女等为姓，是传说中的大地之母。相传女娲抟土造人而化生万物，令整个沉寂的大地有了勃勃的生机。

在先秦的文献典籍中，有关女娲补天造人的神话多有记载，主要记录于《列子》《竹书纪年》《礼记》《山海经》《楚辞·天问》等典籍中，在汉代的《淮南子》中也有记述。

> 革曰："朕东行至营，人民犹是也。问营之东，复犹营也。西行至豳，人民犹是也。问豳之西，复犹豳也。朕以是知四海、四荒、四极之不异是也。故大小相含，无穷极也。含万物者，亦如含天地；含万物也故不穷，含天地也故无极。朕亦焉知天地之表不有大天地者乎？亦吾所不知也。然则天地亦物也，物有不足，故昔者女娲氏炼五色石以补其阙；断鳌之足以立四极。其后共工氏与颛顼争为帝，怒而触不周之山，折天柱，绝地维；故天倾西北，日月辰星就焉；地不满东南，故百川水潦归焉。"
>
> ——《列子·汤问》节选[1]

其记述的是殷汤（成汤）与夏革（汤武的大夫）之间对天地万物演化和范围的探讨。前述内容是殷汤和夏革对太古时代万物生成及范围的探讨，之后殷汤追问四海之外有什么，夏革则回答四海之外的民众和中原没什么大的差别，而天地包含着无穷无尽的万物。之后从天地之外到底有没有更大的物质存在的问题引申出了女娲补天创世的传说：女娲氏烧炼了五色石以修补天

---

[1] 白冶钢译注《列子译注》，上海三联书店 2018 年版，第 169 页。

地的残缺，并斩断大龟的腿来支撑四方。后来共工氏与颛顼（三皇五帝中五帝之一）争夺帝位，一怒之下撞断了支撑天地的不周山，折断了维系大地的根基，所以天穹开始向西北方倾斜，大地开始向东南方下沉，最终百川的积水向那里汇集（形成了海洋）。

　　东海外有山曰天台，有登山之梯，有登仙之台，羽人所居。天台者，神鳌背负之山也，浮游海内，不纪经年。惟女娲斩鳌足而立四极，见仙山无著，乃移于琅琊之滨。

——《竹书纪年》节选①

　　夏后氏之鼓足，殷楹鼓，周县鼓。垂之和钟，叔之离磬，女娲之笙簧。夏后氏之龙簨簾，殷之崇牙，周之璧翣，有虞氏之两敦，夏后氏之四琏，殷之六瑚，周之八簋。

——《礼记·明堂位》节选②

　　有神十人，名曰女娲之肠，化为神，处栗广之野，横道而处。

——《山海经·大荒西经》节选③

　　往古之时，四极废，九州裂，天不兼覆，地不周载，火爁焱而不灭，水浩洋而不息，猛兽食颛民，鸷鸟攫老弱。于是女娲炼五色石以补苍天，断鳌足以立四极，杀黑龙以济冀州，积芦灰以止淫水。苍天补，四极正；淫水涸，冀州平；狡虫死，颛民生。

——《淮南子·览冥训》节选④

　　昔者共工与颛顼争为帝，怒而触不周之山，天柱折，地维绝。天倾西北，故日月星辰移焉；地不满西南，故水潦尘埃归焉。

——《淮南子·天文训》节选⑤

　　以上多个文献典籍中所记述的有关女娲补天的神话虽然略有不同，但核心并未产生变化，即女娲是人类的保护神，为了避免天崩地陷而补天，从而拯救了人类，海洋就是在女娲补天过程中形成的。女娲抟土造人的传说则

① （梁）沈约撰《竹书纪年》，商务印书馆1911年版，第76页。
② （西汉）戴圣编著《礼记 全本 上》，陈戍国导读；陈戍国校注. 岳麓书社2019年版，第218~220页。
③ 陈亦儒编《山海经》，研究出版社2018年版，第388页。
④ （西汉）刘安著《淮南子》，岳麓书社2015年版，第52页。
⑤ （西汉）刘安著《淮南子》，岳麓书社2015年版，第25页。

主要缘起于民间传说，虽未在先秦典籍中阐明，但在北部的创世传说中流传甚广。由此可见，先民的思想观念中，女娲是人类的创造者，更是人类的保护神。

从南部创世神话（盘古开天辟地）和北部创世神话（女娲造人补天）来看，虽然中华大地南北先民关于创世的传说有所不同，但核心非常类似：南部传说中，盘古形象为龙首蛇身，一日九变，乃天地万物之祖；北部传说中，女娲形象为人首（或人面）蛇身，一日七十变，同样是天地万物之祖。

女娲形象和造人的记述同样是先民口口相传，后世进行描述。

《楚辞·天问》中有言："女娲有体，孰制匠之？"东汉时期的王逸注解："女娲，人头蛇身。"

《说文解字》中所言："娲，古之神圣女，化万物者也。"

两晋时期郭璞注解《山海经》所言："女娲，古神女而帝者，人面蛇身，一日中七十变。"

宋代著名类书《太平御览》卷七十八引《风俗通》有言："俗说天地开辟，未有人民。女娲抟黄土作人，剧务，力不暇供，乃引绳于絚泥中，举以为人。"

南北部神话虽有所差异，但均体现出了先民对蛇的亲近与崇拜，这主要是因为先秦时代先民认为蛇是一种拥有超自然能力的动物，不仅可以保护人类，还会赐予人类各种力量和技能，所以各部落普遍以蛇为图腾。

另外，南北部神话对海洋的形成描述虽有所差别，但体现出的对海洋的认知出奇一致：南部神话中海洋由盘古身躯所化，是先民生存繁衍的自然资源之一；北部神话中海洋是在女娲补天过程中形成的，其实是被水淹没的先民赖以生存繁衍的土地，只是土地变换了一种形式而已。

也就是说，在先民的认识中，海洋如同陆地上的其他自然资源一般，只是一种形式不同的资源，所以面对海洋时并不会感到恐惧。

第二节 《山海经》的旷世传说

《山海经》是中华民族上古三大奇书（《易经》《黄帝内经》《山海经》）之一，是先秦时期的百科全书式著作，其中的内容囊括了山川地理、生物及矿物分布、海洋及海外各国奇风异俗、先民聚居地区神奇事物、神话资料等。

一、《山海经》的成书

关于《山海经》的来历和作者，一直存在极大的争议。当代多数学者认为《山海经》并非一个时期同一人所著，而是在先秦时期奠定了基础，又在后续朝代不断增加内容，最终成编时间为西汉时期。而该书何时出现，书名又何时确定，均无可考之处。综合而言，《山海经》就是一部介绍陆地与海洋各种地理形态、生物状况、国别风俗等内容的远古奇书。

（一）历代学者看待《山海经》的观点

西汉文学家刘歆称《山海经》作于唐虞之际，即认为其概述是由大禹和伯益（又名益，协助大禹治水有功，被任命为执政官）共同著作。

> 《山海经》者，出于唐虞之际。昔洪水洋溢，漫衍中国，民人失据，崎岖于丘陵，巢于树木。鲧既无功，而帝尧使禹继之。禹乘四载，随山刊木，定高山大川。益与伯翳主驱禽兽，命山川，类草木，别水土，四岳佐之，以周四方，逮人迹所希至，及舟舆之所罕到。内别五方之山，外分八方之海，纪其珍宝奇物，异方之所生，水土、草木、禽兽、昆虫、麟凤之所止，祯祥之所隐，及四海之外绝域之国，殊类之人。禹别九州，任土作贡，而益等类物善恶，著《山海经》。皆圣贤之遗事，古文之著明者也。
>
> ——刘歆《上〈山海经〉表》节选①

其指的是唐尧虞舜时，整个世界洪水漫布，民不聊生，百姓只得在夹缝之中求生存。大禹继承帝尧而统领部落，大禹和伯益最终根据山岳来定位地理，并辨别记录了山川、草木、国别、风俗、鱼虫鸟兽等，最终整理成《山海经》。

东汉王充支持这一说法，并在《论衡·别通篇》中言明："禹主行水，益主记异物，海外山表，无所不至，以所记闻作《山海经》。"

不过，《山海经》中有部分史事发生在大禹和伯益的时代之后，因此，其成书于唐虞之际的说法遭受了质疑，之后又出现了多种假说，包括邹衍说（邹衍，战国末期齐国阴阳学派代表人物，提倡五行说、五德终始说、大九州说等）、南方楚人说、巴蜀人说（由巴人记录）等。

---

① （晋）郭璞注《山海经 穆天子传》，（清）洪颐煊校；谭承耕、张耘点校，岳麓书社1992年版，第188页。

正是因为《山海经》中所记录的内容有极大的时间跨度，所以才有了诸多著作假说，但具体《山海经》是由何人所著所记录，现已无所考。

据史料记载，《山海经》很可能是先有图画之后才辅以文字，文字是对图画内容的注解。有据可考的就是西晋文学家郭璞在为其作注时曾言"图亦作牛形"，东晋文学家陶渊明也曾言"泛览《周王传》，流观《山海图》"，可见两人均看过其图。只不过在晋代之后，《山海图》散失，致使后人无法真正获其真貌。

（二）《山海经》的内容

按刘歆的说法，《山海经》原本有 22 篇，但在其进行整理定稿时仅存18 篇，分别为《五藏山经》5 篇、《海外经》4 篇、《海内经》5 篇、《大荒经》4 篇，共 31 000 字，总分为《山经》和《海经》两大部分，《海经》包含《海内经》《海外经》《大荒经》。

虽然《山海经》分为《山经》和《海经》两大部分，但并非完全独立介绍山川地理和海洋环境的文献，而是以山、海为背景记述上古先民生存环境状况和风俗等涉猎多方面内容的经典著作。

短短三万多字的经典不仅涉及地理学、海洋学、动物学、植物学、矿物学、医学等方面的知识，还涉及有关历史、药学、水利、心理学、人类学、美学、哲学等领域的知识，其中所蕴含的有关海洋的信息也是先秦时期保留最丰富且最全面的。

现存《山海经》中虽然比原本少了近一半内容，但其中记述的内容依旧丰富多彩，包括海内海外四十多个国别、上百个神话和历史传说中的人物、三百多条水道、五百五十座山川、四百多种形象各异的生物等，涵盖的范围极广。

《山海经》中的《五藏山经》主要描述了先民生存地域的地形地貌等，且其内容并未记述帝禹时代之后的信息，因此，有学者推论该部分内容成书最早，是帝禹时代由大禹、伯益等人合作完成；《海外四经》的内容记述了部分夏后启的事迹，但未记述其后的信息，因此，可推论其成书于夏王朝；《大荒四经》的内容记述了部分商代王亥的悲剧故事，但并未记述商代以后的信息，因此，推论其成书于商王朝；《海内五经》的内容则表现出极为明显的追溯历史的倾向，其中出现了许多新地名和新国名，可推论其成书于周王朝（《海内四经》推论为西周作品，《海内经》则为东周作品）。

其实晋代学者郭璞对其作注时对上述推论就有所察觉，其在《注山海经叙》中言道："盖此书跨世七代，历载三千，虽暂显于汉而寻亦寝废。其山川名号，所在多有舛谬，与今不同，师训莫传，遂将湮泯。"

意思是若假定该经典是帝禹时代开始著作，则经历了夏、商、周、秦、汉、魏、晋，共七个朝代。而夏朝大约开始于公元前 21 世纪，郭璞则生活在晋朝（4 世纪），再加上帝禹时代的跨度，整体时间跨度约为三千年。《山海经》著述时间线的大体预估情况可参照图 1-1。

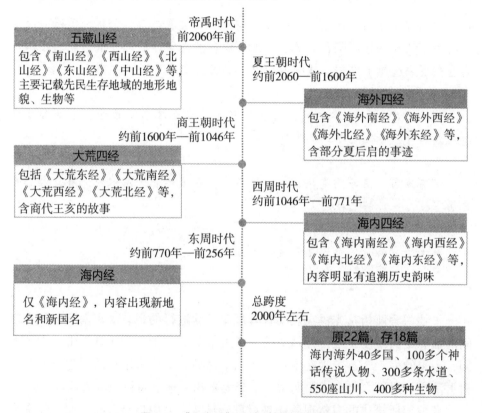

图 1-1　《山海经》著述时间跨度预估图

虽然有观点认为《山海经》中的内容荒诞怪异，如司马迁在写作《史记》时就认为"《山海经》所有怪物，余不敢言之也"，即不敢将其中的内容作为史学参考资料，但在地理学家和考古学家的有关考证下，可知其中的地理内容可信度极高，只是其描述的生物形象和国别风俗等与现实差异极大，所以令人怀疑。不论从哪个角度去看待《山海经》，其内容之中有关海洋的内容绝对是先秦时代海洋文学的滥觞。

二、《山海经》中的海洋

《山海经》中所记述的海洋主要有三部分内容：一是与神等有关的内容；二是与海外民众、海滨生活状貌有关的内容；三是与三皇五帝等神话传说有关的内容。

（一）与神等有关的内容

之所以《山海经》记述之中会有与神等有关的内容，分析其关键应该是先民由于认知水平所限，尚无法正确认识自然现象，所以，通过意象虚构等对这些现象进行了描述，从而展示出一个极为瑰丽奇异的世界。

> 东南海之外，甘水之间，有羲和之国。有女之名曰羲和，方日浴于甘渊。羲和者，帝俊之妻，生十日。
>
> ——《山海经・大荒南经》节选①
>
> 下有汤谷。汤谷上有扶桑，十日所浴，在黑齿北。居水中，有大木，九日居下枝，一日居上枝。
>
> ——《山海经・海外东经》节选②
>
> 有女子方浴月。帝俊妻常羲，生月十有二，此始浴之。
>
> ——《山海经・大荒西经》节选③

上述内容所指是先民在观察日月规律之后进行的记载。东南海和甘水之间的羲和之国帝俊（上古神话中的上古天帝）的妻子羲和孕育而生了十个太阳；帝俊的另一个妻子常羲生育了十二个月亮。十个太阳在汤谷生长的扶桑树上洗澡；海洋之中有一棵大树，十个太阳轮流挂上树枝照耀大地。

此内容所描述的自然现象就是每日旭日从大海中冉冉升起，而一年中有十二个月亮出现。这种日升月落的自然现象在先民的思想观念之中无法被理解，被归属为神的行为，由神来进行管理，而海洋属于神的一部分领地，其中居住着多位海神。

> 东海之渚中，有神，人面鸟身，珥两黄蛇，践两黄蛇，名曰禺猇。黄帝

---

① 陈亦儒编《山海经》，研究出版社 2018 年版，第 402~415 页。
② 陈亦儒编《山海经》，研究出版社 2018 年版，第 330~337 页。
③ 陈亦儒编《山海经》，研究出版社 2018 年版，第 416~430 页。

生禺猇，禺猇生禺京。禺京处北海，禺猇处东海，是惟海神。

————《山海经·大荒东经》节选 ①

西海渚中，有神，人面鸟身，珥两青蛇，践两赤蛇，名曰弇兹。

————《山海经·大荒西经》节选 ②

南海渚中，有神，人面，珥两青蛇，践两赤蛇，曰不廷胡余。

————《山海经·大荒南经》节选 ③

有儋耳之国，任姓，禺号子，食谷。北海之渚中，有神，人面鸟身，珥两青蛇，践两赤蛇，名曰禺强。

————《山海经·大荒北经》节选 ④

东海中有流波山，入海七千里。其上有兽，状如牛，苍身而无角，一足，出入水则必风雨，其光如日月，其声如雷，其名曰夔。黄帝得之，以其皮为鼓，橛以雷兽之骨，声闻五百里，以威天下。

————《山海经·大荒东经》节选 ⑤

上述内容所指是东、西、南、北四海中均有海神存在，且形象均为人面鸟身，双耳挂着蛇，双脚踩着蛇。蛇作为先秦时期先民的图腾，与神的形象进行融合，代表了先民对图腾的亲近和崇拜。同时从记述中可以看出，各海洋的神对先民而言，并无任何凶恶、无情之处，而是镇守和管辖着海洋，甚至东海和北海的海神还与先民有着血脉相承的亲缘关系，即均是黄帝后人。

另外所记述的则是东海处入海七千里外的雷兽，其特征完全契合自然界风雨雷电交加出现时的现象。先民对这种自然现象不理解又感到恐惧，因此，想象出了雷兽来掌管雷电，并且雷兽被黄帝所败，无法成为威胁。这也说明先民虽然对海洋并不过分恐惧，但对海洋中的某些自然现象依旧感到害怕，于是寄托于三皇传说信仰来驱散恐惧，从而祈祷能够在海洋之中安身立命。

① 陈亦儒编《山海经》，研究出版社 2018 年版，第 386~401 页。
② 陈亦儒编《山海经》，研究出版社 2018 年版，第 416~430 页。
③ 陈亦儒编《山海经》，研究出版社 2018 年版，第 402~415 页。
④ 陈亦儒编《山海经》，研究出版社 2018 年版，第 436~449 页。
⑤ 陈亦儒编《山海经》，研究出版社 2018 年版，第 386~401 页。

（二）与海外民众、海滨生活状貌有关的内容

《山海经》所记述的有关海外国别和民众的内容遍布四面八方，且不同国别的民众风俗习惯和形貌特征有所不同，虽然多数是寥寥数语，但是阐明了这些国别及民众的生活特性和社会发展技术等。

大人国在其北，为人大，坐而削船。

…………

黑齿国在其北，为人黑，食稻啖蛇，一赤一青，在其旁。一曰在竖亥北，为人黑手，食稻使蛇，其一蛇赤。

——《山海经·海外东经》节选①

东海之外，大荒之中，有山名曰大言，日月所出。有波谷山者，有大人之国。有大人之市，名曰大人之堂。

——《山海经·大荒东经》节选②

聂耳之国，在无肠国东，使两文虎，为人两手聂其耳。县居海水中，及水所出入奇物，两虎在其东。

——《山海经·海外北经》节选③

韩雁在海中，都州南。

——《山海经·海内东经》节选④

东海之内，北海之隅，有国名曰朝鲜、天毒，其人水居，偎人爱之。

——《山海经·海内经》节选⑤

长臂国在其东，捕鱼水中，两手各操一鱼。一曰在焦侥东，捕鱼海中。

——《山海经·海外南经》节选⑥

有人名曰张弘，在海上捕鱼。海中有张弘之国，食鱼。

——《山海经·大荒南经》节选⑦

以上内容所记述的均是位于海外不同地理位置的不同国别以及其生存民

---

① 陈亦儒编《山海经》，研究出版社 2018 年版，第 330~337 页。
② 陈亦儒编《山海经》，研究出版社 2018 年版，第 386~401 页。
③ 陈亦儒编《山海经》，研究出版社 2018 年版，第 320~329 页。
④ 陈亦儒编《山海经》，研究出版社 2018 年版，第 368~385 页。
⑤ 陈亦儒编《山海经》，研究出版社 2018 年版，第 450~464 页。
⑥ 陈亦儒编《山海经》，研究出版社 2018 年版，第 296~307 页。
⑦ 陈亦儒编《山海经》，研究出版社 2018 年版，第 402~415 页。

众的风俗习惯等。如大人国民众身材高大，会用刀削船，说明当时该地的民众已拥有较高水平的造船技术；黑齿国民众的特性与如今太平洋岛屿居民古代的习性极为相似；韩雁所在位置指的就是如今江苏省内；东海和北海之外的"朝鲜""天毒"则指的是当今的朝鲜与印度。

《山海经》中有关海外国别的地理位置和民众的生活习性的内容还有很多，其中不仅介绍了先秦时期很多海外先民的基本生存状貌，还有娱乐活动、饰物生产，以及一些饰物生产地的记录等。这些都说明先秦时代的先民在祭祀活动或娱乐活动中已经拥有很强的审美观念。

（三）与三皇五帝有关的内容

在《山海经》中，还有很多有关三皇五帝神话传说的内容，有一部分和海洋有巨大关系，有一部分则与先秦时期先民的部落间争斗有关，且记录基本采用的是一种客观的记述方式，并无对错之分，同时体现了先民为生存所展现出的不屈精神。

> 是炎帝之少女'名曰女娃'，女娃游于东海，溺而不返，故为精卫，常衔西山之木石，以堙于东海。
>
> ——《山海经·北山经》节选[①]
>
> 有神人二八，连臂，为帝司夜于此野。在羽民东，其为人小颊赤肩，尽十六人。
>
> ············
>
> 狄山，帝尧葬于阳，帝喾葬于阴。爰有熊、罴、文虎、蜼、豹、离朱、视肉、吁咽。文王皆葬其所。一曰汤山。……其范林方三百里。
>
> ——《山海经·海外南经》节选[②]
>
> 刑天与帝至此争神，帝断其首，葬之常羊之山。乃以乳为目，以脐为口，操干戚以舞。
>
> ——《山海经·海外西经》节选[③]
>
> 共工之臣曰相柳氏，九首，以食于九山。相柳之所抵，厥为泽溪。禹杀相柳，其血腥，不可以树五谷种。禹厥之，三仞三沮，乃以为众帝之台。
>
> ············

---

① 陈亦儒编《山海经》，研究出版社 2018 年版，第 116~123 页。
② 陈亦儒编《山海经》，研究出版社 2018 年版，第 296~307 页。
③ 陈亦儒编《山海经》，研究出版社 2018 年版，第 308~319 页。

务隅之山，帝颛顼葬于阳，九嫔葬于阴。

——《山海经·海外北经》节选 [1]

南海之中，有氾天之山，赤水穷焉。赤水之东，有苍梧之野，舜与叔均之所葬也。

——《山海经·大荒南经》节选 [2]

上述很多是记述三皇五帝埋葬之地，以及三皇五帝后代的情况的内容，其中包括五帝中的黄帝、颛顼、帝喾、尧、舜等，以及建立夏王朝的大禹争斗的内容等。

在此记述中，精卫填海以对抗大自然与战士刑天的求生意志等体现的就是先民在生产力低下的时代，顽强的求生意志和永不屈服的拼搏精神。同时，《山海经》中的记述还完美体现了"海纳百川，有容乃大"的海洋包容精神。虽其中内容以《山经》和《海经》为两大部分进行分支，但两者之间并无主次和先后之分，这说明先秦时期先民的眼界并未局限于赖以生存的陆地，而是客观地阐述了靠海吃海、挖掘资源以生存的生活状态。

《山海经》作为远古奇书，不仅记述了大量先秦时代先民的生活情形，还蕴含着大量的文学艺术创作原生态素材，为后世的创作开启了广阔的想象空间，对后世海洋文学的发展影响极为深远。

比如，《山海经》中所记述的与海洋有关的内容，充满了神奇和瑰丽，这成为后世海洋文学创作的浪漫主义源头。先秦时期屈原所创作的《天问》《离骚》《远游》、晋代干宝创作的《搜神记》、清代蒲松龄的《聊斋志异》等均受到了其中海洋浪漫精神的影响。

同时，《山海经》为后世海洋文学创作提供了极为丰富的原生态素材。比如，流传至今的月宫嫦娥、女仙之首王母等均源于《山海经》；后世有关海外的文学作品中的很多海外国名均参照了《山海经》；有关海洋故事的创作，包括海洋之中漂浮的神仙岛、海洋深处的人鱼等，同样是源自《山海经》。

---

[1] 陈亦儒编《山海经》，研究出版社 2018 年版，第 320~329 页。
[2] 陈亦儒编《山海经》，研究出版社 2018 年版，第 402~415 页。

第三节　诸子百家著作中的海洋波涛

在先秦时期，夏、商、周时社会均处于相对稳定发展阶段，且周朝是中国历史上"华夏"一词的成型时期。但周朝后期，整个中华大地逐步进入了诸侯争斗、势力扩张的纷乱阶段。

比如，周朝建立初期有约八百个诸侯国；进入春秋初期，就仅剩不足二百个诸侯国；到战国初期，仅剩数十个诸侯国。为了在纷乱的时代生存并延续，各个诸侯国和各个阶层均在积极探索求生路径，于是"士"出现了。

"士"来自不同社会阶层，却人才济济。正因为阶层不同，所以他们的主张、立场、观念也会有所不同。他们之间的论辩使春秋战国时期成为百家争鸣的哲学思想发展高峰期，从而形成了学术派别丰富的诸子百家。

后世记载诸子百家中拥有一定实力的有 189 家，共 4 324 篇著作（《汉书·艺文志》记载）。《四库全书》等则记载称，诸子百家不止百家，而是拥有上千家，不过其中影响深远且思想流传广泛的主要有几十家，最终进行总结归纳发展为学派的则仅有十二家。具体学派可参照图 1-2。

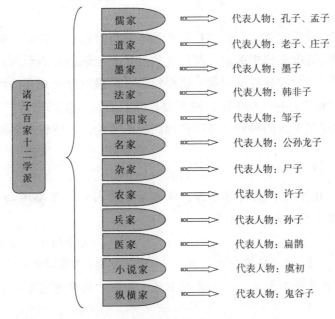

图 1-2　诸子百家形成学派的十二家

在整个诸子百家思想学术流派的形成过程中，以孔子为代表的儒家、以老子为代表的道家和以墨子为代表的墨家形成了三大哲学体系，并引领了思想潮流，最终以孔子和孟子为代表的儒家思想开始在后世全面占据优势。

诸子百家中的各种学派为后世留下了诸多经典著作，包括《论语》《孟子》《道德经》《庄子》《荀子》《列子》《韩非子》《墨子》《孙膑兵法》《孙子兵法》等。这些著作不仅具有极高的哲学价值，也具有极高的文学价值，对后世的文学创作影响极为深远。

一、儒家学者眼中的海洋

儒家学派以孔子、孟子、荀子等为代表，因此，儒家学派也称孔孟学派。其代表作《论语》和《孟子》之中并未包含多少有关海洋的内容，这其实与儒家学派建立的时期以及所处时代的背景有巨大关系。

（一）孔子与《论语》中的海洋

孔子（前551—前479），名丘，字仲尼，春秋时期著名思想家、教育家和政治家，开创了儒学，修订了"六经"（《诗经》《尚书》《礼记》《乐经》《周易》《春秋》）。

孔子在春秋后期创立了以"仁"为核心的儒家思想，治国方略则主张为政以德，即以道德来治理国家。其仁礼的思想至今依旧影响至深。孔子所在时代是礼乐崩坏的春秋战国时期，诸侯纷争，阶级对立。现实的残酷令孔子非常注重陆地之上的民众生活，对漫漫广阔且杳无人烟的海洋关注度极低，因此，其对现实生活的种种思考所整理而成的《论语》中仅有寥寥数语提及海洋。

子曰："道不行，乘桴浮于海，从我者其由与？"子路闻之喜。子曰："由也，好勇过我。无所取材。"

——《论语·公冶长》节选①

司马牛忧曰："人皆有兄弟，我独亡。"子夏曰："商闻之矣，死生有命，富贵在天。君子敬而无失，与人恭而有礼，四海之内皆为兄弟也。君子何患

---

① （春秋）孔子及其弟子著《论语》，崇贤书院注释，北京联合出版公司2017年版，第65~84页。

乎无兄弟也？"

——《论语·颜渊》节选①

大师挚适齐，亚饭干适楚，三饭缭适蔡，四饭缺适秦，鼓方叔入于河，播鼗武入于汉，少师阳、击磬襄入于海。

——《论语·微子篇》节选②

以上内容除公冶长的语录抒发了对海洋的感慨之外，另外两则语录和海洋并无太大关联，但其体现出的情操对后世海洋文学的创作产生了巨大的影响。

虽然《论语》之中有关海洋的内容仅有"道不行，乘桴浮于海"一句，但其对后世的影响却极为深远。宋代以前的诸多研究者认为孔子之意是若自身的儒术无法在诸侯纷争的时代被国君采纳，那就不如前往海外去推行儒学思想。当然，最终孔子并未"浮于海"，这句话也更多是对诸侯各国能够接受儒术的一种期待，孔子的最终立足点依旧在大陆之上。

宋代之后，对这句话的另一种解读则开始占据上风，即孔子这句话是在表达若儒术无法推行，则漂游海外，隐于世外。这种悠然生活的价值取向和北宋士人的价值取向极为吻合，因此，如此解读更为合理。

这两种解读虽然完全不同，但均对后世的海洋文学创作产生了巨大影响。比如，借助孔子的"乘桴浮于海"来抒发济世宏愿的作品屡见不鲜，其所取的是对这句话的第一种解读。又如，借助这句话来表示隐逸思想的诗篇等同样非常众多，其所取的则是第二种解读。

（二）孟子与《孟子》中的海洋

孟子（约前372—前289），名轲，字子舆，战国时期著名哲学家、思想家，是孔子之后、荀子之前儒家学派的代表人物。其受业于子思（孔伋，孔子之孙）的门人，但孟子老师具体名讳并无记载。

孟子继承了孔子的仁爱思想、子思的中和之道以及思辨精神，作为儒家学派代表人物，被称为"亚圣"，且与孔子并称为"孔孟"。孟子一生的经历与孔子较为相似，幼年由母亲教育，史书所记载的孟母三迁教子的故事就体现了孟母言传身教对孟子的巨大影响。孟子继承孔子思想后也长期过着授

---

① （春秋）孔子及其弟子著《论语》，崇贤书院注释，北京联合出版公司2017年版，第201~215页。

② （春秋）孔子及其弟子著《论语》，崇贤书院注释，北京联合出版公司2017年版，第311~318页。

徒讲学的生活，之后又效法孔子周游列国，但其政治主张并未被诸侯国国君接受。

花甲之年后，孟子接受了政治抱负无法实现的现状，回归了故乡，开始为《诗经》《尚书》作序，为了阐述孔子的思想学说，作《孟子》七篇。《孟子》不仅是儒家学术著作，还是极具特色的散文集，文体气势磅礴且感情深厚，虽然形式未脱离语录体（古代弟子门人记录先生言行的散文形式），但相对《论语》有了很大发展，用词更加形象化，既滔滔雄辩又从容不迫，对后世很多散文大家（包括苏轼、柳宗元、韩愈等）的影响颇深。

《孟子》虽仅七篇，但内容达三万多字。其中涉及"海"的内容并不多，即便出现"海"，也多是海洋的地理名词，如北海、东海、南海、渤海、海滨等，或者是代指全国的名词，如海内、四海等。涉及海洋记述的内容也多与中原关系密切。

伯夷辟纣，居北海之滨，闻文王作兴，曰："盍归乎来！吾闻西伯善养老者。"太公辟纣，居东海之滨；闻文王作兴，曰："盍归乎来！吾闻西伯善养老者。"

——《孟子·离娄上》节选[1]

挟太山以超北海，语人曰"我不能"，是诚不能也。

——《孟子·梁惠王上》节选[2]

昔者齐景公问于晏子曰："吾欲观于转附、朝儛，遵海而南，放于琅琊，吾何修而可以比于先王观也？"

——《孟子·梁惠王下》节选[3]

上述内容均是以极为客观的现象阐述海洋，其主旨依旧体现的是陆地诸侯国国君的治国之道和治国观念等。当然，这些内容虽未涉及孟子对海洋的观念和看法，但依旧证实了战国时期先民的航海技术已比较发达，海上交通极为安全。

虽然孟子并未对海洋进行较多关注，但其思想观念中对"水"提及较多，且已形成以水喻德的思想，如以水隐喻人性本无善与不善，以水的特性来隐喻人之道德，等等。

---

[1] （战国）孟轲著《孟子》，杨伯峻，杨逢彬注译，岳麓书社2000年版，第115~133页。

[2] （战国）孟轲著《孟子》，杨伯峻，杨逢彬注译，岳麓书社2000年版，第2~16页。

[3] （战国）孟轲著《孟子》，杨伯峻，杨逢彬注译，岳麓书社2000年版，第19~33页。

告子曰:"性犹湍水也,决诸东方则东流,决诸西方则西流。人性之无分于善不善也,犹水之无分于东西也。"孟子曰:"水信无分于东西,无分于上下乎?人性之善也,犹水之就下也。人无有不善,水无有不下。今夫水,搏而跃之,可使过颡;激而行之,可使在山。是岂水之性哉?其势则然也。人之可使为不善,其性亦犹是也。"

——《孟子·告子上》节选①

徐子曰:"仲尼亟称于水曰:'水哉,水哉!'何取于水也?"孟子曰:"源泉混混,不舍昼夜;盈科而后进,放乎四海:有本者如是,是之取尔。苟为无本;七八月之间雨集,沟浍皆盈,其涸也,可立而待也!故声闻过情,君子耻之。"

——《孟子·离娄下》节选②

禹疏九河,瀹济漯而注诸海。

——《孟子·滕文公上》节选③

孔子登东山而小鲁,登泰山而小天下,故观于海者难为水,游于圣人之门者难为言。

——《孟子·尽心上》节选④

在孟子与告子之间的对话中,孟子就以水隐喻了人性本善的思想观念,同时以水之特性论证了仁政的可行性,直言人性与水性类似,均易受到外在"势"的影响,通过德育就能够影响人性,从而提高人的德行。孟子与徐子的对话则肯定了流水不到大海永不停息的特点,认为有德行的君子之行也应如此,同时引出了海纳百川的特点。

海洋有容乃大、万流汇聚的特征被孟子引申为大德。这种博大的海洋品格也被后世广泛应用,最为著名的就是广为传颂的曹操的《观沧海》,其中所表达的海洋品格就是以孟子思想为基础的进一步升华。

二、道家学者眼中的海洋

道家是先秦时期诸子百家之一,开创者老子集天下古圣贤的大智慧,最

① (战国)孟轲著《孟子》,杨伯峻、杨逢彬注译,岳麓书社2000年版,第190~198页。
② (战国)孟轲著《孟子》,杨伯峻、杨逢彬注译,岳麓书社2000年版,第136~149页。
③ (战国)孟轲著《孟子》,杨伯峻、杨逢彬注译,岳麓书社2000年版,第80~90页。
④ (战国)孟轲著《孟子》,杨伯峻、杨逢彬注译,岳麓书社2000年版,第226~238页。

终形成了极为完善而系统的道家思想理论。道家以"道"为核心，主张道法自然、大道无为，并以此为核心提出了治国、政治、经济和军事策略，虽表述朴素，但意境深远。

道家思想不仅是诸子百家中非常重要的一个流派，更传承至今，对中华民族的各个文化领域乃至世界文化都产生了巨大的影响。

（一）君子与《道德经》中的海洋

老子（约前571—约前471？），姓李名耳，字聃，谥号伯阳，春秋末期著名思想家、哲学家，是道家学派的创始人和代表人物，与庄子并称"老庄"，被道教尊为始祖。

老子的思想核心是朴素的辩证法。老子曾担任周朝守藏室之史，传言孔子曾入周向老子问礼。春秋末年，因天下大乱，老子欲弃官归隐，骑青牛出函谷关时著仅五千字左右的《道德经》。

《道德经》分为《道经》和《德经》两部分，共81篇，前37篇为《道经》，后44篇为《德经》。全书虽字数很少，却以哲学意义上的"道德"为总纲，论述了治国、政治、军事等各个方面的内容，言简意赅且文意深邃，其中提及海洋的内容仅有三处。

> 唯之与阿，相去几何？善之与恶，相去若何？人之所畏，不可不畏。荒兮，其未央哉！众人熙熙，如享太牢，如春登台。我独泊兮其未兆，如婴儿之未孩，儽儽兮若无所归。众人皆有余，而我独若遗。我愚人之心也哉！沌沌兮，俗人昭昭，我独昏昏。俗人察察，我独闷闷。澹兮其若海；飂兮若无止。众人皆有以，而我独顽似鄙。我独异于人，而贵食母。
>
> ——《道德经》第二十章①

> 道常无名，朴虽小，天下莫能臣也。侯王若能守之，万物将自宾。天地相合以降甘露，民莫之令而自均。始制有名，名亦既有，夫亦将知止。知止可以不殆。譬道之在天下，犹川谷之于江海。
>
> ——《道德经》第三十二章②

> 江海所以能为百谷王者，以其善下之，故能为百谷王。是以欲上民，必以言下之；欲先民，必以身后之。是以圣人处上而民不重，处前而民不害，

---

① （春秋）老子著《道德经》，线装书局2013年版，第46~48页。
② （春秋）老子著《道德经》，线装书局2013年版，第72~73页。

是以天下乐推而不厌。以其不争，故天下莫能与之争。

——《道德经》第六十六章①

上述内容中，老子均将人的心境比作海洋。不论是海洋的广阔壮丽，还是海洋的百川入纳，抑或是海洋之善下，均是在表明海洋之所以宁静深广，主要是因为其包容和善下，其善于处在较低的位置，因此成为百谷之王，同时广博深远。从中可以看出孟子和老子对海洋的不同感受：孟子将人性和仁德引申为海洋，海是德的化身，浩然而大度；老子则将道的体现引申为海洋，海洋的包容和善下是道的体现和特征。

老子对海洋的认识和引申虽内容较少，但同样对后世海洋文学的创作起到了深远的影响。另外，在老子的眼中，海洋其实就是水的凝聚形式之一，而水才最接近"道"的本质，《道德经》中对水的描述和理解均是为了向世人阐述"道"之根本。

上善若水。水善利万物而不争，处众人之所恶，故几于道。居善地，心善渊，与善仁，言善信，正善治，事善能，动善时。夫唯不争，故无尤。

——《道德经》第八章②

天下莫柔弱于水，而攻坚强者莫之能胜，其无以易之。弱之胜强，柔之胜刚，天下莫不知，莫能行。是以圣人云，受国之垢，是为社稷主；受国不祥，是为天下王。正言若反。

——《道德经》第七十八章③

在《道德经》中，老子对水的认知上升到了"道"的层面。水既是天下至柔之物，又是天下至强之物，可滋养万物却又不会与万物相争，因此，成就了其博大、深邃、宁静、柔中带刚的奇妙特性。老子所表达的海洋的思想观念虽然更契合其本质，但对于海洋文学创作而言有所情感偏离。这就造成后世的文学创作者虽然会借鉴老子的海洋思想，但在进行文学创作时多取海洋广阔无穷、大气磅礴、包容万象的属性，而不会取海洋善下、柔弱的属性。

---

① （春秋）老子著《道德经》，线装书局 2013 年版，第 132~133 页。
② （春秋）老子著《道德经》，线装书局 2013 年版，第 22 页。
③ （春秋）老子著《道德经》，线装书局 2013 年版，第 152~154 页。

（二）列子与《列子》中的海洋

列子（约前450—前375），名御寇，又名寇，战国前期道家思想代表人物，是道家学派介于老子和庄子之间的起到承上启下作用的重要传承人物。

列子的道学思想和老子、庄子均类似，主张无为，追求冲虚自然的境界，因此，《列子》也被称为《冲虚真经》。《列子》为列子和其弟子编写的著作，有旧本20篇，之后校订为8篇，其内有大量先秦时代的神话传说、寓言故事、养生故事等，共有故事134章，基本是以寓言形式表达哲理的散文故事。

汤又问："物有巨细乎？有修短乎？有同异乎？"

革曰："渤海之东不知几亿万里，有大壑焉，实惟无底之谷，其下无底，名曰归墟。八纮九野之水，天汉之流，莫不注之，而无增无减焉。其中有五山焉：一曰岱舆，二曰员峤，三曰方壶，四曰瀛洲，五曰蓬莱。其山高下周旋三万里，其顶平处九千里。山之中间相去七万里，以为邻居焉。其上台观皆金玉，其上禽兽皆纯缟。珠玕之树皆丛生，华实皆有滋味，食之皆不老不死。所居之人皆仙圣之种；一日一夕飞相往来者，不可数焉。而五山之根无所连著，常随潮波上下往还，不得暂峙焉。仙圣毒之，诉之于帝。帝恐流于西极，失群仙圣之居，乃命禺强使巨鳌十五举首而戴之。迭为三番，六万岁一交焉。五山始峙而不动。而龙伯之国有大人，举足不盈数步而暨五山之所，一钓而连六鳌，合负而趣，归其国，灼其骨以数焉。于是岱舆、员峤二山流于北极，沉于大海，仙圣之播迁者巨亿计。帝凭怒，侵减龙伯之国使阸，侵小龙伯之民使短。至伏羲神农时，其国人犹数十丈。""从中州以东四十万里得僬侥国，人长一尺五寸。东北极有人名曰诤人，长九寸。荆之南有冥灵者，以五百岁为春，五百岁为秋。上古有大椿者，以八千岁为春，八千岁为秋。朽壤之上有菌芝者，生于朝，死于晦。春夏之月有蠓蚋者，因雨而生，见阳而死。终北之北有溟海者，天池也。有鱼焉，其广数千里，其长称焉，其名为鲲。有鸟焉，其名为鹏，翼若垂天之云，其体称焉。世岂知有此物哉？大禹行而见之，伯益知而名之，夷坚闻而志之。""江浦之间生麼虫，其名曰焦螟，群飞而集于蚊睫，弗相触也。栖宿去来，蚊弗觉也。离朱、子羽方昼拭眦扬眉而望之，弗见其形；䚛俞、师旷方夜擿耳俯首而听之，弗闻其声。唯黄帝与容成子居空峒之上，同斋三月，心死形废；徐以神视，块然见之，若嵩山之阿；徐以气听，硎然闻之，若雷霆之声。""吴楚之国有大木焉，其名为櫾，碧树而冬生，实丹而味酸；食其皮汁，已愤厥之疾。齐州珍之，渡淮而北而化为枳焉。鹳鹆不逾济，貉逾汶则死矣，地气然也。虽然，形气异也，性钧已，无相易已。生皆全已，分皆足已。吾何以识其巨细？何以识其修短？何以识其同异哉？"

——《列子·汤问》节选①

上述节选的《列子·汤问》是殷汤与夏革之间对话的后半部分，说的是殷汤问夏革世间之物是否有大小之分、长短之分和异同之分。

夏革列举多个例子来解释大小之分、长短之分和异同之分。首先是大小之分。介绍了东海之外几亿里处有归墟（天下水汇集之地），归墟有五座巨山（数万里高低），在此地居住的均是神仙圣人，可一日之中往来五山间；龙伯国有巨人能够数步往来五山之间，但后被天帝惩罚逐渐变小，到伏羲、神农时期就只有几十丈高；中原东方四十万里有僬侥国人仅有一尺五寸高，甚至东北极远处有诤人才九寸高。其次是长短之分。介绍了冥灵（上古树木）和大椿（上古树木）以成百上千年为春秋，寓意寿命极长；土壤之中的菌类则早上出生，晚上就会死亡。最后是异同之分。用最通俗的"淮南为橘，淮北为枳"举例，阐述了异同没有绝对的观点。

《列子》之中涉及海洋的寓言故事均以夸张现象来阐述道家思想，有治国思想，也有朴实却含义深邃的哲学思想。其语言极具情感色彩，针对海洋的观念极为明显，海洋之广阔无垠、万物包容的特征与道家思想完全契合。

（三）庄子与《庄子》中的海洋

庄子（约前369—前286），名周，字子休（一作子沐），战国中期著名哲学家和思想家。当时诸侯混战，各国君均期望争霸天下，庄子不愿陷于纷争之中，辞官隐居开始潜心研究道学，继承并发展了老子的道学思想，著书《庄子》。其文采更胜，不但语言运用更加自如灵活，而且极富想象力，将深邃的哲学思想描述得微妙易懂。

庄子崇尚自由，对老子的道家思想进行了拓展和发展。庄子所著《庄子》虽然是以哲学阐述为目标，但其内容的文学性比同时代的其他著作更高，其文学艺术性被体现得淋漓尽致。

---

① 白冶钢译注《列子译注》，上海三联书店2018年版，第178页。

《庄子》原有 52 篇，存世 33 篇，其中内篇有 7 篇，外篇有 15 篇，杂篇有 11 篇，整体内容均是以寓言、重言、卮言的形式展现。司马迁曾评价庄子著书十万余言，即《庄子》原本应有十万字以上，而现存《庄子》仅有六万五千字左右。

庄子虽然身居内陆，远离海洋，但对海洋有极大的兴趣。《庄子》中涉及海洋的内容有很多，33 篇现存内容中有 17 篇提到了海洋，数量超过了总篇数的一半。

北冥有鱼，其名为鲲。鲲之大，不知其几千里也。化而为鸟，其名为鹏。鹏之背，不知其几千里也。怒而飞，其翼若垂天之云。是鸟也，海运则将徙于南冥。南冥者，天池也。

《齐谐》者，志怪者也。《谐》之言曰："鹏之徙于南冥也，水击三千里，抟扶摇而上者九万里，去以六月息者也。"

——《庄子·逍遥游》节选①

秋水时至，百川灌河。泾流之大，两涘渚崖之间，不辩牛马。于是焉河伯欣然自喜，以天下之美为尽在己。顺流而东行，至于北海，东面而视，不见水端。于是焉河伯始旋其面目，望洋向若而叹曰："野语有之曰，'闻道百，以为莫己若者'。我之谓也。且夫我尝闻少仲尼之闻而轻伯夷之义者，始吾弗信。今我睹子之难穷也，吾非至于子之门则殆矣，吾长见笑于大方之家。"

北海若曰："井蛙不可以语于海者，拘于虚也；夏虫不可以语于冰者，笃于时也；曲士不可以语于道者，束于教也。今尔出于崖涘，观于大海，乃知尔丑，尔将可与语大理矣。天下之水，莫大于海，万川归之，不知何时止而不盈；尾闾泄之，不知何时已而不虚；春秋不变，水旱不知。此其过江河之流，不可为量数。而吾未尝以此自多者，自以比形于天地，而受气于阴阳，吾在天地之间，犹小石小木之在大山也。方存乎见少，又奚以自多！计四海之在天地之间也，不似礨空之在大泽乎？计中国之在海内，不似稊米之在大仓乎？号物之数谓之万，人处一焉；人卒九州，谷食之所生，舟车之所通，人处一焉。此其比万物也，不似豪末之在于马体乎？五帝之所连，三王之所争，仁人之所忧，任士之所劳，尽此矣！伯夷辞之以为名，仲尼语之以为博。此其自多也，不似尔向之自多于水乎？"

……

① （战国）庄子著《庄子》，肖无陂导读注译，岳麓书社 2021 年版，第 2~10 页。

夔怜蚿，蚿怜蛇，蛇怜风，风怜目，目怜心。

夔谓蚿曰："吾以一足趻踔而行，予无如矣。今子之使万足，独奈何？"

蚿曰："不然。子不见夫唾者乎？喷则大者如珠，小者如雾，杂而下者不可胜数也。今予动吾天机，而不知其所以然。"

蚿谓蛇曰："吾以众足行，而不及子之无足，何也？"

蛇曰："夫天机之所动，何可易邪？吾安用足哉！"

蛇谓风曰："予动吾脊胁而行，则有似也。今子蓬蓬然起于北海，蓬蓬然入于南海，而似无有，何也？"

风曰："然，予蓬蓬然起于北海而入于南海也，然而指我亦胜我，鳍我亦胜我。虽然，夫折大木，蜚大屋者，唯我能也，故以众小不胜为大胜也。"

——《庄子·秋水》节选①

上述内容中，节选的《庄子·逍遥游》开篇就用神奇莫测、硕大无比的鲲鹏向人们展示了北海及南海之大，但其所指代的思想是后文中蜩与学鸠对鲲鹏的嘲讽，蜩即为蝉，学鸠则是一种体形很小的鸟，所言思想就是小蝉和小鸟在局促的天地之中，根据其有限而渺小的见识，根本无法理解鲲鹏的意境。

节选的《庄子·秋水》两部分中，第一部分是黄河之神河伯在秋水暴涨时顺流而行，对滔滔水势沾沾自喜，以为天下最壮观的景色就是自身，然而入海后看到无边无际的海洋，河伯才真正意识到自己的见识实在过于狭隘，北海之神若则列举了多个对比事物来表现海纳百川才可意识到"道"的本质思想。

第二部分则阐述了夔（单足雷兽）、蚿（千足虫）、蛇、风、目、心等之间的辩证。其本意是单足的夔羡慕千足虫那么多足可以走路；千足虫则羡慕蛇无足也可走路，甚至走得比它还快；蛇则羡慕无形的风连形态都不固定，却能快速跨越海洋；风则羡慕人的目光，毕竟目光所及即为行至；目光则羡慕人心，人心之动则已达，且广阔无边。所指代的就是人心之广阔超越了海洋，任何东西都可纳入人心，道同样如此。

《庄子》之中涉及海洋的内容无不体现出海洋的广阔和博大，能给予人极为强烈的想象冲击，同时又以极为夸张的对比阐述道学思想，给予人极为强烈的情感冲击。这种文学表现形式贯穿《庄子》的所有篇章，不仅洋溢着

① （战国）庄子著《庄子》，肖无陂导读注译，岳麓书社 2021 年版，第 137~150 页。

浓郁的情感和丰富的语言美，也孕育着极为深刻的寓意和思想。

在庄子看来，对海洋的表达应源自真实内心，因此，其描述出的海洋意象往往不会拘泥于外在约束。比如，鲲之说在《庄子·逍遥游》中是不知几千里的大鱼，然而在《尔雅·释鱼》中的解释，鲲是鱼子的意思，即非常小乃至尚未成型的鱼。庄子引用了《列子》中鲲的传说，以夸张手段凸显了强烈的对比性。

庄子将广泛存在于人世间的山、林、江、海等纳入文学之中，开了中国自然景观诗文的先河，其精美的语言形式和自由的阐述形式也为后世的文学创作提供了极多的素材和方向，更为后世的海洋文学创作打下了基础。

三、探索海洋奥秘的先秦典籍

提到先秦时期的文献典籍，就不得不提中国最早的诗歌总集《诗经》（六经之一）和中国第一部浪漫主义诗歌总集《楚辞》。其中，《诗经》收集了西周初期到春秋中叶五百年间的三百多篇诗歌，所有作品均可以用乐器伴奏演唱，因此，《诗经》也是中国第一部乐歌总集。《楚辞》的诗体相传是由战国时期屈原始创。《楚辞》是收录了多人的辞赋，并以屈原的作品为主形成的诗歌总集。《诗经》与《楚辞》中分别以《国风》和《离骚》的成就最高，因此，后人也将两者并称为"风骚"。

（一）《诗经》中的海洋

相传《诗经》内的诗歌来源主要有两个：一个是由周王室采集、收录民间诗歌而成，另一个是公卿大夫等向王室天子所献诗歌被收录而成。不论哪种来源的诗歌最终均由王室的守藏室进行删定。

到春秋时期，诸侯之间进行会盟等均会赋诗，也说明春秋时期诗歌的形式早已流传甚广，且《诗经》已普遍被士人所知、所读、所唱。最初《诗经》仅被称为"诗三百"或"诗"，相传后来因为孔子对其非常重视，在培养徒弟时非常重视诗歌教育，所以进入汉代后，《诗经》被奉为经典，最终称为《诗经》。

虽然《诗经》中记录了三百余首诗歌，尤其《国风》以不同诸侯国为板块进行了诗歌采集，但其中一首歌颂海洋或以海洋为主的诗歌都没有，包括所采集的先秦时期处于海洋沿岸的齐国形成的《国风·齐风》，均没有吟咏海洋的诗歌。这一现象的原因，最可能的就是诗歌的采集者多数对海洋接触较少或受主观偏好影响。孔子虽修订了《诗经》，但并未对其内容进行删减，只是对其进行了完善与传播。

据史料推测，《诗经》的采集者和选编者最可能的就是周朝的乐官。周王朝本是典型的农耕部落，其生存模式完全属于内陆形式，地理位置又远离海洋，即使最后八方均向周王室见礼，周王室对海洋的关注度也必然低于商朝。

《诗经》中虽然没有吟咏海洋的诗歌，但涉及海洋的诗篇还是存在的，也可以展现出先民对海洋的审美态度和认知水平。

江汉之浒，王命召虎：式辟四方，彻我疆土。匪疚匪棘，王国来极。于疆于理，至于南海。

——《大雅·江汉》节选①

泰山岩岩，鲁邦所詹。奄有龟蒙，遂荒大东。至于海邦，淮夷来同。莫不率从，鲁侯之功。

保有凫绎，遂荒徐宅。至于海邦，淮夷蛮貊。及彼南夷，莫不率从。莫敢不诺，鲁侯是若。

——《鲁颂·閟宫》节选②

龙旂十乘，大糦是承。邦畿千里，维民所止。肇域彼四海，四海来假。来假祁祁，景员维河。殷受命咸宜，百禄是何。

——《商颂·玄鸟》节选③

玄王桓拨，受小国是达，受大国是达。率履不越，遂视既发。相土烈烈，海外有截。

——《商颂·长发》节选④

上述内容中和海洋相关的部分均与疆域范围相关。从这一部分来看，先秦时期，帝王均未将海洋边界视为管辖界限，而是通过强大的统治力和影响力，将海外部落纳入了管理范围。比如，《大雅·江汉》说的是卫穆公管辖和统治的范围到达了南海；《鲁颂·閟宫》说的是鲁僖公将管辖范围拓展到了东海之上，东海的诸族部落均被鲁国管理；《商颂·玄鸟》说的是商朝的

---

① 《诗经》，冀昀主编，线装书局 2007 年版，第 322～323 页。
② 《诗经》，冀昀主编，线装书局 2007 年版，第 358～361 页。
③ 《诗经》，冀昀主编，线装书局 2007 年版，第 365 页。
④ 《诗经》，冀昀主编，线装书局 2007 年版，第 366 页。

统辖范围同样包括四海诸多部落。

从这些诗歌的内容可以看出，在先秦时期，先民就已经将经略目光放到了遥远的大海，不仅体现了先民勇于开拓的精神，还体现了包容性和开放性的精神，而这正是海洋所展现出的精神核心。

（二）《楚辞》中的海洋

楚辞一词在最初时泛指楚地歌辞，即一种由屈原始创的新诗歌形式。西汉时期文学家刘向等钦慕屈原、宋玉、景差的楚辞形式的作品，于是将这些楚辞形式的作品连带自己仿作的作品，以及当时他人仿作的作品进行了汇编，最终形成《楚辞》。

《楚辞》汇编的内容共有17篇，分别是《离骚》《九歌》《天问》《九章》《远游》《卜居》《渔父》《九辩》《招魂》《大招》《惜誓》《招隐士》《七谏》《哀时命》《九怀》《九叹》《九思》。

其中，明确提及海洋的诗篇有屈原的《离骚》《天问》《远游》《悲回风》《大招》（一说其由景差所作，此处归为屈原），以及东方朔的《七谏·自悲》、王褒的《九怀·尊嘉》、王逸的《九思》中的多篇，其中汉代作品占了多数，此处只谈屈原的作品。

屈原（前340—前278），名平，字原，战国时期人楚国重要的政治家、文学家，是中国浪漫主义文学的奠基人和鼻祖，也被称为"中华诗祖""辞赋之祖"。

屈原作品的出现代表着中国的诗歌从集体歌唱时代进入了个人独创时代，开创了新诗歌形式。虽然屈原的作品中涉及海洋的内容很广，且艺术表现形式非常灵活，但总体而言，其对海洋的记述和运用均建立于先秦时期流传下来的各种神话传说中的海洋人物或海洋生物等的基础之上。

> 饮余马于咸池兮，总余辔乎扶桑。
>
> ——屈原《离骚》节选 [1]
>
> 伯强何处？惠气安在？
> ············
> 应龙何画？河海何历？
> ············

---

[1] （战国）屈原著《楚辞》，吴广平导读注译，岳麓书社2019年版，第26页。

东流不溢，孰知其故？

…………

鳌戴山抃，何以安之？

————屈原《天问》节选①

祝融戒而跸御兮，腾告鸾鸟迎宓妃。

张咸池奏承云兮，二女御九韶歌。

使湘灵鼓瑟兮，令海若舞冯夷。

玄螭虫象并出进兮，形蟉虬而逶蛇。

雌蜺便娟以增挠兮，鸾鸟轩翥而翔飞。

————屈原《远游》节选②

魂乎归徕！无东无西，无南无北只。

东有大海，溺水浟浟只。

螭龙并流，上下悠悠只。

雾雨淫淫，白皓胶只。

…………

鲜蠵甘鸡，和楚酪只。

醢豚苦狗，脍苴蒪只。

吴酸蒿蒌，不沾薄只。

魂兮归来！恣所择只。

————屈原《大招》节选③

　　从上述内容可以看出，屈原的楚辞作品中涉及很多海洋相关的内容，包括海洋的风貌、海洋的景观，以及神话传说中海洋中的海神、生物等。比如，《离骚》中的"咸池""扶桑"分别是神话传说中太阳沐浴的地方和悬挂太阳的树木，其均位于大海之滨的汤谷；《天问》中的伯强是北海之神，应龙是定于南方使之天气多雨的生物，鳌则指的是背负仙山游于海中的巨龟；《远游》中的祝融是神话传说中的火神，主人公想象与其在南海会面，海若则是管辖不同海域的北海之神；《大招》中的蠵同样是传说中海洋中的大龟。

　　这些海洋的风貌和景观、海神和海洋生物等其实均存在于先秦时期的神话传说中，很多曾在《山海经》中有所提及。虽然《楚辞》中涉及海洋的内

① （战国）屈原著《楚辞》，吴广平导读注译，岳麓书社2019年版，第100~125页。

② （战国）屈原著《楚辞》，吴广平导读注译，岳麓书社2019年版，第212~226页。

③ （战国）屈原著《楚辞》，吴广平导读注译，岳麓书社2019年版，第239~252页。

容对海洋地理特色和生物等未进行大的创新，但其承载的思想和感情明显不同于其他先秦时期的海洋文学作品。

《楚辞》中，海洋所表现出的精神已经不再仅仅是广阔、包容、宁静、浩瀚，而是增加了很多情绪，或欢乐、和谐，或阴森、凶险。《远游》中描述的与祝融在南海会面后，河神、海神、黑龙等各种生物在娥皇等人弹奏的上古乐曲中翩翩起舞，一片祥和；在《大招》之中，主人公为了召唤魂魄归来，引导魂魄时所说就是不要去东边，那里有茫茫大海，无角的螭龙在那里兴风作浪，迷雾和阴雨在东海凝结成一片白茫茫，那里险恶又荒凉。

这种加入一定文学艺术手法的描述方式无疑令和海洋有关的景物、事物等的表现力更上一层楼，同时创新了海洋内容在文学之中的融入方式，对后世海洋文学的发展产生了极为重要的影响，尤其是对海洋生物的意象发挥，为后世海洋文学作品的创作提供了人神交流、海洋生物灵性体现等绝佳素材。

第二章　觉醒·秦汉时期的海洋意象探知

战国时期，秦国的实力逐渐强大并得到发展。秦人祖先是黄帝之孙颛顼的后裔，由帝舜赐嬴姓。公元前659年，秦穆公（"春秋五霸"之一）成为秦国第九位国君，其任贤使能，虚心纳谏，最终得以开拓疆土，为秦国后续强大积蓄了扎实的力量。公元前361年，秦孝公继位秦国国君。对内，他开始重用商鞅，实行变法，不仅奖励耕战，还建立了县制行政，不断提高农业生产力；对外，开始与楚国和亲、与韩订约，并联合赵国及齐国战胜了魏国。可以说从内至外，秦国在此阶段都积蓄了极强的国力，为后续统一中国奠定了基础。

公元前221年，秦王嬴政先后灭六国，最终完成了统一大业。嬴政在此年称帝，史称秦始皇。嬴政采用了传说中三皇五帝的尊号，即称"皇帝"，并规定只有皇帝方能自称"朕（先秦时期此为个人自称的说法）"。秦朝中央集权制度的建立结束了中国春秋战国时期诸侯割据的局面，使秦朝成为中国历史上第一个中央集权制国家，奠定了中国后续两千年的政治制度格局。

秦始皇虽统一中国，但秦朝仅延续两代。公元前207年，刘邦发兵攻入关中咸阳，秦朝灭亡。公元前206年，项羽封刘邦为汉王，其后两者展开了长达四年的楚汉之争，最终刘邦于垓下击败项羽，并在公元前202年正式称帝，用汉号，史称西汉。8年，王莽废汉孺子刘婴，自此西汉灭亡。25年，刘秀统一天下，重建汉朝，史称东汉。190年，汉朝中央集权制度崩溃，自此军阀四起天下大乱。220年，汉丞相曹丕篡汉，汉朝灭亡，中国进入三国时期。

第一节　秦汉时期的海洋意象骚体诗

秦汉时期整体跨度达四百余年，其中完成了中国的首次统一，并建立了首个中央集权制封建国家——秦朝，同时实行了经济、文化、政治各个层面的改革，包括统一法令、统一历法、统一度量衡、统一文字等，这些改革对中国未来的发展起到了极为重要的推进作用。

一、秦汉时期海洋文学的跌宕

虽然秦朝的建立极大地促进了中国的发展，但秦朝是中国首个中央集权制封建国家，其各方面处在探索阶段，很多对其发展不利的政策使得秦朝成了一个极为短命的朝代。

（一）秦朝的"焚书坑儒"

秦始皇为了避免诸侯分封带来的潜在威胁，为了加强帝国的统治，开始试图消灭对巩固政权不利的因素。从文化角度而言，秦朝执行了挟书令：除官府可藏书外，民间与个人不得藏书，违者严惩。在该令执行过程中，坑杀了犯禁者数百人，并焚毁了搜集而出的藏书，这一行为也被后世称为"焚书坑儒"。在这种钳制思想的统治下，秦朝并无多少文学成就，仅有李斯一人可称秦朝大家。

李斯在秦统一六国前所作的《谏逐客书》的内容非常翔实，且文采斐然。其中近千名篇中提到海洋的著名言谈为"泰山不让土壤，故能成其大；河海不择细流，故能就其深"。其泰山和河海指代的就是秦国，即秦国就是依靠着广纳贤士最终成就了一代伟业。

（二）汉朝海洋意象骚体诗的兴起

汉朝初期，统治者汲取了秦朝短期覆灭的教训，颁布了一系列法令，包括降低农业赋税以促进农业生产的恢复和稳定，公元前191年更是废除了秦朝的"挟书律"，从而令文化事业开始正常发展。在此基础上，汉朝在开疆扩土的同时，加强海外交流，促进了海洋文学的发展。

比如，中国首部记录历史地理沿革的著作《汉书·地理志》记载了汉代的海上航线和海洋疆土情况。

自日南障塞、徐闻、合浦船行可五月，有都元国；又船行可四月，有邑卢没国；又船行可二十余日，有谌离国；步行可十余日，有夫甘都卢国。自夫甘都卢国船行可二月余，有黄支国，民俗略与珠崖相类。其州广大，户口多，多异物，自武帝以来，皆献见。有译长，属黄门，与应募者俱入海市明珠、璧流离、奇石异物，赍黄金，杂缯而往。所至国皆廪食为耦，蛮夷贾船，转送致之。亦利交易，剽杀人。又苦逢风波溺死，不者数年来还。大珠至围二寸以下。

——《汉书·地理志》节选①

上述内容所阐述的就是汉朝已与东南沿海很多国家进行了广泛的商贸交流。东至日本海，南至越南等地，均与汉王室有商贸往来和文化交流。在汉朝所流传下来的海洋文学作品中，颇具海洋意象的骚体诗完全延续了战国时期楚辞体诗歌的形式。虽然这些骚体诗在思想层面、文化底蕴层面、艺术修养层面可能无法与屈原媲美，但其中涉及海洋的诗篇明显更多，从而在一定程度上展现了汉代海洋文学的发展历程。

二、汉代海洋意象的骚体诗

汉代的骚体诗主要收录于《楚辞》之中。《楚辞》在西汉末年由宗室大臣、文学家刘向（前77年—前6）汇编而成，主要运用了先秦时期楚地的方言声韵，其句式非常活泼，在节奏和韵律方面都独具特色，能够表现出更加丰富和复杂的思想感情。

尽管刘向将一些汉代的楚辞体作品收录入了《楚辞》，但后世对其中除屈原外的其他诗歌的认可度并不太高，这一点从后世将这些诗歌称为"拟楚辞"和"拟骚诗"就可感受到。尽管如此，《楚辞》中这些仿作的骚体诗依旧包含海洋文学发展的规律和方向。

（一）汉朝王室的骚体诗

汉朝的骚体诗主要兴起于西汉初期到西汉末年，其中汉高祖刘邦是汉朝第一位骚体诗创作者。刘邦之所以对骚体诗擅长，主要是因为其本身就出身于楚地沛县，而且其统治集团中的萧何、曹参、周勃等核心人物均是楚地

---

① 王育民著《中国历史地理概论 上》，人民教育出版社1985年版，第446~447页。

人，所以整个统治集团都对楚文化有极深的了解和感情。

刘邦在击破英布军之后回长安路过沛县时，就曾邀请沛县的父老乡亲饮酒，在酒酣之时唱出了《大风歌》。这是一首极具楚地风格的骚体诗。刘邦在祭祀时所运用的宗教组歌《郊祀歌》同样是模仿屈原所作的楚风乐歌，之后汉朝历代王朝都会以《郊祀歌》祭祀天地。另外，还有《房中祠乐》，传说为汉高祖妃唐山夫人所作（也有说其乐为唐山夫人所作，因辞作者未知即署名唐山夫人），后更名为《安世房中歌》。

大风起兮云飞扬。

威加海内兮归故乡。

安得猛士兮守四方！

——刘邦《大风歌》①

大海荡荡水所归，高贤愉愉民所怀。大山崔，百卉殖。民何贵？贵有德。

——唐山夫人《安世房中歌》节选②

上述内容中，刘邦自击鼓自唱的《大风歌》慷慨激昂，气势磅礴，因此被后世广为传颂。当时汉王室刚刚建立，国力处于非常虚弱的状态，但刘邦通过不断征战，不仅统治了秦朝时的大部分区域，还拓宽了疆土，势力范围直达沿海。在这样的背景下，刘邦发出了感慨："大风吹得浮云飘扬。大海浩瀚无边，但我将海内的范围全部统治。如此广阔的势力范围，该如何找到猛士助我守护四方！"虽然《大风歌》中仅用了"海内"一词来指代刘邦打下的势力范围，但海洋的意象同样蕴含其中，体现出了刘邦所向披靡的冲天气概和豪迈气势。

《安世房中歌》共有十七章但并不分章，第六章涉及海洋的内容，其体现出的海洋意象是借用海纳百川的特征隐喻民众对拥有贤德的帝王的期待，以此来劝谕帝王应该拥有海洋一般的大德。这是对先秦儒道思想中以海喻德观念的继承和发扬。

整体而言，汉朝初期，尤其是汉高祖、汉文帝和汉景帝统治时期，为了快速恢复国力、稳定政局，采用的都是由汉高祖确立的"黄老政治（黄帝和老子思想）"政策。这是一种以先秦时期诸子百家中的道家思想为主的治国

---

① （清）沈德潜编《古诗源》，司马翰校点，岳麓书社 1998 年版，第 24 页。

② （清）沈德潜编《古诗源》，司马翰校点，岳麓书社 1998 年版，第 25 页。

策略，推崇的是"无为而治"，同时包含黄帝之学中法的成分。

汉武帝时期，为加强皇权并削弱诸侯势力，汉武帝采取了一系列改革措施，锐意进取，开疆拓土，正式废除了汉朝初期确立的"黄老政治"，采纳了董仲舒的建议，开始"罢黜百家，独尊儒术"。此阶段，汉武帝虽兼用了诸子百家中影响力极深的各家人才，但对儒家较为推崇。儒家思想从而得到了极大的发展，最终成为中国两千年的主流治世思想。

（二）《楚辞》中的汉朝骚体诗

整个汉朝骚体诗人多数集中于汉朝初期和中期，包括刘向、贾谊、王褒等，东汉仅有仰慕古风的王逸。这些诗人的作品均被汇集于《楚辞》（王逸的作品由其自身汇编入内）。这些仿作楚辞体所作诗歌虽然整体艺术成就无法达到屈原的高度，但对海洋的描述更详细，也体现了海洋文学的发展。

> 愿自沉于江流兮，绝横流而径逝。
> 宁为江海之泥涂兮，安能久见此浊世？
> …………
> 苦众人之难信兮，愿离群而远举。
> 登峦山而远望兮，好桂树之冬荣。
> 观天火之炎炀兮，听大壑之波声。
>
> ——东方朔《七谏》节选①
>
> 黄鹄后时而寄处兮，鸥凫群而制之。
> 神龙失水而陆居兮，为蝼蚁之所裁。
> 夫黄鹄神龙犹如此兮，况贤者之逢乱世哉。
>
> ——贾谊《惜誓》节选②
>
> 痛凤兮远逝，畜鸩兮近处。
> 鲸鲟兮幽潜，从虾兮游渚。
>
> ——王褒《九怀》节选③

---

① （西汉）刘向辑，（东汉）王逸原注《楚辞》，周游译注，文瑞楼2018年版，第204~225页。

② （西汉）刘向辑，（东汉）王逸原注《楚辞》，周游译注，文瑞楼2018年版，第196~200页。

③ （西汉）刘向辑，（东汉）王逸原注《楚辞》，周游译注，文瑞楼2018年版，第242~257页。

遵河皋兮周流，路变易兮时乖。

漓沧海兮东游，沐盥浴兮天池。

访太昊兮道要，云靡贵兮仁义。

志欣乐兮反征，就周文兮邠歧。

秉玉英兮结誓，日欲暮兮心悲。

惟天禄兮不再，背我信兮自违。

逾陇堆兮渡漠，过桂车兮合黎。

赴昆山兮罱骙，从邛遨兮栖迟。

吮玉液兮止渴，啮芝华兮疗饥。

居嶂廓兮尠畴，远梁昌兮几迷。

望江汉兮濩渃，心紧縈兮伤怀。

…………

超五岭兮嵯峨，观浮石兮崔嵬。

陟丹山兮炎野，屯余车兮黄支。

就祝融兮稽疑，嘉己行兮无为。

乃回竭兮北逝，遇神媽兮宴娭。

欲静居兮自娱，心愁感兮不能。

放余辔兮策驷，忽飙腾兮浮云。

蹠飞杭兮越海，从安期兮蓬莱。

缘天梯兮北上，登太一兮玉台。

使素女兮鼓簧，乘戈和兮讴谣。

声嗷誂兮清和，音晏衍兮要婬。

咸欣欣兮酣乐，余眷眷兮独悲。

顾章华兮太息，志恋恋兮依依。

——王逸《九思》节选①

上述汉代骚体诗不再对先秦时期就早已呈现的海洋景象、海神及海洋生物的形象进行具体的描绘，而是开始将海洋意象化，将海洋中的景象、海神、海洋生物等作为思想和感情的载体。这是海洋文学进一步发展的体现，也为后世海洋文学的创作提供了更加意象化的素材。

---

① （西汉）刘向辑，（东汉）王逸原注《楚辞》，周游译注，文瑞楼2018年版，第301~312页。

综合而言，汉代骚体诗所表现的海洋意象主要有两类：一类是创作者复杂情感的载体；另一类是净土和精神诉求的载体。

东方朔在《七谏·怨世》中直抒胸臆，借助海洋的辽阔来消解自己政治生活中的失意和不得志；在《七谏·自悲》中则通过"听大壑之波声"来抒发内心的愤懑之感，并未对海洋的形态进行详细描述，而是将其作为审美和倾诉对象进行叙述。在东方朔的骚体诗中，海洋并非背景，而是成了倾诉的对象和情感的载体。

贾谊创作的《惜誓》则以海洋中的神龙在失去海洋承载落于陆地后被蝼蚁欺凌，来抒发自身在政治抱负方面失意之后被小人诋毁的感慨。王褒创作的《九怀》中的《通路》以海洋之中的鲸与浅滩中的小鱼、小虾进行对比，来描述胸怀抱负却不得志，尚不及目光短浅的小鱼、小虾的境遇，感慨自身仕途所遇不公。这两个作品对海洋生物均没有详细的形象描述，而是通过境遇随其生存环境的改变而改变的现象来反衬自身的境遇。其中，海洋生物是自身的隐喻，更是自身情感和抱负的依托。

在王逸创作的《九思》中，《疾世》通过神话传说中的海洋、天池、太昊、昆仑等物或人虚拟出了一个远离尘世的海洋仙境，在那里作者能够实现所有的抱负，与现实社会呈现出巨大反差，表现出了作者渴望摆脱不如意的现实的愿望；《伤时》则通过蓬莱、浮石、祝融、神嬬（神女）等远离尘世的海洋仙境和远古神人来表现出海洋中的高洁、净土，从而反衬作者在现实中志向无法抒发和实现的复杂心态。

从上述汉代骚体诗中涉及海洋的内容可以看出，汉代文学作品中虽然并未对海洋相关内容进行进一步形象化的想象和细化，但是开始真正对海洋赋予文学意味，即通过感情的融入对海洋所蕴含的文化内涵进行固化和理想化，最终实现感情的表达和思想的升华。

虽然这些仿作的骚体诗依旧承袭了屈原首创的"九体"规范体式，仿效屈原借诗歌抒发怀才不遇的苦闷之心，但未将屈原忧国忧民的大爱进行升华，依旧在前人的基础上进行了二次创作，只是首次将个人的情感与海洋的情感进行了糅合及抒发。这些仿作的骚体诗为后世以"悲士不遇"为题材的吟咏诗歌提供了创作方向。

第二节　从海洋观潮到踏浪游海的汉赋

汉赋是一种兴起于汉武帝时期，综合诗歌、骚体、散文等多种文体因素再重新加工之后所形成的新型文体，也可以理解为有韵的散文。其内容散韵结合，但专事铺叙，形式上侧重体物（描述事物）写志（抒发志向），通常以主客问答的形式进行创作。

汉赋的内容主要有五类：一是对宫殿、城市的渲染；二是对帝王游猎的描述；三是对旅行游乐经历的叙述；四是怀才不遇情绪的抒发；五是有关禽兽草木等的杂谈。在这五类内容中，前两类是汉赋内容的主要代表。

汉赋可分为骚体赋、大赋和小赋。骚体赋是在楚辞体基础上发展而成的一种文体形式，其保留了语句末加"兮"的传统，通常为四言和散句结合的形式，多数为抒情言志。大赋通常规模宏大，结构恢宏，气势磅礴，词汇华丽，多数是千万言的鸿篇巨制，其散文意味更重，因此也称为散体赋（散体大赋）。其属于汉赋的主干，通常文学史上所说汉赋多是散体大赋。小赋则篇幅小，文采清丽，感情真挚，因为比大赋的篇幅短，所以被称为小赋。

一、汉赋的发展历程

汉赋的发展经历了三个阶段。

首先，西汉时期屈原、宋玉等名家的作品被视为赋体，但尚没有赋体的限制性，因此，也被称为骚体赋；西汉初期，以贾谊为代表的赋作家在楚辞体的基础上，运用比兴的手法，糅合情感节律和语言节律，为抒情述志所作的《吊屈原赋》《鹏鸟赋》等，已完全具有赋体的特征；汉武帝时期，骚体赋中被揉进了三言和四言的句式，从而令整个辞赋的句式参差不齐、情景奇特、形象诡异；西汉中期，骚体赋逐渐定型，其以东方朔的《七谏》、王褒的《九怀》为代表，并均被纳入《楚辞》之中。

其次，西汉中期，以枚乘为代表所作的《七发》开汉赋之先河，为散体大赋打下了坚定的基础。此后，司马相如、杨雄等人的散体大赋作品成为汉赋中最具代表性的作品。

最后，汉朝末年，以张衡为代表的抒情小赋开始具有诗意化倾向，其《归田赋》是散体大赋向小赋转化的标志性作品。

二、西汉时期汉赋中的海洋世界

（一）开汉赋先河的观潮文学《七发》

枚乘（约前210—约前138），字叔，西汉时期著名辞赋家。其所著作品《七发》上承《楚辞》，下启司马相如和杨雄等人成熟的散体大赋，是整个汉赋发展历程中非常重要的过渡期赋体形式，以独特的语言结构和生动的语言风格广为流传，形成了汉赋之中非常著名的"七体"形式。

枚乘原为吴王刘濞（汉高祖刘邦之侄，西汉诸侯王之一，七国之乱的发起者）郎中（侍从官，即后世的侍郎），后见吴王打算谋反，曾上书劝阻但未被采纳，于是转投梁孝王麾下成为门客。七国之乱时，枚乘再次上书吴王劝谏其罢兵，但又被拒。七国之乱被平定后，枚乘显名；后汉景帝召拜其为弘农都尉。

据传，《七发》是枚乘所作的以七件事来启发太子的文章，其是散体大赋的发轫之作，也是观潮文学之始。《七发》全篇共有八大段文字。第一段是假设楚太子患病，吴客前去探问后指出太子的病源所在，并提出太子的病可以通过启发思想和振奋精神的方法进行治疗。之后分别以七件事来启发太子，最终以提升精神修养为方法治好了太子的病。

此文是一篇讽喻性作品，其意在劝诫贵族子弟不要沉溺享乐，反讽了贵族子弟淫靡纵欲的现状，表达了对这种现象的不满。此篇作品的现世标志着汉赋这一文学样式开始正式从骚体赋向散体大赋转变。虽整篇文字属于劝诫类内容，但最为知名且流传最广的是其中的一段观潮文字。

客曰："将以八月之望，与诸侯远方交游兄弟，并往观涛乎广陵之曲江。至则未见涛之形也，徒观水力之所到，则恧然足以骇矣。观其所驾轶者，所擢拔者，所扬汩者，所温汾者，所涤汔者，虽有心略辞给，固未能缕形其所由然也。怳兮忽兮，聊兮栗兮，混汩汩兮，忽兮慌兮，俶兮傥兮，浩瀁瀁兮，慌旷旷兮。秉意乎南山，通望乎东海。虹洞兮苍天，极虑乎崖涘。流揽无穷，归神日母。汩乘流而下降兮，或不知其所止。或纷纭其流折兮，忽缪往而不来。临朱汜而远逝兮，中虚烦而益怠。莫离散而发曙兮，内存心而自持。于是澡概胸中，洒练五藏，澹澉手足，頮濯发齿。揄弃恬怠，输写淟浊，分决狐疑，发皇耳目。当是之时，虽有淹病滞疾，犹将伸伛起躄，发瞽披聋而观望之也，况直眇小烦懑、酲酲病酒之徒哉！故曰，发蒙解惑，不足以言也。”

太子曰：“善，然则涛何气哉？”

客曰：“不记也。然闻于师曰，似神而非者三，疾雷闻百里；江水逆流，海水上潮；山出内云，日夜不止。衍溢漂疾，波涌而涛起。其始起也，洪淋淋焉，若白鹭之下翔。其少进也，浩浩溰溰，如素车白马帷盖之张。其波涌而云乱，扰扰焉如三军之腾装。其旁作而奔起也，飘飘焉如轻车之勒兵。六驾蛟龙，附从太白。纯驰皓蜺，前后络绎。颙颙卬卬，椐椐强强，莘莘将将。壁垒重坚，沓杂似军行。訇隐匈礚，轧盘涌裔，原不可当。观其两旁，则滂渤怫郁，暗漠感突，上击下律，有似勇壮之卒，突怒而无畏。蹈壁冲津，穷曲随隈，逾岸出追。遇者死，当者坏。初发乎或围之津涯，荄轸谷分。回翔青篾，衔枚檀桓。弭节伍子之山，通厉骨母之场，凌赤岸，篲扶桑，横奔似雷行，诚奋厥武，如振如怒，沌沌浑浑，状如奔马。混混庉庉，声如雷鼓。发怒庢沓，清升逾跇，侯波奋振，合战于藉藉之口。鸟不及飞，鱼不及回，兽不及走。纷纷翼翼，波涌云乱，荡取南山，背击北岸。覆亏丘陵，平夷西畔。险险戏戏，崩坏陂池，决胜乃罢。瀄汩潺湲，披扬流洒。横暴之极，鱼鳖失势，颠倒偃侧，沋沋湲湲，蒲伏连延。神物怪疑，不可胜言。直使人踣焉，洄暗凄怆焉。此天下怪异诡观也，太子能强起观之乎？”

太子曰：“仆病未能也。”

——枚乘《七发》节选[①]

说起观潮，如今最为知名的就是浙江的钱塘江潮，而在秦汉时期，最为知名且比钱塘江潮更为波澜壮阔的是扬州一代的长江广陵潮，只是在一千多年前的唐朝后期，广陵潮消失了。

以上节选枚乘的《七发》中所描述的内容就是扬州广陵潮这一名胜奇观。其大体的意思是，吴客说要在八月和朋友一同去广陵观潮，初始之时无法看到潮涨的迹象，但看到远处海水所到之处就会感到惊恐异常，尤其后浪推前浪和浪潮高高掀起的情形，其壮阔之势无法用言辞表达。观看到广陵潮的人都会被其壮景所洗礼，从而疏解胸中烦闷等，最终重新振作精神。

太子想知道广陵潮到底是何种气象，吴客则依照自己老师所说，从三个角度描述了广陵潮的壮景：一为涛声；二为海水；三为云气。未见其形先闻

① （汉）枚乘著《七发》，余冠英译，萧平注，中华书局1959年版，第8~28页。

其声，给人以先声夺人之感；之后见水力而知海形，直言海水力量会令江水逆流，正面描摹了潮水的水势——宛若白鹭俯冲飞翔，犹如三军奋起整装前冲。其以战场三军冲势来比喻潮水，给人以气势磅礴、荡人心魄之感，又激发读者的想象，以飞鸟不及飞、游鱼不及回、猛兽不及躲等文字来突出潮水的迅猛，甚至水中的神物等都感到奇怪，足以令人腿脚发软、惊恐万分。

此部分广陵潮的描述采用了排比、隐喻的写作手法，已具备后续成熟散体大赋的特点，但并未大量堆砌奇字、僻字和俪句等，而是将写实和意境融为一体，对广陵潮的情况进行了细致而逼真的描摹，令人产生身临其境之感，从而精神振奋。

《七发》作为散体大赋和观潮文学的发轫之作，不仅意味着散体大赋开始正式走向成熟，描绘手法、用语模式、文学手段等各个方面都有一定的进步，还开了海洋文学观摩潮汐景观的先河。虽整篇文章的目标是劝谏，但其描述广陵潮的文字能够令人淡忘其背后含义，使人们仅通过文字的描述即可获得观潮的愉悦感。

《七发》推动了汉赋和"七体"文的形成和完善，促使后世文人开始追求文章的辞藻之美。《七发》之后，很多文人曾进行模仿，出现了很多以七段文字成篇的赋作，"七体"成了赋作之中一种专门的文体。

同时，其中的辞藻之美给予人的思想冲击极为明显，也推动了后世文人开始注重文辞。在此之前，先秦时期多数学派和思想对文辞的重视程度并不高，如墨家一贯的主张就是"非文"，多数儒家贯彻的思想也是通过语言文字对思想进行准确传达即可。自《七发》开始，文辞之美开始成为文学作品中非常普遍的现象，文辞美的评判也开始被纳入文学批评的范畴，并逐步为文人所重视。

除文体和辞藻方面的发展外，《七发》有关广陵潮的内容描述也开了通过观潮来表达情绪和思想的先河。其实早在先秦时期，先民就已经开始对潮汐有所了解，如《黄帝内经》中的"月满则海水西盛""月郭空，则海水东盛"说的就是潮汐和月亮盈亏的潜在关系，据此可以自如地掌握观潮的时间。只是枚乘的《七发》首次将极具观赏性的潮汐现象通过文辞进行恰当的描述，同时以壮阔景象抒发情感，为后世海洋文学作品的创作提供了方向。

秦汉时期，广陵潮是最具观赏价值和气势的潮汐现象，尤其是汉朝和六朝时期是观赏广陵潮的鼎盛时期。因《七发》的引导，这段时期有关广陵潮的文学作品层出不穷。但是进入隋唐时期，因为长江口向海洋的移动和泥沙的不断堆积，广陵潮的规模开始逐步削减，且逐渐失去了往日的盛况，这令很多观潮者都心生失望，唐宋时期就有很多文学作品抒发对广陵潮不复往日的感慨。虽然如今广陵潮早已不复存在，但以《七发》为首的那些描绘广陵潮景观的文学作品令其壮阔景象恒久留存在了后世的文化记忆中。

广陵潮逐步消逝，但钱塘江潮逐步形成（其出现于东汉时期），并逐步替代了广陵潮，最终给世人留下了众多描述钱塘潮的文学作品。直到今天，钱塘潮依旧在吸引世界各地游人前往观潮，而观潮文学也从未中断，这一切均源于《七发》。可以说《七发》中有关观潮的内容为后世观潮文学的发展提供了方向，推动了海洋文学的发展。

（二）以海洋为背景的汉赋《子虚赋》《羽猎赋》

枚乘《七发》的问世标志着汉朝的散体大赋真正开始形成，而自此之后，汉赋成为整个汉朝时期最流行的文学形式。从现今汉朝残存资料来看，汉朝每一个知名文人都曾作过赋，历经两千年左右的沧桑后，汉赋存留的作品依旧有近二百篇全作和数十篇残篇，可见汉赋在汉朝的地位和数量。

散体大赋之所以能够在汉朝兴起，主要是因为西汉强盛。从汉高祖建立汉朝开始，数十年的休养生息令汉朝迅速强大。到汉武帝时，汉王朝驱逐匈奴、平定南越，节节胜利的战争极大鼓舞了汉王朝的士气，汉民族的自信力也逐步被激发。在这样的特定背景下，急需一种可以充分体现空前盛世的文体来宣传汉王朝的功绩，恰逢当时汉赋完成了由楚辞体到汉赋的转变和过渡，因此，汉赋最终成了汉朝最具代表性的文学形式。

被后世誉为汉赋四大家之一的杨雄指出了汉赋这种文体极为明显的缺憾，《汉书·杨雄传下》："雄以为赋者，将以风也。必推类而言，极丽靡之辞，闳侈钜衍，竞于使人不能加也，既乃归之于正，然览者已过矣。"其所言是汉赋辞藻极为华丽，却很难实现其真正讽喻的目的，无法像楚辞体起到极强的劝谏和教化的作用。

尽管如此，汉赋在汉朝乃至整个中华民族的历史中都是一种极具代表性且具有极高成就的文体形式。在汉赋之中，散体大赋是最具代表性和时代性的，创作者多且作品数量多，内容同样涉及方方面面。在汉朝的汉赋大家中，比较具有代表性的有司马相如和杨雄，他们的代表作品中均曾提及海洋。

司马相如（约前179—前118），字长卿，其汉赋代表作《子虚赋》作于汉景帝时期，辞藻华丽且结构宏大，他也因此被后世誉为"赋圣"。

子虚曰："可。王车驾千乘，选徒万骑，田于海滨。列卒满泽，罘罔弥山，掩兔辚鹿，射麋脚麟。骛于盐浦，割鲜染轮。射中获多，矜而自功。顾谓仆曰：'楚亦有平原广泽游猎之地饶乐若此者乎？楚王之猎孰与寡人乎？'仆下车对曰：'臣，楚国之鄙人也，幸得宿卫十有余年，时从出游，游于后园，览于有无，然犹未能遍睹也，又焉足以言其外泽者乎！'齐王曰：'虽然，略以子之所闻简而言之。'"

…………

乌有先生曰："是何言之过也！足下不远千里，来贶齐国，王悉发境内之士，而备车骑之众，与使者出畋，乃欲勠力致获，以娱左右，何名为夸哉！问楚地之有无者，愿闻大国之风烈，先生之余论也。今足下不称楚王之德厚，而盛推云梦以为高，奢言淫乐而显侈靡，窃为足下不取也。必若所言，固非楚国之美也。无而言之，是害足下之信也。章君恶、伤私义，二者无一可，而先生行之，必且轻于齐而累于楚矣。且齐东陼钜海，南有琅邪；观乎成山，射乎之罘；浮勃澥，游孟诸；邪与肃慎为邻，右以汤谷为界。秋田乎青丘，彷徨乎海外。吞若云梦者八九于其胸中曾不蒂芥。若乃俶傥瑰玮，异方殊类，珍怪鸟兽，万端鳞崒充牣其中，不可胜记。禹不能名，高不能计。然在诸侯之位，不敢言游戏之乐，苑囿之大；先生又见客，是以王辞不复，何为无以应哉！"

——司马相如《子虚赋》节选①

上述内容中，前段主要为子虚对齐王海滨狩猎的描述，以铺排夸张的形式描述了齐王领众人在东海之滨狩猎的情形，并对自身领地丰饶情况进行了描述。整段虽然以华丽辞藻展示强大的气势，但多数属于对客观事物的陈述，即徒有气势却缺乏能够打动人心的感染力，海洋仅仅是一个事件描述的背景。另外，子虚以与齐王的对话引出了楚国的云梦大泽，引出了后续子虚对云梦大泽的描述，从而令子虚和乌有开始辩论。

后段主要讲述了乌有对子虚的反驳，先论述了子虚仅仅描述了云梦大泽的广阔和游猎之快，并未提及楚君的政绩和德行；之后以齐国临海为背景阐述了齐国君王的德行。此处的海洋同样是作为事件的背景，并未成为审美对象和情绪依托而正式登场。

在该汉赋作品中，海洋仅是齐国疆域的背景，更偏向一种客观静态的陈

---

① 赵逵夫主编《历代赋评注 1 汉代卷》，巴蜀书社 2010 年版，第 118~138 页。

述，但写法采用了铺排方式，辞藻极为华丽。

杨雄（前53—18），字子云，西汉末年著名的辞赋家和思想家，因仰慕先贤而对汉赋极为喜好，曾模仿司马相如作赋，其中模仿《子虚赋》所作的就是《羽猎赋》，为临近崩溃的汉王朝歌功颂德，但晚年杨雄对汉赋又有了新认识，于是得出了汉赋华而不实的论断。

> 于是禽殚中衰，相与集于靖冥之馆，以临珍池。灌以岐梁，溢以江河，东瞰目尽，西畅无崖，随珠和氏，焯烁其陂。玉石嶜鉴，眩耀青荧。汉女水潜，怪物暗冥，不可殚形。玄鸾孔雀，翡翠乘荣。王雎关关，鸿雁嘤嘤。群娱乎其中，嘤嘤昆鸣；兔振鹭，上下砰磕，声若雷霆。乃使文身之技，水格鳞虫，凌坚冰，犯严渊，探岩排碕，薄索蛟螭，蹈獠獭，据鼋鼍，拔灵蠵，入洞穴，出苍梧，乘巨鳞，骑京鱼。浮彭蠡，目有虞。方椎夜光之流离，剖明月之珠胎，鞭洛水之宓妃，饷屈原与彭胥。
>
> ——杨雄《羽猎赋》节选[1]

上述内容主要描述了沿海的古越人的生活场景。"乃使文身之技，……骑京鱼"，这说的就是古越族人文身善水，海上劳作时会乘骑海中所捕大龟、巨鲸等在海上游弋。虽然海洋依旧作为背景出现，但主要内容与海洋生活息息相关，描绘海洋劳作过程所采用的辞藻极为华丽和丰富，海洋场景也更加生动，整体而言是一种对海洋的具象描述，并未将海洋精神提炼出来。

此处所举例子是汉赋中散体大赋涉及海洋部分内容的代表作。虽然整个西汉时期的散体大赋中涉及海洋的作品很多，但绝大多数都是此类陈述，以华丽辞藻来描绘场景，缺少海洋所具备的核心意象。

这其实主要是由时代背景造成的。在先秦时期，尤其是春秋战国时期，虽然中华大地处于各自为政、争乱不休、群雄争霸的阶段，但每个诸侯国均有其自身的政权和文化，士人可以根据自己的抱负去选择效忠对象，且这些士人的思想均处于自由状态，所以形成了诸子百家、多种文化相互交锋共存的现象。进入西汉，其制度延续了秦朝，虽然很快就废除了"挟书律"，但这种思想文化统一化的思想并未完全消除，而且到汉武帝时，开始采取"罢黜百家，独尊儒术"的思想，这在很大程度上限制了其他思想学说的兴盛。另外，汉王朝主要采用的是王室主管各地、削减王国势力的政治措施，虽然

---

[1] 赵逵夫主编《历代赋评注 1 汉代卷》，巴蜀书社2010年版，第265~272页。

有助于开疆拓土、稳固政权，但在思想上对士人产生了极大的限制。

从整个西汉散体大赋的发展和创作内容来看，很多赋作家其实并未亲临大海，无法对海洋真正的气势和状貌进行生动且深刻的描述。同时，西汉散体大赋在很大程度上是用于迎合汉王室的喜好，所以西汉的散体大赋中华丽辞藻极为常见。

这一点从《羽猎赋》中神和灵兽等形象沦为帝王陪衬的内容就可见一斑，但这类内容迎合了西汉帝王的需求。

整体而言，整个西汉时期散体大赋虽然数量极多，内容丰富，且海洋很早就成了汉赋的创作内容，但海洋在多数作品中作为背景陪衬而存在，并未真正发展为海洋文学。

三、东汉时期汉赋中的海洋世界

西汉时期，海洋在汉赋中仅仅是一种陪衬，也就是说，海洋文学在西汉时期并未得到大的发展。海洋文学真正开始发展则源于东汉初期班彪的《览海赋》，并经东汉末年王粲的《游海赋》推动，最终在汉魏之际的建安时期得到了快速的发展。

（一）第一篇海赋——以海洋为主角的《览海赋》

班彪（3—54），字叔皮，出身儒学之家，是《汉书》作者班固的父亲，也曾专事于史学著述。班固能够修成《汉书》的主要原因之一就是班彪广泛采集了前朝的历史遗事等史料。

班彪有高才且好写作，在东汉初期曾专事史学著述。在汉武帝时期，司马迁著述了《史记》，其内容从传说中的黄帝时代写到了汉武帝，但后续内容缺失。虽然后续有多位学者（包括刘向、刘歆、杨雄等）都曾缀集时事对其进行补充，但多数文笔鄙俗，且缺乏史学考证。班彪专事史学著述时，不但采集了很多前朝的历史遗事，而且旁征博引，贯穿了很多民间异闻，最终写成《后传》六十余篇，其中内容斟酌了前史、纠正了得失，对后续《汉书》的完成帮助极大。

班彪以史学著述闻名于世，因此，其赋作并不太多，至今仍存世的仅余三篇，分别为《冀州赋》《北征赋》《览海赋》。其中《览海赋》是中国文学史上第一篇纯粹的海赋，是第一次以海洋为主角进行创作的文学作品，不但开了海赋先河，而且正式将海洋纳入了文学创作的主体范畴，为后世海洋文学的发展和壮大指明了道路和方向。

余有事于淮浦，览沧海之茫茫。悟仲尼之乘桴，聊从容而遂行。驰鸿濑以缥鹜，翼飞凤而回翔。顾百川之分流，焕烂漫以成章。风波薄其裔裔，邈浩浩以汤汤。指日月以为表，索方瀛与壶梁。曜金璆以为阙，次玉石而为堂。蒙芝列于阶路，涌醴渐于中唐。朱紫彩烂，明珠夜光。松乔坐于东序，王母处于西箱。命韩众与岐伯，讲神篇而校灵章。

原结旅而自讬，因离世而高游。骋飞龙之骖驾，历八极而回周。遂竦节而响应，忽轻举以神浮。遵霄雾之掩荡，登云涂以凌历。乘虚风而体景，超太清以增逝。麾天阍以启路，辟阊阖而望余。通王谒于紫宫，拜太一而受符。

——班彪《览海赋》①

因为《览海赋》第一句提到"余有事于淮浦"，所以可理解为这是班彪在描述自身的经历，而根据其生平经历可推测出此赋作于 37 年左右班彪赴徐县任县令的途中。从时间上看，《览海赋》作为第一首海赋，在海洋文学发展史上本应具有极高的地位，毕竟属于海赋的发轫之作，但现实很令人尴尬，《览海赋》并未被海洋文学研究者普遍认可，因多数研究者认为其内容其实并非览海，而是游仙，受黄老道家思想的影响过深，有修道成仙逃避现实的嫌疑。

其实不论从时间还是内容方面看，《览海赋》作成之时，道教还未真正诞生。另外，班彪出身于儒学世家，接受的是正统的儒家思想教育，在评论司马迁著作《史记》时不依五经法言著述内容，认为其属于重大纰缪，可见班彪受儒学思想影响极深，所以作赋时自然不会尊崇道学思想。

在《览海赋》中广泛存在的神话并非班彪个人的写作特征，而是汉赋的发展过程中受楚辞和先秦时期文学作品影响极深的表现，并非班彪自身对神话和游仙的推崇。

上述《览海赋》为三十六句，始见于《艺文类聚·卷八》（中国现存最早的官修类书，作于唐朝），但全赋给人感觉并不完整。

其内容开篇就与常见的散体大赋有极大不同，通常散体大赋是虚构主客，并以问答的形式阐述内容，而班彪的海赋打破了这一固有模式，更加重视文学自身的教化功能，所以开篇就阐明是自己有事到淮浦从而经过大海，瞬间就拉近了自身与读者之间的距离，教化作用自然更加明显。

---

① （唐）欧阳询《艺文类聚》卷八《览海赋》，中华书局 1965 年版，第 152 页。

之后班彪描述了在览海过程中的所见和所思，即看到大海后终于明悟了孔子所说那句"道不行，乘桴浮于海"，并通过由近及远的方式清晰描述了海洋的形象，从而展示了海洋的宏观和磅礴，极为生动形象。但这仅是眼之所见，即现实所看到的海洋，之后则是班彪随着无边无际的海洋畅想而出的景象：以日月为标识，在辽阔的海洋中寻找传说中的仙山和神仙，神仙所居富丽堂皇，仙人群居且对班彪的拜访极为欢迎，让"韩终（读书神速且博闻强记的一位仙人）"和"岐伯（可诊断国政并为国家看病的仙人）"为班彪讲解神篇、校正灵章（寓意管理之道），希望班彪能够如神仙般通达治国方略、学识惊天。

最后，班彪想象自己驾驭飞龙向四面八方的神仙学习治国方略，增加学识，从而得以如神仙般踏云入天庭得天帝（太一）赐予的符来承担应有的治国使命。

从整篇海赋的内容来看，其是对汉光武帝赐官的歌颂，前半部分重在描述海洋的形象特征，后半部分则着重抒发了个人的情感和志向。这种将自己的政治抱负进行"天授"式合理化的做法在后世也多有表现，同样是文学形式和情感表达方式的一种创新。

整篇《览海赋》具有很强的文学独创性，其主要体现在四个层面。

首先，《览海赋》是首篇以海洋为主要表现对象的汉赋（虽其中有三分之二左右为神仙世界的描述，但依旧是以海洋为主体描述对象的作品），在此之前的各种文学形式中，海洋多数是浅尝辄止的描绘对象，或是寄托感情抒发情绪的载体，并未出现大篇幅以描述海洋为主的文章。

其次，《览海赋》在艺术形式上进行了突破，其摒弃了散体大赋标志性的主客问答文体形式，而是直抒胸臆，以第一人称"吾"进行陈述，并无对话，且亲历性引入方式能够给读者很强的信任感，在此基础上进行艺术想象和叙述，能更好地发挥教化作用。

再次，《览海赋》对海洋物象的描述更加灵活，没有完全依照散体大赋在写物时所采用的铺排模式，也未对辞藻极力进行雕琢，而是对散体大赋的写物模式和辞藻运用进行了改良，未简单地用华丽辞藻进行堆砌，主要对事件的发展进行了轨迹化叙述，如描绘仙境时仅描绘了建筑形式、道路、材料以及生活用品等，体现了仙境的奢华和高贵，同时从侧面衬托了帝王之尊，避免了从正面铺叙造成的枯燥。

最后，《览海赋》突破了散体大赋歌颂帝王之功的单一作用，开始用更多的笔墨进行作者个人情感的表达和抒发。虽然整篇海赋依旧是对帝王功绩的歌颂，但不论开篇还是最后所抒发的均是班彪自身的情感。这意味着从《览海赋》开始，作者个人思想情感的抒发这一明显的文学自觉性开始觉醒，为后续的抒情小赋的出现和发展打下了坚实的基础。

（二）全面描述海洋的海赋——《游海赋》

班彪的《览海赋》开创了海赋文学形式。继其之后，班固创作了《览海赋》，但仅存留数句残篇，且残留辞赋并未直接对海洋进行描述，而是同样延续了班彪铺陈想象的风格，以对海洋经历的想象为主。直到汉朝末年，一直未有突出的海赋作品出现。

东汉中后期，帝国开始分崩离析，于是散体大赋这种歌颂帝王强盛的文体逐渐失去生存空间，并最终走向了衰落，随之而起的则是抒情小赋。

196年进入建安时期，"三曹七子"的出现为海赋的发展带来了新生机。比如，"三曹"中的曹操曾作《游海赋》，但仅存一句流传；曹丕的《沧海赋》和王粲的《游海赋》也仅有残篇留存。

王粲的《游海赋》虽仅留残篇，且为王粲早年尚未达到文学巅峰时期所作，但其艺术风格和内容均在班彪的《览海赋》的基础上得到了发展，对后世海洋文学的发展产生了积极的影响，拓宽了咏海赋的发展方向。

王粲（177—217），字仲宣，东汉末年著名文学家，"建安七子"之一。"建安"是东汉末代帝王汉献帝的年号，持续时间为196—220年。当时的文学获得了极大发展，因为该阶段整个中原一直处于战乱动荡中，"独尊儒术"的思想开始不再是主流，所以此阶段的作家开始摆脱思想束缚，更加注重文学作品的抒情性。此阶段的文学巨著众多，不但内容充实而且感情丰富，这种文学作品特征也被称为建安风骨。

通常来说，建安风骨就是要求文学作品感情充沛、风格明朗且刚健，其对文学的发展起到了极大的推动作用。

之所以将王粲的《游海赋》单独列出，是因为虽然班彪的《览海赋》提供了海赋的创作方向，但其中对海洋的正面描述很少，对后世文学作家在内容方面的借鉴意义并不太大，王粲的《游海赋》则是首次正面且全面对海洋进行描绘的海赋，对后续海洋文学的创作和发展有重要的开拓意义。

含精纯之至道兮，将轻举而高厉。游余心以广观兮，且仿佯乎四裔。乘菌桂之方舟，浮大江而遥逝。翼惊风而长驱，集会稽而一睇。登阴隅以东望，览沧海之体势。吐星出日，天与水际，其深不测，其广无垠。寻之冥地，不见涯泄。章亥所不极，卢敖所不届。洪洪洋洋，诚不可度也。处崛夷之正位兮，同色号于穹苍。苞纳污之弘量，正宗庙之纪纲。总众流而臣下，为百谷之君王。洪涛奋荡，大浪踊跃。山隆谷㟏，宛亶相搏。怀珍藏宝，神隐怪匿。或无气而能行，或含血而不食，或有叶而无根，或能飞而无翼。鸟则爰居孔鹄，翡翠鹔鹴，缤纷往来，沉浮翔翔；鱼则横尾曲头，方目偃额，大者若山陵，小者重钧石。乃有贲蚅大贝，明月夜光，蠵鼊玳瑁，金质黑章。若夫长洲别岛，旗布星峙，高或万寻，近或千里；桂林丛乎其上，珊瑚周乎其趾。群犀代角，巨象解齿。黄金碧玉，名不可纪。

——王粲《游海赋》[①]

　　《游海赋》同样摒弃了散体大赋主客问答的框架模式，直接以平铺直叙的自我叙述开篇，描写了作者怀揣豪情来到海边观海，并以铺排的方式由远景描述了海洋的气势，即星星、太阳等均出于海洋，天空也与海洋相交接，深度无法测量，广度无法揣测，无法找到海洋流向，也无法找到海洋出处，章亥（善走之人）无法走到头，卢敖（寻仙之人）无法找到海洋边界，海洋波浪滔天，谁也无法横渡。

　　之后又描述了海洋极远之处的景象，与天相接且与天同色，同时有着海量的包容力，所以才能够纳百川而不满溢。汪洋大海还容纳了各种鸟兽鱼虫，而且这些生物很不可思议。海岛同样非常奇异，岛屿星罗棋布，或高或矮，或大或小，岛上花草、巨兽、金玉等丰富异常，根本无法一一记述。

　　虽然此篇海赋仅为残篇，但仅从残本即可看出王粲对海洋的描述不但气势磅礴，而且粗中有细、动中有静，同时形象与意境相辅相成，使得整篇海赋的内容起承转合极为顺畅。在该篇海赋中，王粲在描述景色的同时进行情绪的抒发，令整篇海赋的情感极为浓郁。另外，该篇海赋虽看似全是物象描述，但也引申了王粲对曹操文治能力的赞誉和推崇，在赞颂曹操的同时，抒发了作者渴求秩序重归的豪情。

　　综合来看，虽然王粲的《游海赋》并非中国文学史上第一篇海赋，但其是真正第一次正面描绘海洋的赋作，不仅在形象刻画上有极高的技巧，在意境塑造方面也展现了极高的水平。魏晋时期，很多海赋作品均或多或少受到了《游海赋》的影响，包括文本结构、用语模式、意境塑造等各个方面。可以说，王粲的《游海赋》是海赋乃至海洋文学之中的里程碑式作品。

---

① 赵逵夫主编《历代赋评注 3 魏晋卷》，巴蜀书社 2010 年版，第 48~50 页。

整个汉朝的汉赋中有关海洋内容的文学的发展脉络，可参照图2-1进行梳理。

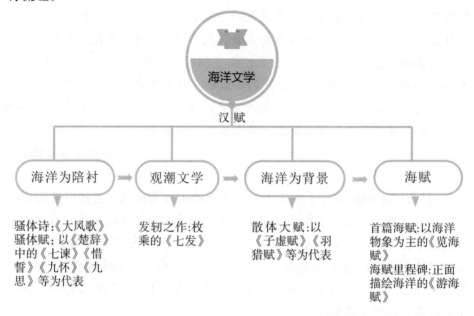

图 2-1 秦汉时期以汉赋为代表的海洋文学发展脉络

第三节 两汉时期真情流露的海洋古体诗

两汉时期，虽然汉赋这一文体占据霸主地位，但古体诗并非没有发展，其中的乐府诗就曾大放异彩。建安时期，古体诗也得到了快速的恢复和发展。

古体诗也称古诗、古风，通常以歌、行、吟等载体呈现。最早的古体诗为四言诗，《诗经》中所收录的上古诗歌就是以四言诗为主，《国风》《小雅》《大雅》等均是四言诗体裁。秦汉时期乃至魏晋时期均有文人写四言诗，如"三曹"中曹操，他的《观沧海》《龟虽寿》就是代表。

五言诗其实早在先秦时期就已存世，如《诗经》中的《召南·行露》就是标准的五言诗，但其真正成熟则是在两汉时期。五言诗也称为五古，后由南朝萧统选录的《古诗十九首》，就是收集了两汉时期文人的五言诗，通常以句首为标题。汉朝的乐府诗也有很多属于五言诗。

七言诗产生的时间也许早于五言诗，但其真正兴起是在唐宋时期，也称七古，唐人称其为长句。还有一种是杂言诗，即诗句长短不齐，一般以三、四、五、七言相杂，也有一字句或十字句，通常以七言为主，将其归于七言诗，比较具有代表性的就是《诗经》中的部分杂言诗以及汉朝乐府诗。

一、汉朝乐府诗中的海洋

在汉朝，整个古体诗虽然被汉赋压制得极为厉害，但其中的乐府诗得到了很好的发展。

（一）乐府诗之兴起

秦朝时，朝廷专设了主管音乐的官署，即为乐府。汉朝沿袭了这一官署，但初始时其规模很小，到汉武帝时才将其进行扩充成为专署。

《汉书》中曾多次提到汉朝立乐府而采歌谣的内容。比如，《汉书·礼乐志》："至武帝定郊祀之礼，祠太一于甘泉，就乾位也；祭后土于汾阴，泽中方丘也。乃立乐府，采诗夜诵，有赵、代（汉高祖所置古国，辖境可概括为燕）、秦、楚之讴。以李延年为协律都尉，多举司马相如等数十人造为诗赋，略论律吕，以合八音之调，作十九章之歌。以正月上辛用事甘泉圜丘，使童男女七十人俱歌，昏祠至明。"这指的是自汉武帝时期行郊祀之礼时就设立了乐府，并采集赵、代、秦、楚等地的民间诗歌，以用于祭祀。

又如，《汉书·艺文志》记载："自孝武立乐府而采歌谣，于是有赵、代之讴，秦、楚之风，皆感于哀乐，缘事而发，亦可以观风俗，知厚薄云。"孝武即汉武帝谥号，说的是因为有汉武帝设立乐府开始采集民间诗歌，所以汉人可以明晰赵、代、秦、楚等地的风俗习惯和精神诉求，更容易对这些地区进行针对性管理。

虽然根据记载，汉朝帝王设立乐府采民间歌谣和诗歌的主要目的是娱乐和借鉴，但从另一个角度来看，乐府的设立也为我们留存了很多汉朝时脍炙人口的民间作品。因乐府诗多数源自民间诗歌，所以其也被称为乐府民歌。

（二）乐府民歌中的海洋

乐府民歌主要来自民间，虽然其中涉及海洋的诗歌很少，但少有的几首涉海民歌却极富情感，极大地促进了后世海洋文学的发展。在整个乐府民歌体系中，最脍炙人口的两首涉及海洋的佳作是《长歌行》与《有所思》。

青青园中葵，朝露待日晞。

阳春布德泽，万物生光辉。

常恐秋节至，焜黄华叶衰。

百川东到海，何时复西归？

少壮不努力，老大徒伤悲！

——《长歌行》①

有所思，乃在大海南。

何用问遗君？双珠玳瑁簪，用玉绍缭之。

闻君有他心，拉杂摧烧之。

摧烧之，当风扬其灰。

从今以往，勿复相思！相思与君绝！

鸡鸣犬吠，兄嫂当知之。

妃呼豨！

秋风肃肃晨风飔，东方须臾高知之！

——《有所思》②

　　《长歌行》是一首咏叹和感慨人生的歌谣，通过描述生命流逝的自然规律来表达人生短暂，更需不断努力的观念。其大意是，园中郁郁葱葱的葵菜（汉朝民间的一种重要蔬菜）叶上晶莹的露水在阳光下蒸发。春季来临，万物复苏，但秋季来到时绿叶枯黄、百草凋零，万物都会在自然规律之下生老病死，最终完结一生。河流奔腾入海，不知何时才能重返源头。时光一去不复返，若少年时不及时努力，老了必然会悔恨终身。

　　其中涉及海洋的诗句虽仅有两句，但其引申义深刻明晰：陆地上的大小河流都会东流汇集入海，且水流一去不复返，就像人生的时光一般，经历过就再也无法回头。通过对一个自然现象的阐述，过渡到对人生的理解和思索之中，起到了思维迁移的作用，从而令读者能够深切理解最后两句的意境。这是一首民间的告诫诗，但并不让人感到枯燥乏味，而是能够使人通过对万物之生命的感慨，深入理解人生的短暂和人生的意义。

　　整首诗歌除最后两句之外，均是对自然现象的描述，但其隐喻的是对时

---

① （清）沈德潜编《古诗源》，司马翰校点，岳麓书社 1998 年版，第 51 页。

② （清）沈德潜编《古诗源》，司马翰校点，岳麓书社 1998 年版，第 48 页。

光和青春的珍惜，最终通过自然界万物的生命走势，得出了人生只有不断努力，才能最终明晰生命的价值，而不会在老年伤悲的人生道理。整个推理过程在全诗中并未有丝毫体现，甚至对时光一去不复返的内容也只字未提，却可以带给人振聋发聩的警示，又不似普通说教令人生厌。

《有所思》则是一首记述女子在遇到爱情波折时产生的复杂情绪的诗。整首诗主要有两部分内容。

前五句主要阐述了女子对远方情郎所持的热烈相思爱恋之情。其大意是，女子的情郎远在大海南边，与她相隔甚远，自然思念更深，相思之苦也更浓，应该拿什么送给情郎呢？只能将满腹相思寄寓在要送给情郎的信物上。发簪用玳瑁和珍珠制成，更用美玉缠绕包裹，显得极为精美，这种精美就是女子对情郎的爱恋和思念。

后几句则主要阐述女子听闻情郎情况之后情绪的快速转变。其大意是，听闻情郎竟然变心，女子满腔的思念和深情瞬间转变为了满腔的怨恨，要将精心制作的爱情信物拆毁，还要将拆毁的东西烧成灰烬，以表达内心的怨恨。从此以后更是不会去思念情郎，要断绝和情郎的关系。之后又回想起当初和情郎相会的时候，鸡狗、兄嫂都应该知道了。唉，听到外面秋风瑟瑟，更感到情绪纷乱，也许只有天亮后才会好一些吧。

整首诗歌仅有前两句涉及海洋，通过海洋的意象表达了男女情人感情极深却因相隔极远而无法相聚的深切相思之情，以海洋的广阔和天水相隔体现了情之深。

除以上两首乐府民歌之外，还有一首对作者有所争议的《饮马长城窟行》，在《玉台新咏》（汉朝至梁朝的诗歌总集）中被认为是蔡邕（133—192，字伯喈，东汉时期名臣，才女蔡文姬之父）所作，但从该诗的韵律和声律以及蔡邕的创作特征来看，此诗应该是在东汉前就流传在民间的一首民间诗歌。

> 青青河畔草，绵绵思远道。
> 远道不可思，宿昔梦见之。
> 梦见在我傍，忽觉在他乡。
> 他乡各异县，展转不相见。
> 枯桑知天风，海水知天寒。
> 入门各自媚，谁肯相为言！
> 客从远方来，遗我双鲤鱼。

> 呼儿烹鲤鱼，中有尺素书。
> 长跪读素书，书中竟何如？
> 上言加餐食，下言长相忆。

——《饮马长城窟行》[①]

《饮马长城窟行》是一首描绘妇人思念丈夫的诗歌，从开始的魂牵梦萦、缠绵忧心，到收到信件重逢希望落空，相思之情发展到顶点，虽意象平淡，情感含蓄，却给人一种余味无穷的感觉，同时体现了当时社会生活的状况。

整首诗涉及海洋的内容仅有一句"海水知天寒"，却将相思之情衬托得极为深切，从最初河边青草不断延伸的意象引出对丈夫的思念，又因思念而在梦中相见，梦醒却发现丈夫依旧在外漂泊无法相见，桑树枯萎是知道秋风已来，海水也知道天气寒冷的滋味，就像妇人对丈夫的相思一般，虽从未表达，但内心充满孤独和凄凉。

该诗的叙事性非常明显，体现的是古代征役频繁，很多男丁都要服徭役，均远离家乡和妻子，因此，民间出现了很多妇人思念丈夫的诗歌。

虽然在以上三首乐府诗中海洋都不是吟咏对象，也并非诗的主旨，但对海洋意象的运用将情绪烘托得极为到位。

二、汉朝文人诗中的海洋

文人诗具有高雅、情感隐晦等特点，通常发展方向是大雅，因此，文人诗中蕴含的情感非常博大宽厚，而且文人诗忌直白，所以抒发的情感和表达的意象都较为隐晦，通常需要通过事物寄寓作者的情感。

（一）《短歌行》中作陪衬的海洋

汉朝文人诗中涉及海洋的并不太多，其中最为知名也流传最广的则是汉末曹操的诗作。曹操所作四言诗《短歌行》中，海洋虽仅是陪衬，却意象深远且深刻。

> 对酒当歌，人生几何！譬如朝露，去日苦多。
> 慨当以慷，忧思难忘。何以解忧？唯有杜康。
> 青青子衿，悠悠我心。但为君故，沉吟至今。

---

① 孙志升编著《长城诗歌》，燕山大学出版社 2019 年版，第 3 页。

呦呦鹿鸣，食野之苹。我有嘉宾，鼓瑟吹笙。
明明如月，何时可掇？忧从中来，不可断绝。
越陌度阡，枉用相存。契阔谈讌，心念旧恩。
月明星稀，乌鹊南飞。绕树三匝，何枝可依？
山不厌高，海不厌深。周公吐哺，天下归心。

——曹操《短歌行》①

上述内容中，曹操描述了在宴会之上歌唱诗歌时的感慨。除最后几句诗之外，前面的内容均在感慨人生之路的境遇，虽面对美酒高声唱着歌，但内心极为忧思，这种忧思就是因为求贤若渴，期望有良臣贤才前来。前述诗句均在描述曹操自身对人才的渴求，而最后几句则是曹操自喻山和海，山永远不会嫌自己高，海洋永远不会嫌自己深，即曹操表达了自身的抱负和理想，只要是贤才，尽可前来。最后又说自己会像周文王般虚心对待贤才，从而得到天下人的拥戴。

《短歌行》中，曹操将自己比作高山与海洋，以此来表达自己对人才的无限渴求，将海洋纳百川而存的特征和意象应用得淋漓尽致。

（二）《观沧海》中化主角的海洋

除《短歌行》外，曹操还创作了中国第一首完全以海洋为歌咏对象的文人诗——《观沧海》。

东临碣石，以观沧海。
水何澹澹，山岛竦峙。
树木丛生，百草丰茂。
秋风萧瑟，洪波涌起。
日月之行，若出其中。
星汉灿烂，若出其里。
幸甚至哉，歌以咏志。

——曹操《观沧海》②

---

① （清）沈德潜编《古诗源》，司马翰校点，岳麓书社1998年版，第70页。
② （清）沈德潜编《古诗源》，司马翰校点，岳麓书社1998年版，第70页。

《观沧海》是原诗《步出夏门行》的第一章，但并非原诗名称，后人根据其内容和意境将其命名为《观沧海》。虽曹操其人在后世人心中褒贬不一，但其创作的这首诗饱受喜爱。它是中国文学史上第一首完整的写景诗，且是第一首完整的描述海洋景象的诗，借海洋之势抒发了慷慨豪情，也是建安风骨的代表之作。

全诗的前四句阐明了曹操观景的地点以及观景的对象，据考证是 207 年曹操北征得胜回师路过碣石山（山东最北部滨州市无棣县，其处于九河入海处）时所作。其大意是，在碣石山俯瞰沧海，水面辽阔且微波粼粼，远处的山岛在苍茫大海中耸立。这两句诗的描述虽然看似极为平淡，但是给人一种俯瞰海洋、纵览山海的豪迈之感。

后面的四句诗由细节入手，视角逐渐扩大，给人一种天下尽在手掌的感觉，以郁郁葱葱的树木和丰美茂盛的野草表现出勃勃的生机，与现实的萧条形成极大对比，随着萧瑟的秋风来临，草木联动，浪涛翻滚。这种前后巨大的差异感也代表着曹操内心情感的转折和变化，现实中肃杀的场景和曹操眼中生机勃勃的草木形成了鲜明对比，体现出了曹操内心的愉悦。而秋风到后，波涛翻涌而现，凭借一两次战争的胜利根本无法看到太平的世界，内心开始升起无限感慨。

此后的四句诗则完全影射了曹操内心中海洋的形象：日月星辰均源自眼前这片苍茫的大海，和辽阔的海洋相比，个体的力量依旧渺小，生命依旧极为短暂。这是曹操情绪的再一次转折，从原本的踌躇满志到感慨滋生，最终又在观照自身后感到唏嘘悲凉。

最后两句是情感抒发，感慨自身能够有幸来到此处观海，也感叹自身有幸生于此时，为天下太平而奋进。

此诗主要写景，情感极为饱满，但并非全是感慨，而是豪情的抒发、现实的映照、内心的悲凉逐步递进，宛如海洋盛景不断变化，时而平静，时而激荡。

从曹操所作《观沧海》完全可以看出，汉末时期文人咏物写景的诗并不会以完全逼真的事物为主体，而是将情感、志向等融于事物，以实现托物明志的目标。这也说明在汉末，文学自觉的征兆愈发明显，诗人在创作时开始注重将自身的感受与才情相融合进行展示，而非汉赋那种完全才气的堆砌。

第三章　勃发·魏晋时期的海洋诗赋创作

184年，黄巾之乱爆发，整个汉王朝陷入岌岌可危的状态，各方势力蠢蠢欲动并征战不断。196年，曹操将汉献帝迎入许昌，并改元建安，进入建安时期。他采用"挟天子以令诸侯"的策略，以期平定天下。

在此阶段，整个中华大地开始陷入纷乱争斗之中。220年，东汉正式灭亡（节点为曹操病逝，其子曹丕逼迫汉献帝禅让，最终定国号为魏，史称曹魏），我国进入三国时期。221年，刘备称帝，国号续为汉，史称蜀汉。此后，刘备与孙权征战失败，于223年病逝。同年，蜀汉与孙权恢复同盟关系。229年，孙权称帝，定国号为吴，史称东吴或孙吴。至此，三国鼎立的态势完全形成。

263年，司马昭发动灭蜀之战，蜀汉亡；265年，司马炎废魏元帝，之后自立，定国号为晋，史称西晋，曹魏亡；280年，司马炎再次发动灭吴之战，孙吴亡。至此，三国时期结束，进入晋朝时期。

整个晋朝上承三国，下启南北朝。280年，西晋统一天下，但和平稳定仅仅维持了十几年，从291年开始进入八王之乱的内乱阶段，一直持续到306年，导致晋朝元气大伤。之后，诸多内迁的民族开始趁乱举兵，造成了五胡乱华的局面，大量世族和百姓不得不南迁避难。316年，西晋灭亡，中国北方进入了五胡十六国时期。

317年，晋朝宗室司马睿在南方称帝，建立东晋。但因接收多个世族而造成了皇权极大衰落，从而造成了整个东晋一直处于内乱之中。直到383年前秦意图灭东晋，各世族才最终达成一致，灭掉前秦。东晋后期，朋党相争愈发严重，之后一直处于战乱之中，直到刘裕崛起并在420年平定乱战建立南朝宋后，中华大地又进入南北两势力对立的情势之下，史称南北朝。最终到589年隋灭掉南朝陈后，南北朝时期结束，进入隋唐时期。

从三国时期到隋朝，300多年的时间跨度中有30多个大小王朝不断交替兴亡，这使得整个中国的文化发展受到了极大的影响，多种文化相互渗透、交错、影响。此时期，儒学的发展趋于复杂化。同时，基于黄老之道在东汉后期逐步形成实体，各种民间道教教派开始成立，并在魏晋时期逐步发展壮大；佛教自汉朝中期（公历纪元前后）传入中国，并在南北朝时期在全国广为传播；波斯文化和希腊文化也在魏晋时期传入中国并糅杂于各文化体系中。这种文化因素的多样化影响和长期动乱使得整个魏晋时期文学的发展处于不断爆发的状态。

在魏晋时期，原本仅仅处于开端状态的海洋文学开始异军突起，成为魏晋时期文学中极为瞩目的部分。此阶段海赋的创作数量极多，而且质量有了极大的提升。除海赋之外，海洋志怪小说的创作也开始发迹，内容极为丰富，且文学水平极高。另外，海洋诗歌开始体现出文学自觉特性，推动了海洋文学的发展。

第一节　亲历海洋怦然勃发的海赋创作

魏晋时期也被称为魏晋南北朝（或称魏晋六朝），具体可分为三国时期（包括曹魏、蜀汉、东吴）、两晋时期（包括西晋和东晋，其中西晋统一全国，东晋占据南方）、南北朝时期（占据南方的宋、齐、梁、陈四国，以及占据北方经历五胡十六国之后的北魏、东魏、西魏、北齐和北周）。

整个魏晋时期时间跨度有三百六十余年，几乎一直处于战乱纷争之中，诸国混战、统一后的内战、五胡乱华的外战等层出不穷，这段时期被很多研究者称为中国历史上最乱、社会生活最艰难的年代。

一、海洋文学在魏晋的兴起

魏晋时期海洋文学的快速发展和当时的时代背景息息相关。具体来说，主要与政治背景、宗教发展和文学融合等相关。

（一）政治背景的变化推动了士人思潮

魏晋时期，政治局面极为多变，在近四百年的时间中，全国统一、和平稳定的时间极其短暂。政治局面的多变造成了战乱不断，导致此阶段全国人数锐减。而且士人常被苦闷、焦虑等情绪笼罩，时常会有文学家因当政者的变更而被杀害。

魏晋时期残酷的社会现状致使士人和文学家不得不重新思考个人与集权层的关系。此时期，很多士人原本希望利用才学改造国度和民生的想法开始发生变化，在仕与隐中不断转化。在先秦时代，各种学派的思想不断交锋，士人阶层通常会因理想和抱负出仕，也会因仕途艰难而隐退。

统治者虽知道政权的稳定和发展必然需要士人阶层的支持，但如果一些名声在外的士人不被己所用，那么统治者为了士人不被其他统治者所用，会将其灭杀，自然无须仕与隐的选择。

在这种现实背景下，魏晋时期的士人时常会陷入一种内心矛盾的状态，一方面渴望通过自身的才学改变世界，另一方面现实的残酷使士人渴望隐退大自然中，从而舒缓内心的苦闷和压抑。于是，作为最广阔的地域，海洋就进入了士人阶层的视野之中。很多士人开始以海洋来寄托自身压抑之下的苦闷情感，借用海洋的包容和广阔来承载无法在现实中实现的抱负及理想。

（二）玄学的兴起推动了海洋文学发展

从秦朝的"挟书律"到汉武帝时期的"罢黜百家，独尊儒术"，秦汉时期的政治策略的实施目的都是维系大一统局面。这些政策虽然有助于当时的王朝稳固，但也令民众的精神和思想遭受了极大的禁锢，非常不利于文学的发展。

东汉末年，汉王室对朝政的掌控力越来越弱，统治文人和士人思想界数百年的儒学也开始逐渐失去绝对地位。士人思想的一步步解放、乱世的来临均推动士人掀起了一场思想上的颠覆运动。这场运动以玄学这一以道家思想为核心。"玄"字就源于老子所作《道德经》中的"玄之又玄，众妙之门"。

玄学包含《道德经》《庄子》《易经》的核心思想，同时与儒家的社会理论融合，最终形成了力求摆脱束缚、推崇自然率真的核心思想。玄学不仅包含自然规律的发展和变化，还包含着追求自由的韵味。这种对玄学的认可和对精神自由的推崇促使着士人接近海洋并观察海洋，进而创作出歌咏海洋的文学作品。

随着对精神自由的追寻，士人开始注意文学自身的独立性和其本身固有的价值，于是文学自觉性开始彰显。士人的创作开始追求以文学作品彰显个性，并通过文学的自觉性去追求文学独有的审美特性。在这样的背景之下，海洋文学自然开始大力发展。

（三）文化交融推动了海洋文学发展

虽然魏晋时期（尤其是南北朝时期）北方的航海活动因统治者的政策受到了极大阻碍，但东南沿海一带依旧相对稳定。在五胡乱华的局面形成后，无数百姓和士人不得不南渡避乱。同时，西晋末年爆发的北方大旱和蝗灾等使得大量农民开始南迁。这样的人员大范围流动自然推动了整个长江流域、珠江流域以及淮南地区的经济和文化发展。

东晋时期，大量士人聚集于会稽（浙江绍兴）一带，很多原本居于内陆的士人得以看到和亲历海洋。随着士人对海洋的理解不断加深，以海洋进行创作便逐步成了一种新的文学风尚，沿海居民的海洋习俗、海洋贸易、海洋劳作及海洋盛况更是成了士人创作的绝佳素材。

随着沿海区域经济文化和海路文化的发展，魏晋时期的航海技术有了很大的发展。当时寻常的商船都能乘坐数百人，甚至能够建造出承载两千多人的大船，这些商船常往来于南亚、东南亚之间进行贸易活动，从而间接推动了海洋文学的快速发展。

经济文化的融合推动了航海事业的发展，从而对海洋文学起到了极大的促进作用。然而，魏晋时期社会动荡不安，民众时常处于危险之中，生命及财产安全完全无法保证，因此很多在现实中极为无助的民众开始信仰各种宗教，以求带给自身无限的心理慰藉。

首先，源于原始崇拜、方士神仙信仰和道家思想的道教（雏形）开始快速发展并壮大。受到道教思想的影响，长生、神仙之说极为盛行，很多传说中方士、神仙等均居于海外仙岛，这就令民众对海洋的关注度空前提高。

其次，佛教自海路传入中国，这也令很多与海洋有关的佛经、佛义等拥有了海洋形象，甚至佛僧也发生了海洋化，海外佛国、南海观音等佛教信仰逐渐成为主流。

这种佛道宗教信仰的繁盛推动了海洋传说的传播，很多有关海洋的内容均开始发端于讲经布道，最终得以四处开花。整个宗教文化的融合与发展同样推动了魏晋时期海洋文学的发展。

在以上多种因素的综合影响之下，海洋文学在魏晋时期得到了空前的发展，不仅在形式上得到了拓展和丰富，内容也开始变得丰富多彩，尤其是融合了多种文化后，各种海洋文学开始在魏晋时期蓬勃兴起并茁壮成长。

二、亲历之后的海赋创作潮流

整个魏晋时期的海洋文学作品之中，海赋是最为引人瞩目的一类。这一方面是由于魏晋时期士人对海洋的关注度不断提高，另一方面是由于汉末魏初"三曹七子"对海赋的推动作用。比较有代表性的主要有三人，分别是曹操的次子魏文帝曹丕、西晋文学家木华以及南北朝时期齐朝的文学家张融。

（一）三国时期曹丕所作《沧海赋》

三国时期曹丕创作的《沧海赋》对海洋景物的描述所展示出的气势和胸怀虽不及曹操的《观沧海》，但对魏晋时期海赋的发展起到了一定的推动作用。

> 美百川之独宗，壮沧海之威神。经扶桑而遐逝，跨天涯而托身。
> 惊涛暴骇，腾踊澎湃。铿訇隐邻，涌沸凌迈。
> 于是鼋鼍渐离，泛滥淫游；鸿鸾孔鹄，哀鸣相求。扬鳞濯翼，载沉载浮；仰嗫芳芝，俯漱清流。巨鱼横奔，厥势吞舟。
> 尔乃钓大贝，采明珠，搴悬黎，收武夫。窥大麓之潜林，睹摇木之罗生。上塞产以交错，下来风之泠泠。振绿叶以葳蕤，吐芬葩而扬荣。
>
> ——曹丕《沧海赋》①

上述海赋主要描述了江河百川之水汇于海洋，沧海如神灵般威武雄壮，漫漫海水流经扶桑而消逝于眼帘，浪涛越过无尽天涯奔流而去。海洋中巨浪拍击岩石激起层层波涛，振聋发聩的浪涛声犹如在耳侧，翻涌的海水尽显凌厉豪迈之感。

于是各种海中生物开始相继远离，巨大的海鸟也惊恐地哀鸣，巨鱼随着海浪的翻涌而沉浮，鳞片在阳光照射下发出灿灿灼光，成群的海鱼争食着海面上的食物，俯身潜入海中潜藏，四面奔游的巨鱼拥有着吞舟之势。

"我"要钓大贝、采明珠成串把玩，要捡拾发光的美玉欣赏，集如玉般的美石收藏（武夫即碔砆，神话中的山名）。遥望海岛上幽深的树林可见藤萝丛生，树端交错纠缠，而树下清冷幽凉。所见之处均生机勃勃、枝叶茂盛，鲜花和果实都极为丰富灿烂。

前部分是对海洋景象的描述，尽显海洋气势之恢宏，展现出了曹丕对海

---

① 赵逵夫主编《历代赋评注 3 魏晋卷》，巴蜀书社 2010 年版，第 83~85 页。

洋气势的崇拜和欣赏。在描述完海洋景象后，开始转言自身，并借想象中的景象来抒发自身的抱负：要像海洋般凝聚英武之势，聚天下能才创造统一丰裕、歌舞升平的世界。

曹丕的《沧海赋》创作时间较早，据传是在曹操作《沧海赋》（仅存"览岛屿之所有"一句）后，作者奉和其父而作，时间大概是207年（建安十二年）。

（二）海赋范本——木华的《海赋》

木华是西晋辞赋家，字玄虚，生卒年份不详。木华极擅长辞赋，但现存仅余《海赋》一篇，被选录在南朝梁武帝长子萧统选编的《昭明文选》（也称《文选》）中。相较东汉班彪的《览海赋》，木华的《海赋》可以说达到了海赋的一个巅峰。

昔在帝妫臣唐之代，天纲浡潏，为涸为瘵；洪涛澜汗，万里无际；长波湁潗，迤涎八裔。于是乎禹也，乃铲临崖之阜陆，决陂潢而相波。启龙门之岧嶤，垦陵峦而崭凿。群山既略，百川潜渫。决溉澹泞，腾波赴势。江河既导，万穴俱流，掎拔五岳，竭涸九州。沥滴渗淫，荟蔚云雾，涓流决瀼，莫不来注。于廓灵海，长为委输。其为广也，其为怪也，宜其为大也。尔其为状也，则乃浟湙潋滟，浮天无岸；沄溢沆瀁，渺㳠淡漫；波如连山，乍合乍散。嘘噏百川，洗涤淮汉；襄陵广舄，瀺灂浩汗。

若乃大明㩩辔于金枢之穴，翔阳逸骇于扶桑之津。影沙砾石，荡飙岛滨。于是鼓怒，溢浪扬浮，更相触搏，飞沫起涛。状如天轮，胶戾而激转；又似地轴，挺拔而争回。岑岑飞腾而反复，五岳鼓舞而相磓。疫溃沧而滫溧，郁沏迭而隆颎。盘盂激而成窟，玶灈渁而为魁。涸泊柏而逦飔，磊匌匌而相豗。惊浪雷奔，骇水迸集；开合解会，瀼瀼湿湿；葩华踧沮，涓泞溇潏。

若乃霾曀潜销，莫振莫辣；轻尘不飞，纤萝不动；犹尚呀呷，馀波独涌；澎濞灒礚，碅磳山垒。

尔其枝岐潭沦，渤荡成汜。乖蛮隔夷，回互万里。

若乃偏荒速告，王命急宣，飞骏鼓楫，泛海凌山。于是候劲风，揭百尺，维长绡，挂帆席；望涛远决，冏然鸟逝，鹠如惊凫之失侣，倏如六龙之所掣；一越三千，不终朝而济所届。

若其负秽临深，虚誓愆祈，则有海童邀路，马衔当蹊。天吴乍见而仿佛，蜩像暂晓而闪尸。群妖遘迕，眇瞧冶夷。决帆摧樯，戕风起恶。廓如灵变，惚怳幽暮。气似天霄，暧䨤云步。霭昱绝电，百色妖露。呵㰤掩郁，曢昧无度。飞涝相碛，激势相沏。崩云屑雨，滚滚汩汩。习踔湛秪，沸溃渝溢。濯淅濩渭，荡云沃日。

于是舟人渔子，徂南极东，或屑没于鼋鼍之穴，或挂罥于岑崿之峰。或挈挈泄泄于裸人之国，或泛泛悠悠于黑齿之邦。或乃萍流而浮转，或因归风以自反。徒识观怪之多骇，乃不悟所历之近远。

尔其为大量也，则南溉朱崖，北洒天墟，东演析木，西薄青徐。经途瀴溟，万万有余。吐云霓，含鱼龙，隐鲲鳞，潜灵居。岂徒积太颠之宝贝，与随侯之明珠。将世之所收者常闻，所未名者若无。且希世之所闻，恶审其名？故可仿像其色，暧䁜其形。

尔其水府之内，极深之庭，则有崇岛巨鳌，峿垠孤亭。擘洪波，指太清。竭磐石，栖百灵。飔凯风而南逝，广莫至而北征。其垠则有天琛水怪，鲛人之室。瑕石诡晖，鳞甲异质。

若乃云锦散文于沙汭之际，绫罗被光于螺蚌之节。繁采扬华，万色隐鲜。阳冰不冶，阴火潜然。熺炭重燔，吹烔九泉。朱芝绿烟，暎眇蝉蜎。珊瑚琥珀，群产接连。车渠马瑙，全积如山。鱼则横海之鲸，突扤孤游；戛岩嶅，偃高涛，茹鳞甲，吞龙舟，噏波则洪涟踧踖，吹涝则百川倒流。或乃蹭蹬穷波，陆死盐田，巨鳞插云，鬐鬣刺天，颅骨成岳，流膏为渊。若乃岩坻之隈，沙石之嶔；毛翼产彀，剖卵成禽；菟雏离褷，鹤子淋渗。群飞侣浴，戏广浮深；翔雾连轩，泄泄淫淫；翻动成雷，扰翰为林；更相叫啸，诡色殊音。

若乃三光既清，天地融朗。不泛阳侯，乘蹻绝往；觌安期于蓬莱，见乔山之帝像。群仙缥眇，餐玉清涯。履阜乡之留舄，被羽翮之襂纚。翔天沼，戏穷溟；甄有形于无欲，永悠悠以长生。且其为器也，包干之奥，括坤之区。惟神是宅，亦只是庐。何奇不有，何怪不储？芒芒积流，含形内虚。旷哉坎德，卑以自居；弘往纳来，以宗以都；品物类生，何有何无。

——木华《海赋》[1]

木华创作的《海赋》共有两百多句，可谓是海赋中的鸿篇巨制，而且其

---

[1] 滕新贤著《沧海钩沉中国古代海洋文学研究》，上海三联书店2018年版，第108—110页。

通篇贯穿海洋，可分为两部分：第一部分介绍了海洋的形成；第二部分依次对海洋的神奇和广大进行了详细描述。

首段追溯了上古的神话传说，即早在尧舜时期就有无边洪水肆虐，致使民不聊生，汹涌的海洋波涛连绵，无尽的海水漫无边际，对先民的影响极大。

之后概述了大禹治水的过程，这也是首次在海赋以极为详尽的笔触中对大禹治水进行了记述：大禹引领百姓铲高地、掘池塘，又开凿龙门山峭壁疏通河道，最终使积水宣泄奔腾赴海，五岳得以耸立，水灾得以消除。虽然在描述大禹治水的过程时仅用了几个非常平淡的动词，但与漫天洪涛相比，则于平淡之中给人以力拔山兮气盖世的雄壮气势。

首段的最后阐述了海洋的形成过程：由点滴之水汇为溪流，各溪流从山涧潺潺流出，多种多样的水不断向海洋汇集，最终形成了无边无际的壮阔大海。末句则是对海洋特征的感叹，赞叹其广阔、神奇、无边无际。

整个第二大部分从不同角度对海洋进行了详尽描绘。

首先是"尔其为状也"，即从海洋的状貌进行详细描述。总括性的状貌描述是针对海洋寻常的状态，辽阔而无边无际，波涛如山峦般连绵不绝，浪花聚散随心，不断冲击海岸的海水为世间留下了曲折的海湾，以远近状貌搭配的方式全面概述了海洋状貌。

之后从不同角度对海洋的状貌进行了详细的描绘。先是以神话传说中日月升降之所来衬托海洋的神奇，再通过风浪兴起之后的多层描述，采用比喻、拟人等手法，将海洋的惊涛骇浪展现得淋漓尽致，给人以海力不可违的气势感和恐惧感。随后急转而下，海洋再次平静，狂风巨浪消逝，仅剩余波拍击海岸。整个对海洋状貌的描述由静入动，又由动入静，给人一种虽外表平静但势未退、力未竭的感受，完美展现了海洋的壮阔和瞬息万变的特性。

其次是"尔其枝岐潭瀹"，即从汇集入海的各个支流来描述海洋对陆地的影响。先是总括性地说明不同的江河湖泊跨越蛮夷之地，环绕行走达万里之上，最终在海洋凝聚。之后从三个方向详尽阐述了海洋的神奇、广阔与危险。海洋的支流能够替代陆路来快速传达王室的命令，即可以通过支流来快速传递信息，于海上渡行甚至可日行三千里，很快就能够到达目的地。

若是负罪之人出海，还需要针对过失虔诚地向海洋祈祷，否则各种海怪就会为其出海制造麻烦。作者通过传说中的海洋怪兽描绘了一幅令人极为恐惧的场景，展现出了海洋的千变万化、奇异和危险。

那些出海的渔民虽然对海洋极为熟悉，但依旧有很多人因遭遇风浪而失去踪影，他们或葬身海洋，或漂流失散，或入海外异国，仅有极少数幸运儿才能够重返家园。作者结合现实生活中沿海渔民的生活情况描述了海洋的危险。

最后，是"尔其为大量也"，即依托上述对海洋危机的铺垫，渔民们依旧冒着风险入海，除了谋取生存所需之外，还因为海洋中存在无数奇珍异宝。

此部分同样先总括性地描述了海洋之广博。海洋南可到朱崖，北可到北极天墟之地，东可到天之渡口，西则终止于青州和徐州等陆地，四方极为广阔，达万万里还有余。海洋之中，云雾缭绕，鱼龙潜行，还隐藏有巨鱼鲲以及神仙的居所等。至于海洋中的宝物，其数量之丰，即便将世间所有珍宝都罗列出来亦比之不及，因而对那些世人前所未闻的宝物，只能描绘与其大概的状貌，根本无法绘声绘色进行阐述。

之后从各个层面描绘海洋珍宝的丰盛。在海洋深处的水府宫廷，有可背负仙山的巨龟，有宛如山峰直冲云霄的楼亭，还有很多神仙栖居于大海之中。海洋极远之处还有各种水怪、鲛人的居所，它们的住处有各种放射神奇光芒的玉石，以及各种水中生物的奇异鳞甲等。

说完海洋极深之处的各种奇异宝物，便开始着手从海岸及海岛阐述海洋的奇异。沙滩上，各种贝类释放着奇异的光芒，异彩纷呈的海贝甚至让珍宝也黯然失色；海洋之中极地的冰山亘古而存，还潜藏着燃烧的阴火，尤其是海炭（可燃冰）燃烧起来能够照亮九泉之地；海洋中各色各样的珊瑚、琥珀、砗磲、玛瑙等更是成片产出，数不胜数。

另外，横渡大海的巨鲸背脊宛若山峰，巨浪无法撼其分毫，鱼类、贝类均是它的美食，甚至硕大的龙舟都会被它吞没。巨鲸吸气时会使海面浪止风平，吐水时则能令百川之水不断倒流。有时巨鲸也可能会因困于海滩而死于陆地，那时其巨大的骨骼耸如高山，流出的膏油汇为深潭。

在海岛、海岸之上的岩石、砂石之中，生存着各种各样的禽类，它们在石缝中孕育雏鸟。这些雏鸟刚出生时羽毛湿黏，但很快就会成长为飞禽，并会成群结队地四处飞翔、在水中嬉戏，极为悠闲。

受到有关海洋神仙学说的影响，作者在《海赋》末段再次回归神话世界，通过对各路神仙的生活化描述，展现出海洋之广阔，说明其无所不包，不仅有现实中常见的鱼龟鸟兽以及各种奇珍异宝，还有神话传说中的各路神仙。

最后，作者再次概括性地描述归纳了海洋虚心广纳、谦卑自牧的特征。

整篇海赋通过不同层次的总括、细化描述、现实与神话交错等极为详尽地刻画了海洋的雄奇和壮美，通过宏大意象的塑造，辅以生动细致的具象表达，极为鲜明地体现了海洋的特征和气度，令其艺术魅力最终得以彰显。

虽然历史文献中缺失对木华的记载，但其《海赋》宛若范本留存于世，有力地推动了后世海洋文学的发展。

在木华的《海赋》创作同期以及之后一段时间，很多辞赋家开始作赋以咏海，包括与木华同时期的西晋著名辞赋家潘岳（潘安）也曾作《海赋》，还有东晋文学家庾阐的《海赋》、东晋文学家曹毗的《观涛赋》、东晋文学家孙绰的《望海赋》、东晋画家及诗人顾恺之的《观涛赋》、南北朝南梁萧纲的《海赋》《大壑赋》等。这些全都是以赋咏海的海赋，多数仅存残篇。从其留存的残篇来看，这些海赋继承了汉朝散体大赋的铺陈写法，内容均较单薄，无法与木华的《海赋》媲美。

（三）游海之感——张融的《海赋》

南北朝南齐的张融曾创作了一篇可媲美木华作品的《海赋》，其不拘一格的创作内容将海赋的创作推上了另一个高峰。

张融（444—497），字思光，出身世族，其语言诙谐幽默，口才极佳，在佛学、文学、书法等方面均有很深的造诣。

张融所作《海赋》据说旨在超越木华的《海赋》，其内容同样想象丰富，属于鸿篇巨制，但并未被萧统选入《昭阳文选》中，所以知名度远远不及木华的《海赋》，不过此篇赋作的成就丝毫不亚于木华。

盖言之用也。情矣形乎。使天形寅内敷，情敷外寅者，言之业也。吾远职荒官，将海得地，行关入浪，宿渚经波，傅怀树观，长满朝夕，东西无里，南北如天，反覆悬乌，表里苋色。壮哉水之奇也，奇哉水之壮也。故古人以之颂其所见，吾问翰而赋之焉。当其济兴绝感，岂觉人在我外，木生之作，君自君矣。

分浑始地，判气初天。作成万物，为山为川。总川振会，导海飞门。尔其海之状也，之相也：则穷区没渚，万里藏岸，控会河、济、朝总江、汉。回混浩溃，巅倒发涛。浮天振远，灌日飞高。搅撞则八纮摧陨，鼓怒则九纽折裂。捨长风以举波，溽天地而为势。澄泽渚渚，来往相幸，汨滚渊瀖渤，窜石成窟。西冲虞渊之曲，东振汤谷之阿。若木于是乎倒覆，折扶桑而为渣。濩漭汌浑，滃沔磈雍，渤泙沧溥，澜浅垄揿。湍转则日月似惊，浪动而星河如覆。既裂太山与昆仑相压而共溃，又盛雷车震汉破天以折毂。

卷涟涴濑，辗转纵横。扬珠起玉，流镜飞明。是其回堆曲浦，欹关弱渚之形势也。沙屿相接，洲岛相连。东西南北，如满于天。梁禽楚兽，胡木汉草之所生焉。长风动路，深云暗道之所经焉。茗茗蔕蔕，宵宵翳翳，晨乌宿于东隅，落河浪其西界。茫沆汴河，汩魂漫桓。旁踞委岳，横竦危峦。重彰岌岌，攒岭聚立。嵂磕嵁嵚，架石相阴。崩癀陁陁，横出旁入。鬼鬼磊磊，若相追而下及。峰势纵横，岫形参错。或如前而未进，乍非迁而已却。天抗晖于东曲，日倒丽于西阿。岭集雪以怀镜，岩昭春而自华。

江浑泊泊，漈岩拍岭。触山礚石，汙湾潒况，碨浃渨泂，流柴磪岖。顿浪低波，蓉砀硊，折岭挫峰，牟浪磓培，崩山相磕，万里霭霭，极路天外。电战雷奔，倒地相磕。兽门象逸，鱼路鲸奔。水遽龙魄，陆振虎魂。却瞻无后，向望何前。长寻高眺，唯水与天。若乃山横蹴浪，风倒摧波。磊若惊山竭岭以竦石，郁若飞烟奔云以振霞。连瑶光而交彩，接玉绳以通华。

尔乎夜满深雾，昼密长云，高河灭景，万里无文。山门幽暖，岫户荄葿。九天相掩，五地交氛。汪汪横横，沉沉浩浩。淬渍大人之表，决荡君子之外。风沫相排，日闭云开。浪散波合，岳起山陨。

若乃漉沙构白，熬波出素。积雪中春，飞霜暑路。尔其奇名出录，诡物无书。高岸乳乌，横门产鱼。则何惮鳙鲐，鮷鲡鰜鲌。哄月吐霞，吞河漱月。气开地震，声动天发。喷洒哆嗳，流雨而扬云。乔髓壮脊，架岳而飞坟。飔动崩五山之势，间仑焕七曜之文。蜻蟧珺蜯，绮贝绣螺。玄朱互彩，绿紫相华。游见秋濑，泳景登春。伏鳞渍彩，升鲂洗文。

若乃春代秋绪，岁去冬归。柔风丽景，晴云积晖。起龙途于灵步，翔螭道之神飞。浮微云之如蕾，落轻雨之依依。触巧途而礚远，抵枀木以激扬。浪相礴而起千状，波独涌乎惊万容。苹藻留映，荷芰提阴。扶容曼彩，秀远华深。明藕移玉，清莲代金。晒芬芳于遥渚，泛灼烁于长浔。浮舻杂轴，游舶交艘。帷轩帐席，方远连高。入惊波而箭绝，振排天之雄飙。越汤谷以逐景，渡虞渊以追月。遍万里而无时，决天地于挥忽。雕隼飞而未半，鲲龙趋而不逮。舟人未及复其喘，已周流宇宙之外矣。

阴鸟阳禽，春毛秋羽。远翅风游，高翮云举。翔归栖去，连阴日路。澜涨波渚，陶玄浴素。长纮四断，平表九绝。雉薵成霞，鸿飞起雪。合声鸣侣，并翰翻群。飞关溢绣，流浦照文。

尔夫人微亮气，小白如淋。凉空澄远，增汉无阴，照天容于鲦渚，镜河色于鲹浔。括盖馀以进广，浸夏洲以洞深。形每惊而义维静，跡有事而道无心。于是乎山海藏阴，云尘入岫。天英篇华，日色盈秀，则若士神中，琴高道外。袖轻羽以衣风，逸玄裾于云带。筵秋月于源潮，帐春霞于秀濑。晒蓬莱之灵岫，望方壶之妙阙。树遏日以飞柯，岭回峰以蹴月。空居无俗，素馆何尘。谷门风道，林路云真。

若乃幽崖岠陋，隈隩之穷，骏波虎浪之气，激势之所不攻。有卉有木，为灌为丛。络糅网杂，结叶相笼。通云交拂，连韵共风，荡洲礉岸，而千里若崩，冲崖沃岛，其万国如战。振骏气以摆雷，飞雄光以倒电。

若夫增云不气，流风敛声。澜文复动，波色还惊。明月何远，沙里分星。至其积珍全远，架宝谕深。琼池玉錾，珠岫珊岑。合日开夜，舒月解阴。珊瑚开缋，琉璃竦华。丹文镜色，杂照冰霞。洪洪溃溃，浴干日月。淹汉星墟，渗河天界。风何本而自生，云无从而空灭。笼丽色以拂烟，镜悬晖以照雪。

尔乃方员去我，混然落情。气暗而浊，化静自清。心无终故不滞，志不败而无成。既覆舟而载舟，固以死而以生。弘乌狗于人兽，导至本以充形。虽万物之日用，谅何纬其何经。道湛天初，机茂形外。亡有所以而有，非胶有于生末。亡无所以而无，信无心以入太。不动动是使山岳相崩，不声声故能天地交泰。行藏虚于用舍，应感亮于圆会。仁者见之谓之仁，达者见之谓之达。咶者几于上善，吾信哉其为大矣。

——张融《海赋》[①]

上述内容中，开篇一段是张融所作自序。从中可以看出与其他海赋作品不同的是，张融的该赋作是其乘海船由海路去赴任时真实遭遇海洋风险时所作，因此，整篇海赋中所展现的都是作者自身的经历与体会，属于作者亲历之后进行适当的艺术加工所作的作品。正是因为如此，张融对自己的此篇赋作极为自信，他虽承认木华的《海赋》是诸多类似作品中的巅峰之作，但认为自身所作的这篇赋作丝毫不亚于木华的作品。

张融的《海赋》同样是追溯式开篇，但与木华作品追溯到尧舜时代洪水肆虐的时候不同的是，其追溯到了更为久远的洪荒时代，即万物生成之始，神话传说中的盘古分清浊以生天地，万物生成后群山耸立，百川汇集，从而形成了海洋。

简明扼要地说明海洋之始后，作者就开始针对海洋的状貌进行描述：幅

---

① 禹力新著《历代名赋集锦·历代骈文集锦·历代散文集锦》，时代文艺出版社 2000 年版，第 178-182 页。

员辽阔淹没海岛，使百川汇流而得大势。海洋之广阔可纳日月，海水之势则更不能小觑，冲撞的力量可以摧毁八极九枢，大风掀起的巨浪能形成开天辟地之势，浪潮聚合翻滚、相互推引，能够将礁石击出洞窟。海洋西可至太阳潜入的虞渊，东可达太阳沐浴的汤谷，甚至能够将支撑天地的若木冲倒，能使太阳所居的扶桑折断为碎片。海浪翻滚激荡，仿佛会让日月都受到惊吓，巨浪翻滚仿佛可遮蔽满天星河，这种滔天巨势仿佛可以将昆仑山和泰山一同击溃。巨浪翻滚的声音好像可以震颤天河、打破雷车的车轮。

作者在观察中融入大胆的想象，为我们展现了一幅海洋风浪滔天的画面，其中相关神话传说中的内容，包括虞渊、汤谷、若木、扶桑等，均成了海浪气势的陪衬，更显海浪的雄浑气势。

和其他海赋作品不同的是，张融的《海赋》并未采用全面铺陈的方式对海洋进行全方位展示，而是通过不同现实情况展示了不同的海洋状貌。

先是通过陆地景物来衬托海洋景象。平静的海洋，其东西南北四方都横贯天际，各个地域所能见到的生物都能够在海洋之中的海岛上见到。太阳居住在海洋的东方，银河则和海洋西方相接。整个海洋浩瀚无边，其气势就好像陆地上绵延不绝的山岳。山岭高峻陡险的状貌和海洋如出一辙。山岭绵延的波峰波谷就如同海洋中连绵的浪头，忽前忽后，进退随心；日出东方时的海洋就如同白雪覆盖的山峰般胸怀明镜，夕阳西下时的海洋则如同春光照耀下的山岩，光艳自然，绚丽如画。

风浪掀起后的海洋，浪头不断拍打着海岸，其撞在山岳之上能够击碎岩石，浪潮回旋会集聚于险峻的山石谷地。海洋中的波浪起伏就像山岩崩塌般，浪潮之势能够绵延万里，铺展到九天之外。海浪之势就如雷车奔行，急速而湍急，就像陆地上的象群在奔逃。海浪能够让海洋中的巨龙胆战心惊，若出现在陆地上，能让百兽之王丧胆失魂。漫天的海浪如同没有尽头，后望无尽头，前望无源头，在高处眺望只能看到海浪与天空相接。那山脉横断激起的浪头就像巨石耸立于山岳，激起的浪花就像荡起的烟云和彩霞，在光芒照射下与瑶光相交。

之后又对海洋夜间的状貌进行了总结。海洋之中，有时夜间会弥漫浓雾，云朵密集，灿烂的银河也会不见踪影，绵延万里都仅剩云雾，不再有其他色彩。海岛上的火山令海岛温暖如春，山谷则烟气氤氲，仿若仙境。九天在海洋相合，五地的云气在海洋相交，深邃的海洋浩瀚无边，掀起风浪时的气势完全超脱于想象之外，浪潮之势能够令太阳失色、云朵溃散。

以上这些有关海洋的风浪情形和夜间景象完全依托作者在海洋之中的亲

身经历，令人仿佛置身其中。这种亲历之下的描绘是海洋文学之中极为少见的，极富现实色彩。

按照海赋的惯例，之后的内容应将笔锋转向海洋之中丰富的物产，但张融的赋作打破了这一惯例，转向了对海洋之中不同风光的描述。在介绍海上风光之前则有四句有关海盐的描述。据传作者赋作初稿中并未涉及海盐的阐述，后归京之后镇军将军看了初稿后感叹海赋内容绝佳，却很遗憾没有提及海盐，于是张融提笔补了四句。虽为后补，却并不显丝毫突兀。

在介绍海盐之后，赋作以近一半的篇幅对海上风光进行了极为详细的描绘，不但不拘一格，而且将陆地居民感到极为陌生的海上风光表达得淋漓尽致。

海岸上养育着成群的海鸟，绵绵的水波中孕育着成片的鱼群，陆地人极少见到的各种各样的鱼类在海洋之中数不胜数，根本不算稀奇。海洋之中的巨鱼能够托起太阳，呼出的气体形成了天空中的云霞，甚至可以吞河流，明月和其相比都像明珠；其呼吸时在陆地上就像地震，声音响彻天宇，喷出的海水就像下雨般，能够在天空形成云朵；其高大的身躯仿佛可以背负山岳，跳跃游动的气势就像山岳崩塌般。海洋中有各种灵龟、巨蟹，以及各种贝类，这些海洋生物产出的珍珠色彩艳丽，数不胜数。春秋季节游海会见到流光溢彩的鱼，这些鱼在海面尽情跳跃，身上的花纹清晰而美丽。

在以上现实物产描述的基础上，张融又借用神话传说中的物象，描绘了一个上升到精神世界的玄学海洋。微风拂面，景色秀丽，晴空万里，日光柔和，神龙在云中漫布，螭龙在天空飞翔，薄云浮动宛若梦境，轻雨洒落仿佛情丝。在这样的环境下在海洋驾船遨游，看海洋万象，心境好像也会超脱现实，而且海洋中浮萍水草、菱荷芙蓉美不胜收，洁白的莲藕宛若美玉，清新的莲花状若黄金。海岸上舟船聚集、连绵不断，这些舟船入海则行走如箭，能渡过虞渊追逐明月，可越过汤谷去追赶太阳，行驶万里也用不了多长时间，须臾间即可到达天地各处。各种飞翔速度极快的猛禽都无法追上这舟船，巨鲲游龙也无法达到这舟船的速度。船家还未来得及喘息，舟船就已行至各处。

在这个玄学海洋世界中，各种禽鸟都高高飞翔，群鸟归巢时甚至会遮蔽太阳的光芒，浪潮浮动淘洗着两极奥秘，这里独立于四方天地，隔绝了广阔的九州大地，各种神异灵鸟幻化成片片彩霞，鸿雁翱翔如同皑皑白雪飘荡。整个世界连关隘与渡口都流光溢彩、宛若仙境。

在这个玄学海洋世界中，天空澄净高远，银河如带，显露无遗，从不会有阴云遍布。海水映照着天空和银河，仿佛整个世界都被纳入海洋之中。无边无际的海洋状貌多变，与道学思想无心而合。正是这样的包纳令阴郁、轻尘、云烟都被隐藏，从而使得天空清美空旷、日色秀丽无瑕。作者以海洋寂然不动来隐喻得道之人行迹千变万化却内心岿然不动。

之后则详尽描绘了得道之人所到的海洋之中的神仙世界。这里仿佛神游之地，神仙可乘风飘动，在海洋的源头以秋月设宴，以春霞为帐幔，在蓬莱仙岛沐浴阳光，在方壶仙山愉悦唱歌。大树遮天蔽日，仿佛可以阻止太阳移动。山峦环绕，仿佛困住了明月。居所中毫无俗物，所处之地自然成道。

在展现神仙世界时，张融从更加细微的角度描绘了神仙所在之地的状貌及其生活、娱乐等，不仅带给人一种现世之感，还能给予人一种精神追求的期待感。

在该篇海赋最后部分，张融更是阐述了一段佛理，并以佛理抒发了对海洋的看法：海洋之外显千变万化，但内在蕴含天理，心不动却可撼动山岳，不发声则令天地安泰。海洋一直秉持着无心之态，从而进入了太一之道，用藏全乎一心，令不同的人都能产生不同的觉悟。仁者会看到海洋的仁爱，达者则能看到海洋的通达。海洋的表现令人不得不坚信它才是世间最大、最完善的存在。

从上述内容可以看出，张融的《海赋》文辞极为诡异，和其他辞赋作品极为不同。和木华的《海赋》相比可以看出，虽然木华和张融的观念、志趣、文辞风格等均不同，但在内容铺排描述方面极为相似，均采用了虚实转换对比的方式。不过，木华的《海赋》在海洋物象方面的描绘更加广泛全面，对海洋状貌的阐述更加方位齐全；张融的《海赋》则更加倾向亲历之后的发散描述，对海洋气势和状貌的描述更加详细。

正是因为张融曾亲历海洋，所以其内容中动静转换及结合更加自然。通过动态与静态的双重铺陈，张融笔下的海洋更具生动和多变的韵味。因此，张融的赋作在伦理说教方面更加深入和自然。

总体而言，整个魏晋时期的海赋作品中，木华的《海赋》和张融的《海赋》无疑是不同年代的海赋巅峰之作。木华的赋作在文体、辞藻、物象描述方面更胜一筹，而张融的赋作在现实状貌、景象细节、内在韵味方面更胜一筹。两者不分伯仲、各有千秋。魏晋不同时期海赋的发展可以参照表3-1。

表 3-1　魏晋时期海赋发展表

人物	年代	作品	成就	代表作
曹丕（187—226）	三国时期	《沧海赋》	创建魏朝	《燕歌行》
木华（活跃于约290年）	西晋时期	《海赋》	创造海赋巅峰	《海赋》
庾阐（约297—约351）	东晋初期	《海赋》	山水诗先驱	《扬都赋》
曹毗（生于300—310，卒于366—371）	东晋中期	《观涛赋》	善辞赋	《扬州赋》
孙绰（314—371）	东晋中期	《望海赋》	善玄言诗	《天台山赋》
顾恺之（348—409）	东晋末年	《观涛赋》	画绝、文绝、痴绝	绘画理论《论画》《画云台山记》《魏晋胜流画赞》
张融（444—497）	南朝南齐	《海赋》	创海赋又一次巅峰	《海赋》《别诗》
萧纲（503—551）	南朝南梁	《海赋》	宫体诗流派先驱	玄学著述《老子义》《庄子义》

　　在整个魏晋时期，海赋裹挟着海洋审美意识的觉醒、海洋文学的自觉等，得到了极大的发展。而且就海赋这种文体而言，魏晋时期可以算作其发展的巅峰时期。当时，海赋涵盖的内容包罗古今、神仙市井，同时极尽想象，其中的仙道等思想已经逐渐淡薄，文人对海洋的审美也趋于成熟。

　　不过，随着时代的推移，海赋这一文体逐渐被限制在上流文人阶层，所以魏晋之后，海赋开始走下坡路。魏晋时期的海赋宛若时光海中一道璀璨的明珠，灼灼悬挂在那个颠沛流离的乱世，激发着后世文人借鉴与创新。

第二节　巫风信仰推动下的海洋志怪文

　　虽然魏晋时期海赋有很大的发展，也十分受当时的文人喜爱，但对于后世而言，魏晋时期最具代表性的文体内容是小说。此处所说的海洋志怪文指的就是与海洋相关的志怪类小说。

一、小说的起源及海洋志怪文的兴起

（一）小说的起源

"小说"一词最早见于《庄子·外物》："饰小说以干县令，其于大达亦远矣。"这里的"小说"指的是琐碎的言论，并非现今所指的小说。

直到东汉时期，文学家桓谭在《新论》中言明："小说家合残丛小语，近取譬论，以作短书，治身理家，有可观之辞。"这时才逐渐肯定了小说是一种可以起到治身理家作用、拥有一定教化意义的短书。最终在东汉文学家班固笔下，小说明确了含义。他在《汉书·艺文志》中将"小说家"列为十家（先秦时期十大学术派别，即前述十二家中十家）之一，并言明："小说家者流，盖出于稗官（小官），街谈巷语，道听途说者之所造也。"其含义已经与如今小说的意义有所接近。

整体而言，在整个先秦时期和两汉时期，很多文学大家虽然称小说为小道、小知，但也均承认小说具有一定的社会作用和教化作用。

从中国数千年的文学发展来看，小说的起源其实非常早。从文学体裁来看，《山海经》就是志怪小说的雏形，而且在整个先秦时期，此类体裁的作品有很多，包括《黄帝说》《汲冢琐语》《穆天子传》《禹本纪》《伊尹说》等涉及鬼怪之作，这些作品也是志怪小说的雏形。

以上文献中的内容均带有神异色彩，给人以怪诞荒谬之感，但又多数与历史传说人物息息相关，因此通常认为其人物为实、事件带虚构色彩。《山海经》也曾被置于其中，即将其当作荒诞传说，但根据考证，其内容为上古地理志。

进入秦汉时期，社会动荡的同时迷信思想开始盛行，与先秦时期志怪小说雏形类似的内容开始丰富起来，很多志怪文学开始记述各种虚构的想象内容。因其内容和正统思想偏离极大，且记述过程的文学艺术水准无法媲美秦汉时期的汉赋和诗歌，因此文献虽不少，却影响很小。

秦汉时期有所载的志怪类文学作品主要有《列仙传》《神仙记》《神异经》《十洲记》《蜀王本纪》《玄黄经》《虞初周说》《异闻记》《徐偃王志》《汉武洞冥记》《汉武故事》《汉武内传》等。

秦汉时期的神话志怪小说以异类故事、异闻传说等为主，内容多数是想象和虚构，虽在该时期对文学的影响不大，但对后续志怪小说的发展起到了极大的推动作用，也为后世小说提供了很多绝佳的素材。以上先秦时期和秦汉时期的志怪小说雏形之作可参照表3-2。

表3-2 先秦时期和秦汉时期志怪小说雏形之作

名称	成书时间	文献性质	文学地位
先秦时期（主要为战国时期）			
《黄帝说》	战国时期诸子小说家著录	准志怪小说集，撰写人不详，共四十篇，成书已佚	疑为托黄帝之名的方士之作
《汲冢琐语》（本名《琐语》，因出自汲郡墓冢，后人加冠"汲冢"，原书以战国古文字写成，又称《古文琐语》）	战国中期以前	杂史体志怪小说，取材于历史，脱胎于史书，内容包含浓厚虚幻成分，包括预言吉凶、梦境验证、降妖鬼神等。余遗文二十余则，仅十五六则完整	开创小说体，可视为志怪小说的开端，后世小说多采用其中记述故事，干宝创作《搜神记》以此为师范
《穆天子传》	战国时期（颇具争议）	记载周穆王巡游天下时遭遇事件的著作（全书六卷，内容多有散佚）	虽名为"传"，实为"编年"，以周穆王活动为中心的散文，类似后世起居注
《禹本纪》	传为战国时期楚人所著，也有传为秦汉时期作品	记载大禹的事迹，包括大禹治水的丰功伟绩和许多山河湖泊的地形地貌内容，成书已佚	与《山海经》内容类似（司马迁曾将其与《山海经》并论，魏晋时期郦道元著《水经注》时以《禹本纪》内容对比作注）
《伊尹说》	战国时期	记载汤相伊尹传说的内容，成书已佚	撰者不详，诸子小说家著录，传有二十七篇
秦汉时期			
《列仙传》	西汉时期（传为西汉文学家刘向所作，成书时间及作者颇具争议）	记述上古、三皇五帝、秦汉阶段七十多位神仙的重要事迹和成仙过程	中国首部系统叙述神仙的传记（神仙志怪小说），开神仙传记先河，建构了中国首个较完整的神仙谱系，对后世开创仙人题材小说有深远影响
《神异经》	西汉时期（传为东方朔撰，颇具争议）	记载了很多源自上古的神话传说，包括东王公、穷奇、昆仑天柱、扶桑山玉鸡等内容	神话志怪小说集，共一卷，四十七条内容，仿《山海经》分九章荒经，是珍贵的神话资料
《括地图》	秦汉时期	记载内容多与《山海经》有关，存有许多神话故事和异国传说。原书已佚，作者不详	神话志怪小说，是地理博物类志怪小说的代表作

名称	成书时间	文献性质	文学地位
《海内十洲记》（也称《十洲记》）	西汉时期（传为东方朔撰，颇具争议）	记载了汉武帝听闻西王母言海中有十洲便问及东方朔十洲异物，后附沧海岛、方丈洲、扶桑、蓬丘、昆仑的内容	神话志怪小说集，共一卷，保留了很多珍贵的神话资料
《蜀王本纪》	西汉时期（传为汉朝多位学者整理与改写的古蜀国传说，题为杨雄撰）	记载了历代蜀王传记，以古蜀国先王蚕丛始，至秦朝止	神话志怪小说，简略记载了古蜀的历史传说，为后世提供了极为重要的考古参考
《玄黄经》	秦汉时期（撰者不详）	类似《山海经》《神异经》，记载了神异生物的特征	神话志怪小说，原书已佚，仅剩三条佚文，属地理博物体志怪小说
《虞初周说》	西汉时期（虞初撰）	据传为虞初根据《周书》所作类似通俗周史演义的内容，因此称《周说》	神话志怪小说，原书已传，仅留三则写作风格类似《山海经》引自《周书》的内容，疑为佚文
《异闻记》	东汉时期（陈寔撰）	记载了所闻极为罕见的事件	神话志怪小说，原书已佚，属杂记体志怪小说，开创了搜神体，对后续志怪小说的发展影响极深
《汉武洞冥记》（又称《汉武帝别国洞冥记》《洞冥记》）	东汉时期（存疑）	共四卷六十则故事，郭宪撰（后汉方士），主要记载汉武帝求仙轶事以及异域贡品记录等	神话志怪小说集
《汉武故事》	不早于魏晋（传为班固撰，但无史料验证）	记载汉武帝出生到死葬之间求长生之道的传闻轶事，也包括一些秦汉历史人物的逸闻趣事	杂史杂传类志怪小说，作者不详，行文不事雕琢，尽显简雅，气氛渲染力极强，人物对话个性十足，对后世小说发展有一定影响
《汉武内传》	传为东汉班固及晋朝葛洪撰（东晋文士作）	记载汉武帝自出生到死后殡葬过程中求仙问道之轶事	神话志怪小说，主记录西王母会武帝之事

（二）魏晋时期海洋志怪文的兴起

魏晋时期，神话志怪小说飞速发展。现存魏晋时期的志怪小说作品有数十种，其中三国两晋时期以东晋作品居多，南北朝时期则以宋梁作品居多。三国两晋阶段较具代表性的有相传为魏文帝曹丕创作的最早一部描述鬼故事的志怪小说《列异传》，以及《神异记》《外国图》《异说》《异林》《博物志》《拾遗记》《搜神记》等；南北朝阶段较具代表性的有《幽明录》《搜神后记》《异苑》《续齐谐记》《冥祥记》《述异记》等。

魏晋时期的志怪小说中，成就最高也最具代表性的就是干宝的志怪小说《搜神记》。其故事多为神灵鬼怪诡异之事，却在很大程度上体现了先民的思想和感情，集中国上古神话传说之大成，开创了真正神话小说的先河，对后世的影响极为深远。

另外，魏晋时期除了这些志怪小说之外，很多游记、方志之中也留存了很多志怪故事。这个阶段的志怪小说虽然不论从艺术角度还是文学角度看，都不太成熟，但对整个魏晋文学的影响非常大，尤其是在赋作逐渐呈现文化阶层化之后，志怪小说对世人的影响也越来越大。

在整个魏晋时期，志怪小说之中的海洋志怪文处于丰收期。上述所说的其中一小半文献包含海洋小说，不但内容各异，各具特色，而且表现手法和文体开始逐步成熟。海洋志怪小说能够在魏晋时期得以兴起，很大一个原因就是佛教的发展带来的变相推动作用。

佛教传入我国中原大约在西汉末年，但传入后并未立马得到快速发展，因为中国本土巫风宗教信仰自古延续，秦汉时期神仙之说更为盛行，所以此时期的佛教根本无法与本土信仰相提并论。

虽然当时佛教并未得到快速发展，但其传教布道形式的演变促进了志怪小说的创作。最初佛教传教布道多数是由西域或印度前来的和尚讲解经书，但多数和尚照本宣科，而且社会文化的不同造成中国本土民众的接受度不高。随着佛教的发展，为了吸引更多信徒，传教布道的形式开始进行适当的创新，如开始采用各种方式进行咏唱，且咏唱时会根据不同的对象来传述不同层次的内容。为了增强吸引力，咏唱的内容有些是取自佛经讲述的故事，有些则是由和尚根据传说加工后复述，有些甚至是杜撰的。这种契合不同文化层次和不同心理的讲述方式很快就得到了大量民众的接受和认可。

文人自然注意到了这种情况，于是开始加入创作队伍，创作出了大量志怪小说，最终于魏晋时期进入创作高峰。佛教的发展推动了志怪小说的兴起，但并未对其内容产生太大的影响，因为中国上古神话传说及民间故事数不胜数，又饱经巫风宗教信仰和道教信仰的影响，所以绝大多数志怪小说均是以本土神话传说、奇闻轶事为主。

二、魏晋时期的海洋志怪小说

魏晋时期的海洋志怪小说多数是以本土神话传说为素材，再进行适当的想象、加工、艺术化处理等，以体现各种奇闻轶事，令人产生对海洋的敬畏或向往。有些故事则蕴含着深刻的教化思想。另外，随着佛教的发展，有些海洋志怪小说中也逐步融入了佛教思想。

（一）本土神话传说基础上的海洋志怪小说

在魏晋时期数十种志怪小说中，涉及海洋内容的作品很多，此处列举其中以本土神话传说为基础，经过加工处理形成的数个较具代表性的海洋志怪小说，分别是《博物志》《拾遗记》《搜神记》，以便分析这些海洋志怪小说具体的意义。

《博物志》是由西晋博物学家张华（232—300）所作，主要记载了异境、奇物、神仙、方术、人物传说、琐闻杂事、地理知识、药理知识等，可谓包罗万象。《博物志》共十卷，原书已佚，今本为后人根据文献整理加工而成。其中所记录的山川、河流、海外等地理知识受《山海经》影响颇深，其中的异物等也多和《山海经》类似，这一点从其序中即可看出。在《博物志》中，有关海洋的内容多数是记述，仅有少数为故事，可称为海洋志怪小说。

汉北广远，中国人鲜有至北海者。汉使骠骑将军霍去病北伐单于，至瀚海而还，有北海明矣。

汉使张骞渡西海，至大秦。西海之滨，有小昆仑，高万仞，方八百里。东海广漫，未闻有渡者。

南海短狄，未及西南夷以穷断。今渡南海至交趾者，不绝也。

《史记·封禅书》云：威宣、燕昭遣人乘舟入海，有蓬莱、方丈、瀛洲三神山，神人所集。欲采仙药，盖言先有至之者。其鸟兽皆白，金银为宫阙，悉在渤海中，去人不远。

——张华《博物志·卷一》节选①

---

① （晋）张华撰《博物志 卷1—10》，湖北崇文书局开雕1875年版，第3~4页。

南海外有鲛人，水居如鱼，不废织绩，其眼能泣珠。

——张华《博物志·卷二》节选①

南海有鳄鱼，状似鼍，斩其头而干之，去齿而更生，如此者三乃止。

东海有牛体鱼，其形状如牛，剥其皮悬之，潮水至则毛起，潮去则毛伏。

东海鲛（鲻）鱼，生子，子惊，还入母肠，寻复出。

…………

东海有物，状如凝血，从广数尺，方员，名曰鲊鱼，无头目处所，内无藏，众虾附之，随其东西。人煮食之。

…………

海上有草焉，名蒒。其实食之如大麦，七月稔熟，名曰自然谷，或曰禹余粮。

——张华《博物志·卷三》节选②

鲛人从水出，寓人家，积日卖绡。将去，从主人索一器，泣而成珠满盘，以与主人。

——张华《博物志·卷九》节选③

旧说天河与海通。近世有人居海渚者，每年八月有浮槎去来，不失期。人有奇志，立飞阁于槎上，多赍粮，乘槎而去。十余日中犹观星月日辰，自后茫茫忽忽亦不觉尽夜。去十余月，奄至一处，有城郭状，屋舍甚严。遥望宫中有织妇，见一丈夫牵牛渚次饮之。牵牛人乃惊问曰："何由至此？"此人为说来意，并问此是何处，答云："君还至蜀都，访严君平，则知之。"竟不上岸，因还如期。后至蜀，问君平，君平曰："某年某月，有客星犯牵牛宿。"计年月，正此人到天河时也。

——张华《博物志·卷十》节选④

上述《博物志》所节选的内容中，前面三部分内容均是对地理、异人、异物、异俗等的介绍，旨在传播海洋的奇闻等。比如，节选的卷一内容主要阐述了北海、西海、东海、南海的不同情况，北海鲜有中国人到过，西海则有小昆仑山，东海极为广袤，从未听有人到达尽头，南海则较小；渤

---

① （晋）张华撰《博物志 卷1-10》，湖北崇文书局开雕1875年版，第18~20页。

② （晋）张华撰《博物志 卷1-10》，湖北崇文书局开雕1875年版，第26~29页。

③ （晋）张华撰《博物志 卷1-10》，湖北崇文书局开雕1875年版，第64~66页。

④ （晋）张华撰《博物志 卷1-10》，湖北崇文书局开雕1875年版，第73~76页。

海中有蓬莱山、方丈山、瀛洲山三座神山，居住着神仙，其中鸟兽都是白色的。

节选的卷二的内容记述了南海之中有美人鱼，其眼泪能化为珍珠；节选的卷三的内容主要阐述了海洋之中的各种异鱼以及异草，极具奇幻色彩。

之后两部分内容，则完全形成了故事，有情节与人物关系等。卷九中节选的内容很简洁，说的是美人鱼从海中出来寄宿于人家，以卖手绢为生，即将离开的时候向主人家索要了器具，哭泣时泪化为珍珠给了主人家。此故事就是引用了卷二中记述的内容，并融入了感情和情节。卷十中节选的内容就是后世创作的"牛郎织女"神话故事的原始资料，即有人渡海进入了天河，之后遇到了在天河边放牛的牛郎。

《拾遗记》是由东晋时期的方士王嘉所作。王嘉，字子年，因此《拾遗记》也称为《王子年拾遗记》。其原书有十九卷，二百二十篇，但因后世战乱多有散佚。南朝南梁的萧绮将残篇加以整理，最终成十卷内容。其中前九卷主要记述了上古神话传说人物的异闻，一直到东晋时期所流传的各种奇闻轶事；最后一卷则主要记述了九座仙山传说及奇物等，包括昆仑仙山、蓬莱仙山等。因为王嘉为方士，所以书中着重描述了各种神仙方术等，但其内容反映了现实，具有一定的研究价值。

始皇好神仙之事，有宛渠之民，乘螺舟而至。舟形似螺，沉行海底，而水不浸入，一名"沦波舟"。其国人长十丈，编鸟兽之毛以蔽形。始皇与之语，及天地初开之时，瞭如亲睹。曰："臣少时蹑虚却行，日游万里。及其老朽也，坐见天地之外事。臣国在咸池日没之所九万里，以万岁为一日。俗多阴雾，遇其晴日，则天豁然云裂，耿若江汉。则有玄龙黑凤，翻翔而下。及夜，燃石以继日光。此石出燃山，其土石皆自光澈，扣之则碎，状如粟，一粒辉映一堂。昔炎帝始变生食，用此火也。国人今献此石。或有投其石于溪涧中，则沸沫流于数十里，名其水为焦渊。臣国去轩辕之丘十万里，少典之子采首山之铜，铸为大鼎。臣先望其国有金火气动，奔而往视之，三鼎已成。又见冀州有异气，应有圣人生，果有庆都生尧。又见赤云入于酆镐，走而往视，果有丹雀瑞昌之符。"始皇曰："此神人也。弥信仙术焉。"

——王嘉《拾遗记》节选①

尧登位三十年，有巨槎浮于西海，槎上有光，夜明昼灭，海人望其光，

① （晋）王嘉《拾遗记》，王兴芬译注，中华书局2019年版，第239~242页。

乍大乍小，若星月之出入矣。槎常浮绕四海，十二年一周天，周而复始，名曰贯月槎，亦谓挂星槎。羽人栖息其上，群仙含露以漱，日月之光则如瞑矣。虞夏之季，不复记其出没，游海之人，犹传其神伟也。

——王嘉《拾遗记》节选①

上述《拾遗记》节选的内容中，第一个故事说的是秦始皇笃信仙术，曾有海外来人向秦始皇阐述上古奇闻，其国家在咸池（太阳沐浴之地）之外九万里处，以万年为一日，国家中人高数十米，曾见到天地初开的景象，并知晓三皇五帝出生时的异象。

第二个故事则说的是帝尧在位三十年时，有巨大的木船漂浮在西海，木船上灯光闪烁、忽大忽小。这艘大船经常在四海漂浮，每十二年轮转一周。有羽人（神仙）在木船上居住，到虞夏时代之后就再也见不到了。

《博物志》和《拾遗记》中有关海洋的内容都是用类似奇闻记述的故事形式写成，教化含义并不重，多数是为了通过奇闻奇物等来令人产生对海洋的敬畏之心，是在原有神话传说基础之上的二次加工。

作为神话传说集大成者的《搜神记》由东晋文学家干宝所作。因其对后世小说的发展产生了极为深远的影响，所以干宝也被称为中国志怪小说鼻祖。《搜神记》共包含神异故事四百一十多篇，其大部分故事都在一定程度上反映了古人的思想和感情，也记述了一部分古人生活的现实情境，属于神话志怪小说的开山之作，其行文、内容以及寓意等已较为成熟。

成帝鸿嘉四年秋，雨鱼于信都，长五寸以下。至永始元年春，北海出大鱼，长六丈，高一丈，四枚。哀帝建平三年，东莱平度出大鱼，长八丈，高一丈一尺，七枚。皆死。灵帝熹平二年，东莱海出大鱼二枚，长八九丈，高二丈余。京房易传曰："海数见巨鱼，邪人进，贤人疏。"

——干宝《搜神记》节选②

橐离国王侍婢有娠，王欲杀之。婢曰："有气如鸡子，从天来下，故我有娠。"后生子，捐之猪圈中，猪以喙嘘之；徙至马枥中马复以气嘘之。故得不死。王疑以为天子也，乃令其母收畜之，名曰东明。常令牧马。东明善射，王恐其夺己国也，欲杀之。东明走，南至施掩水，以弓击水。鱼鳖浮为

---

① （晋）王嘉《拾遗记》，王兴芬译注，中华书局 2019 年版，第 284～286 页。
② （东晋）干宝著《搜神记》，岳麓书社 2015 年版，第 31～39 页。

桥，东明得渡。鱼鳖解散，追兵不得渡。因都王夫余。

——干宝《搜神记》节选①

陈节访诸神，东海君以织成青襦一领遗之。

——干宝《搜神记》节选②

文王以太公望为灌坛令，期年，风不鸣条。文王梦一妇人，甚丽，当道而哭。问其故。曰："吾泰山之女，嫁为东海妇，欲归，今为灌坛令当道有德，废我行；我行，必有大风疾雨，大风疾雨，是毁其德也。"文王觉，召太公问之。是日果有疾雨暴风，从太公邑外而过。文王乃拜太公为大司马。

——干宝《搜神记》节选③

　　上述《搜神记》节选的内容均已经具备神话志怪小说的特征。北海出大鱼说的是汉成帝时期（公元前17年），河北冀州地区曾遇到雨鱼（天降鱼雨），每条鱼都在五寸以下；公元前16年，北海岸边出现了搁浅的大鱼，长十几米，高数米，一下出现了四条；公元前4年，山东龙口又有七条大鱼搁浅死亡，长有二十几米，高数米；173年，山东龙口海边再次出现两条大鱼搁浅，长近三十米，高数米。海边多次出现鲸鱼搁浅预示着乱世即将到来。此故事虽然前部分仅仅是简单的现象叙述，但最后一句话将现象与示警联系，一方面暗示了海洋的善德和其神奇的预知能力，另一方面暗示了王室的纷乱致使贤良之士无处安身，乱世必然来临。这是先秦儒道学派将海洋比喻为人之德行的一种传承和延伸，具有一定的教化意味。

　　槁离国侍婢吞卵生子的故事则讲的是槁离国（公元前2世纪秽貉族的一支在东北嫩江流域建立的国家，也称高夷，即后来的高句丽）国王的婢女竟然无端怀孕，国王怀疑婢女不守礼法，要将其杀死。婢女解释自己是因为一团如鸡蛋般的气体从天而降落入自己腹中才怀孕。国王未杀婢女。在婢女生下男孩后，孩子被扔到猪圈之中，猪用嘴巴向孩子哈气；孩子被放到马厩中，马又向孩子哈气，所以孩子没有死掉。后来，国王认为这个孩子是天帝的孩子，所以让其母亲抚养他，并为他取名东明，常让东明去放马。东明射箭能力很强，国王害怕他抢夺自己的江山，就想杀他，于是东明向南逃到施掩水边（具体无可考），用弓击打水面后，鱼、鳖等都主动出来用身体为他架桥帮助他渡河，之后又散去致使追兵无法追赶。最后东明创建了夫余国。

---

① （东晋）干宝著《搜神记》，岳麓书社2015年版，第43~52页。
② （东晋）干宝著《搜神记》，岳麓书社2015年版，第63页。
③ （东晋）干宝著《搜神记》，岳麓书社2015年版，第139页。

这个故事中东明非常神异，如天生可号令鱼、鳖等，虽然故事中并未涉及海洋的内容，但东明的神异和海洋奇异人士驱鲸渡海的能力如出一辙，而且该故事完全脱胎于中国的神话传说。比如，《诗经》中就曾记载简狄因吞鸟蛋生下商人始祖契、姜嫄因踩到天帝脚印生周人始祖后稷的传说。干宝将原来的神话传说进行了改写和完善，显示了很强的本土文化传承特征。

东海君遗陈节是个简单的故事，说的是陈节曾经拜访各个神仙，东海龙王将一件名贵的织品所作的青袄送给了陈节。这个故事虽然极为简单，但表现了很多内容，如东海龙王是诸神之一，且其极为大方。明朝吴承恩所作经典志怪小说《西游记》中，孙悟空入东海讨兵器的情节就与此故事极为相似。可见，《搜神记》中简单的故事也为后世提供了很多创作的素材。

灌坛令太公望说的是周文王时期曾命吕尚祭神，整年国家都非常太平。有一天，周文王梦到一个漂亮的妇人拦路哭泣，周文王前去问询，妇人说自己是泰山神女，嫁给了东海龙王为妻，想回家却被灌坛令挡住了去路，路过的地方必然有风雨，会坏了吕尚的德行。周文王醒来招来吕尚问询，之后发现果然出现了狂风暴雨，但只从吕尚居所外经过，于是周文王任命吕尚为大司马。

以上这些故事虽然非常简短，但均有一定的教化和警示意义，均是在本土神话传说的基础之上进行艺术化处理，将道理和德行熏陶融于故事，不仅故事精彩，也能起到很强的教育作用。

（二）佛教思想影响下的海洋志怪小说

《搜神记》中，还有些故事蕴含佛教的道理，以对人进行教育，但其核心依旧是脱胎于上古的神话传说，如古巢老妪这个故事。

古巢，一日江水暴涨，寻复故道。港有巨鱼，重万斤，三日乃死。合郡皆食之，一老姥独不食。忽有老叟曰："此吾子也，不幸罹此祸。汝独不食，吾厚报汝。若东门石龟目赤，城当陷。"姥日往视。有稚子讶之，姥以实告。稚子欺之，以朱傅龟目。姥见，急出城。有青衣童子曰："吾龙之子。"乃引姥登山，而城陷为湖。

——干宝《搜神记》节选①

----

① （东晋）干宝著《搜神记》，岳麓书社 2015 年版，第 144 页。

这个故事是说有一天古巢县江水暴涨，之后又很快恢复原状。江水退去后在支流处有一条大鱼，重达万斤，挣扎了三天死去。古巢民众纷纷前来将鱼分食，但只有一个老婆婆不吃。后来一个老头出现对老婆婆说，这条大鱼是我儿子，却不幸在此遇难，只有你没有吃他，我会报答你，如果古巢东门的石龟眼睛变红，城镇就会塌陷。老婆婆时不时就会去东门观察。有小孩子感到奇怪，老婆婆就将实情告诉了小孩子。小孩子调皮就将石龟眼睛涂红了，老婆婆看到，赶紧出了城。这时候有个穿青衣的童子说自己是龙王的儿子，带着老婆婆登上了山峰，很快古巢城镇就塌陷成了一个大湖。

上述故事明显带有佛教观念中的因果报应思想，老婆婆因不忍分食巨鱼而得到了巨鱼父亲的感激和报答，从而避免了溺亡的命运。

以上这些海洋志怪小说虽然以现今的眼光去看，的确显得简单而落入俗套，但从文化传承及小说发展角度而言，是对文学创作手法的突破和创新。

从整个魏晋时期的海洋志怪小说来看，其小说的文体形式已经成熟，而且形成了一定的特色。

首先，以实录的形式来展开叙事，这些故事多数是以叙事时的亲历性来达成宣教的目的。秦始皇好神仙之事中，虽事件为虚构，但完全依照史传写法，并说明了时间背景和人物关系，增强了人们的信任感。

其次，魏晋时期的海洋志怪小说虽然简短，但故事情节通常较为完整。与《山海经》进行对比可发现，《山海经》中关于海洋奇闻轶事的描述多数仅含要点，但无整体事件，所以只能窥探部分内容。魏晋时期的海洋志怪小说很多是以《山海经》和上古神话传说的内容为核心，但进行了艺术性的加工和完善，将奇异之事的来龙去脉讲了出来，情节也较为完整，所以可以说魏晋时期的海洋志怪小说文体和形式已经臻于成熟。

最后，魏晋时期的海洋志怪小说对后世海洋文学的创作和发展产生了直接的影响和推动，甚至魏晋时期非海洋类的内容同样为后世海洋文学提供了大量的故事原型和物象素材，而且其简练精当的刻画模式为后世海洋志怪小说的创作提供了模板。

第三节　黑暗中寻求光明的海洋诗歌

魏晋时期虽然整个中华大地争乱不断，但民众的思想也处于自由和勃发状态，没有秦汉时期独尊儒术的限制，所以文学方面得到了极大的发展。就海洋文学而言，魏晋时期不仅海赋的创作达到了巅峰，海洋志怪小说也得以开创和完善，海洋诗歌更得到了极大的发展。

一、魏晋时期海洋诗歌的内容指向

虽然在整个魏晋时期海洋诗歌的数量并非很多，但因为整个时期处于跌宕起伏、朝代不断更迭的背景下，所以海洋诗歌所涉及的内容非常广泛全面，其内容指向可以划分为三个类型。

（一）描绘沿海百姓之疾苦生活

魏晋时期，常年的战乱使得很多百姓生活颠沛流离、居无定所。沿海区域的百姓虽然背靠大海，但同样因社会的动荡而生活疾苦。有很多诗歌对沿海百姓的生活进行了描述，让后世能够了解到当时的社会情形。其中比较具有代表性的就是曹植所创作的《泰山梁浦行》。

曹植（192—232），字子建，三国时期曹魏著名的文学家，建安文学的代表人物，和其父曹操、其兄曹丕合称"三曹"，其诗歌笔力雄健且感情细腻。除《泰山梁浦行》记述了沿海百姓疾苦生活外，其《七哀诗》（反映民众生活，是与宫廷诗对应的一种诗歌体裁，始于汉末）通过怨妇对远方良人的思念展现了社会背景，更通过抒情传意暗喻了自身郁郁不欢的心境。

> 八方各异气，千里殊风雨。
> 剧哉边海民，寄身于草野。
> 妻子象禽兽，行止依林阻。
> 柴门何萧条，狐兔翔我宇。

——曹植《泰山梁浦行》①

该诗的意思是，中华大地四面八方气候各有不同，相隔千里则风霜雨雪有所差异。沿海的居民生活极为艰辛，平时就住在野外的草棚之中，家中妻子、孩子就如野兽般衣不蔽体、食不果腹，在荒野洞穴中栖息生活。因为战乱，他们不断逃亡，每日都在山林之中行走来采集食物果腹，依靠山野树林来隐蔽行踪。这些民众的家园因为逃离都闲置萧条，甚至成了狐、兔等动物肆意撒欢的场所。

① （清）沈德潜编《古诗源》，司马翰校点，岳麓书社 1998 年版，第 76 页。

全诗的前两句介绍了背景，因各地气候不同、季节差异，不同区域的民众生活状态有所不同。之后阐述了沿海居民的生活情况，他们除了需要防范风浪外，在高赋税、连年战乱的逼迫之下，不得不远离居所混迹于野外山林之中。之后又详尽地描述了跻身草野的沿海民众的生活状态，宛若"禽兽"，行止也需要躲躲藏藏。最后两句则是整首诗的升华，通过生活的疾苦以及原本祥和的家园破败不堪甚至被狐狸和野兔等占据来反衬家园破败的凄惨和悲凉。

（二）赞美海洋之壮丽景象

魏晋时期赞叹海洋壮美景象的诗歌作品极多，多数是以比兴的手法来衬托海洋的特征，但全诗通常不是咏海，只是借海来加强想表达的情绪。此处列举三首诗来进行大体分析。

> 辞宗盛荆梦，登歌美兔绎。
> 徒收杞梓饶，曾非羽人宅。
> 罗景蔼云局，沾光扈龙策。
> 御风亲列涂，乘山穷禹迹。
> 含啸对雾岑，延萝倚峰壁。
> 青冥摇烟树，穹跨负天石。
> 霜崖灭土膏，金涧测泉脉。
> 旋渊抱星汉，乳窦通海碧。
> 谷馆驾鸿人，岩栖咀丹客。
> 殊物藏珍怪，奇心隐仙籍。
> 高世伏音华，绵古遁精魄。
> 萧瑟生哀听，参差远惊规。
> 惭无献赋才，洗污奉毫帛。

——鲍照《从登香炉峰》①

鲍照（约416—466），字照远，魏晋时期南朝宋文学家，在各种题材的诗歌方面都有佳作，其作品对诗歌这一文学体裁的发展有很大推动作用。上述诗歌虽然是鲍照歌咏庐山香炉峰景象的作品，但其中的"旋渊抱星汉，乳窦通海碧"直接以星空和碧海来衬托景象的秀美，同样体现了其对海洋景象

---

① 张润平著《元嘉家研究》，中国农业大学出版社2018年版，第129~131页。

的赞美。

> 若木出海外，本自丹水阴。
> 群帝共上下，鸾鸟相追寻。
> 千龄犹旦夕，万世更浮沉。
> 岂与异乡士，瑜瑕论浅深。
>
> ——江淹《效阮公诗》①

　　江淹（444—505），字文通，南朝文学家，历经了南朝的南宋、南齐、南梁三朝，据传其六岁即可作诗，才学极高，且有过人的政治眼光。江淹年少时就已因文章之才而名声显著，但晚年作品质量大不如前，被认为是才思衰竭而致，因此，有了文坛掌故"江郎才尽"。诗歌《效阮公诗》并非其晚年所作，而是通过为朋友题写的送别诗进行了讽谏（对南朝南宋建平王刘景泰的讽谏）。

　　诗的前两句以神话传说切入。神话中的若木生长在海外极远处、太阳降落之地，以丹水来比喻高雅洁净之地，以此隐喻品行高尚的人。后四句则对若木的高洁进行了渲染，即诸神仙和高洁而傲立的鸾鸟等都对若木极为仰慕，可见其高雅洁净。若木不但品德高尚，而且生命力极强，千万年的时光对若木而言就如同旦夕，以隐喻若木的品德高尚。

　　最后两句则升华到了讽谏的内容，说的是若木这种高雅洁净之才根本不是对其不了解的人能够胡乱议论的，以此劝诫建平王应该像若木般志向高远，不要被身边的小人蒙蔽。整首诗没有一句话在明确体现讽谏，但其讽谏意味极强。虽然此诗涉及海洋的内容仅前两句，但其借用的若木和丹水均出于海上，足见海洋之博大及壮丽。

> 闻君报一餐，远送出平野。
> 玉标丹霞剑，金络艳光马。
> 高旗入汉飞，长鞭历地写。
> 曙星海中出，晓月山头下。
> 岁晏坐论功，自有思臣者。

---

① （清）沈德潜编《古诗源》，司马翰校点，岳麓书社1998年版，第197页。

——吴均《边城将诗四首·其三》①

　　吴均（469—520），字叔庠，南朝南梁文学家、历史学家，著有《齐春秋》三十卷，注《后汉书》九十卷等。其诗文清新自然，常以描写山水景物来反映社会现实，自成一脉，被称为"吴均体"。

　　上述诗歌是《边城将》中的一首，整个《边城将》都是歌颂将士英雄气概的内容，颇具豪迈之感。此诗中涉及海洋的诗句为"曙星海中出，晓月山头下"，通过太阳和星星均由海中升起、明月从山尖落下的海洋自然景物描写表达了在论功之时必然有人会怀念和歌颂将士的思想。

（三）咏海以抒发悲欢之情

　　整个魏晋时期中华大地灾变、战乱、朝代更迭不断，民众生活极受影响。在这样的背景之下，以咏海来抒发内心各种情绪的诗歌开始成为宣泄的渠道之一。此类诗歌也就成了魏晋时期数量最大、涉及领域最多、内容最丰富的类型。

> 心悲动我神，弃置莫复陈。丈夫志四海，万里犹比邻。
> 恩爱苟不亏，在远分日亲。何必同衾帱，然后展殷勤。
> 忧思成疾疢，无乃儿女仁。仓卒骨肉情，能不怀苦辛？

——曹植《赠白马王彪》节选②

　　此诗乃是曹植在曹丕称帝之后所作，是写给其同父异母之弟白马王曹彪的一首诗。当时曹丕一直在打击异己，并以各种手段监视各诸侯王等，以维系自身帝王之根基。在这样的背景之下，曹植将对曹丕的不满情绪转化为满腔的愤慨，并将这种情绪融于以上诗歌中。该诗全文分为七部分，此处节选了借咏海以抒情的第六部分。

　　该部分的主要意思是，心境上的悲伤已经使我形神俱疲，只有放下心中忧愁不再悲伤才行。大丈夫就应该志在辽阔的大海，真正的兄弟纵使相隔万里也会情感如初。兄弟之间的情感并不会因为分隔远方而减弱，又何必一直同行来表现殷勤。过度的哀思会令人生病，所以不能沉溺于儿女之情中，只

---

① 萧涤非，姚奠中，胡国瑞等著《汉魏晋南北朝隋诗鉴赏词典》，山西人民出版社1989年版，第1066~1076页。

② （清）沈德潜编《古诗源》，司马翰校点，岳麓书社1998年版，第80页。

是猛然之间割舍骨肉情，又如何不会让人感受到辛酸和苦楚？

整首诗既感慨了曹植对兄弟之情的感受，又表达了对其兄曹丕残忍手段的抗议。其中涉及海洋的两句诗完全表现出了曹植对真正的兄弟感情的深切理解：即使相隔万里，志向远大如海洋的兄弟也会宛若比邻。这与后面的因曹丕对自己兄弟的迫害等产生的愤慨情绪形成了鲜明的对比。

除以上这首诗歌之外，曹植还有一首《野田黄雀行》同样表达了其对曹丕杀害自己至交好友的悲愤情绪。

> 高树多悲风，海水扬其波。
> 利剑不在掌，结友何须多？
> 不见篱间雀，见鹞自投罗？
> 罗家得雀喜，少年见雀悲。
> 拔剑捎罗网，黄雀得飞飞。
> 飞飞摩苍天，来下谢少年。

——曹植《野田黄雀行》①

此诗创作背景是曹丕称帝之后杀了曹植的至交好友丁仪、丁廙两位丁氏兄弟，然而曹植根本无力救助，内心凄苦无以表达，只能通过诗歌来抒发其愤懑。

该诗的意思是，高大的树木容易受到狂风侵袭，平静的海面也因时常遭受狂风而海浪滔天。宝剑虽锐利，却并未在我的掌控之下，若没有足够的援助之力，那结交很多朋友又有什么必要？就像篱笆上被困的可怜的黄雀，它为了躲避凶狠的鹞才撞入网中。布网的人看到黄雀自然欣喜，然而少年看到挣扎的黄雀却心怀怜悯，拔出宝剑将网挑开，黄雀才最终获取自由。振翅高飞的黄雀飞上苍茫的高空，之后又飞下来感谢少年的挽救。

整首诗分为两部分。第一部分是前四句，开篇两句诗用比兴的手法来展现树大招风的悲叹，用海洋的博大和狂风吹拂下的滔天巨浪来表现社会的瞬息万变和恶劣的现实情况。之后两句则表现了自己对恶劣现实的无奈，以及对自己朋友被害却无法救助的无奈。这是对现实的一种愤慨和悲哀。第二部分则是寄托于想象，以少年挽救被困的黄雀的故事来表达自己的期望。

曹植以咏海的诗句抒发自身内心的愤慨、坎坷和悲叹。除此之外，还有

---

① （清）沈德潜编《古诗源》，司马翰校点，岳麓书社 1998 年版，第 79 页。

很多魏晋时期的诗人用咏海的诗句来抒发感情。

> 精卫衔微木，将以填沧海。
> 刑天舞干戚，猛志固常在。
> 同物既无虑，化去不复悔。
> 徒设在昔心，良辰讵可待！
>
> ——陶渊明《读山海经·其十》①
>
> 忆郎郎不至，仰首望飞鸿。
> 鸿飞满西洲，望郎上青楼。
> 楼高望不见，尽日栏杆头。
> 栏杆十二曲，垂手明如玉。
> 卷帘天自高，海水摇空绿。
> 海水梦悠悠，君愁我亦愁。
> 南风知我意，吹梦到西洲。
>
> ——《西洲曲》节选②
>
> 海上春云杂，天际晚帆孤。
> 离舟对零雨，别渚望飞凫。
> 定知能下泪，非但一杨朱。
>
> ——阴铿《广陵岸送北使诗》节选③

陶渊明（约365—427），字元亮，名潜，东晋末年南朝宋初期诗人和辞赋家，中国第一位田园诗人。其《读山海经》以上古神话传说表达了自身对东晋灭亡的惋惜之情，也表现了自己对社会不平的反抗情绪。

整首诗的前两句通过精卫填海的神话传说来表现海洋广阔的形象和精卫的不屈精神，又用刑天的神话传说来表达即使断首也不放弃战斗的刚毅精神，最终来衬托百折不挠的坚强意志才是永恒不变的主题，并通过神话来对自己的精神进行鞭策。

《西洲曲》是南北朝时期的民间乐府诗歌，节选的部分是通过对连续情节的描绘来表现男女思念之情。意思是"我"思念郎君，但郎君没来；"我"抬头望天上的鸿雁，鸿雁飞满了西洲的天空；"我"走上楼台遥望，在高耸

---

① （清）沈德潜编《古诗源》，司马翰校点，岳麓书社1998年版，第138页。
② 吕远洋著《走进古诗词 秦时明月到明清风雨》，苏州大学出版社2015年版，第3页。
③ （清）沈德潜编《古诗源》，司马翰校点，岳麓书社1998年版，第212页。

的楼台上却也望不到郎君归来；"我"终日倚在楼台栏杆上，栏杆曲折延伸；"我"垂着明润如玉的双手，看着卷帘外无边的天空和空泛幽绿的海水，梦境就如海水一般悠远。郎君忧愁"我"也忧愁，夏季的风知道"我"的情意，会带着"我"的情意吹到西洲。

此诗表达的虽然是男女分离之情，但借咏海展现了情意的悠远和人生的无常。

阴铿（约511—约563），字子坚，南北朝南梁和南陈著名文学家。《广陵岸送北使诗》是阴铿在广陵送别友人时所作，节选部分以咏海来表达作者的离别深情。意思是，海洋上云彩纷杂，远方回归的孤帆尽显孤独，友人离开，"我"又开始陷入孤独心境。最后两句则表示自己对友人的离别极为伤感，送别友人难免会作杨朱之泣（杨朱是战国时期人士，其见到歧路而哭泣）。

以上这些诗作均是通过借咏海洋来抒发作者自身的情感，不过不同的情感所引用的海洋意象有所不同，如以海洋表现志向、以海洋表现感情、以海洋表现离别等，这也足以显现出海洋文化的多样性和包容性。

二、魏晋时期海洋诗歌的意象表达

前述所列举的海洋诗歌多数涉及海洋的内容较少，而且多数是以海洋的意象来表达自身的情感需求，即并不注重描绘海洋，而是通过海洋的物象和特征来实现寄情于景、托物明志的目的。另外，还有一部分诗歌对海洋物象的描述较多，一类是通过对海洋物象的详细描述来借物咏志，另一类则是更加注重海洋意象本身的特征，虽依旧是借景抒情，但为了令景象和心境更加契合，对海洋的景象进行了精心的描述。

（一）以海洋物象借物咏志

魏晋时期通过感悟海洋物象来借物咏志的诗歌比较具有代表性的有曹魏时期曹植的《远游篇》和两晋时期郭璞的《游仙诗》。

远游临四海，俯仰观洪波。
大鱼若曲陵，承浪相经过。
灵鳌戴方丈，神岳俨嵯峨。
仙人翔其隅，玉女戏其阿。
琼蕊可疗饥，仰漱吸朝霞。

昆仑本吾宅，中州非我家。

将归谒东父，一举超流沙。

鼓翼舞时风，长啸激清歌。

金石固易弊，日月同光华。

齐年与天地，万乘安足多。

——曹植《远游篇》①

杂县寓鲁门，风暖将为灾。

吞舟涌海底，高浪驾蓬莱。

神仙排云出，但见金银台。

陵阳挹丹溜，容成挥玉杯。

姮娥扬妙音，洪崖颔其颐。

升降随长烟，飘飘戏九垓。

奇龄迈五龙，千岁方婴孩。

燕昭无灵气，汉武非仙才。

——郭璞《游仙诗·杂县寓鲁门》②

曹植的《远游篇》大意是要远离世间到四方海洋去游览，在海洋上低头抬头都能看到那滔天的巨浪，海洋中的大鱼如同山峰一般壮丽，成群结队的大鱼驾乘着海浪四处游弋。海洋中的巨龟驮着传说中的方丈仙山，仙山上灵气缭绕高耸入云，仙人们在仙山飞上飞下，神女们在仙山上游玩。仙山上的美玉能够延年益寿，朝露和日霞是仙人的食粮。"我"想到了昆仑的家，想起了在中原的寄居之所。"我"要回昆仑仙地拜见太真东王父，一步就能跨过那茫茫的沙漠。"我"要迎风展翅，高声清啸宛若歌唱。虽然金属石材坚固，但依旧易碎，只有那时光长久绵延，神仙才能够与天地共存亡，人间的皇位没有什么值得炫耀。

此诗中曹植通过对海洋物象的详细描述展现出了海洋的广阔与神奇，并通过神话传说中的仙山美景反衬了作者对世间权势的不屑，体现了作者眼界的广阔和志向的远大。

郭璞（276—324），字景纯，两晋时期著名文学家和风水学者。《游仙诗·杂县寓鲁门》主要是描绘海洋美景，发挥想象来体现海洋神妙。其以海

---

① 宋效永，向焱点校《三曹集》，黄山书社 2018 年版，第 286 页。

② （清）沈德潜编《古诗源》，司马翰校点，岳麓书社 1998 年版，第 118 页。

鸟栖息于鲁国城门这一传说开篇，阐述海洋之能可吞舟覆岛，神仙居住的仙岛也无法幸免，暗喻现实社会的动乱和危机。之后又以海上神仙们悠闲的生活场景进行反衬，群仙逍遥于世间，把酒言欢，轻歌曼舞，随风飘荡，长寿久生，显得毫无哀愁，暗喻了作者期望的世间面貌。整首诗歌通过一种游仙海洋的描述，表现出了作者对现实社会的失望，整体的消极性较明显。

（二）以海洋景象契合心境

上述两首诗歌均是通过详细描述海洋壮丽美景来咏志，其中有关海洋景象的描述非常全面。南朝之后的很多海洋诗歌依旧是借海洋景象抒情，描绘的景象与作者的心境更加契合，主要代表作有以下几首。

> 分空临澥雾，披远望沧流。
> 八桂暖如画，三桑眇若浮。
> 烟极希丹水，月远望青丘。
>
> ——沈约《秋晨羁怨望海思归诗》[1]
>
> 沧波不可望，望极与天平。
> 往往孤山映，处处春云生。
> 差池远雁没，飒沓群凫惊。
> 嚣尘及薄领，弃舍出重城。
> 临川徒可美，结网庶时营。
>
> ——谢朓《和刘西曹望海台诗》[2]
>
> 登高临巨壑，不知千万里。
> 云岛相接连，风潮无极已。
> 时看远鸿度，乍见惊鸥起。
> 无待送将归，自然伤客子。
>
> ——祖珽《望海诗》[3]

沈约（441—513），字休文，南朝南梁的开国功臣，南朝著名政治家和文学家，曾历仕三朝。

《秋晨羁怨望海思归诗》中的羁怨指的是沈约向帝王请辞却不得应，并

---

[1] 滕新贤著《沧海钩沉 中国古代海洋文学研究》，上海三联书店 2018 年版，第 132 页。
[2] 滕新贤著《沧海钩沉 中国古代海洋文学研究》，上海三联书店 2018 年版，第 132 页。
[3] 滕新贤著《沧海钩沉 中国古代海洋文学研究》，上海三联书店 2018 年版，第 132 页。

被任命其他远离家乡的职位，在此旅途之中所产生的忧愁。整首诗的大意是，远观海洋上天水一色，海雾弥漫如同仙境，在海岸遥看海洋波涛和水流，能感受到八株巨大的桂树（八桂成林，传说中极大的生长在海洋中的桂树）生机勃勃，三株巨大的桑树高耸直立，仿佛漂浮于海洋。最后两句则通过隐喻来表明如今的"我"就如同漂浮于海上在浓浓海雾之中遥望丹水，在明月之上遥看青丘。通过详细看到描述海洋空旷辽远的景象，辅以各种神话传说中的景象，来表达自身的羁怨之情和思归之念。

谢朓（464—499），字玄晖，南朝南齐著名诗人，与沈约共创"永明体"（严格要求四声八病，强调声韵格律的诗体，也称新体诗），对文人诗的发展起到了极大的促进作用，同时对近体诗的形成产生了重大的影响。《和刘西曹望海台诗》是谢朓与友人观海时有感所作的诗作，大意是海洋遥不可及，远望极远处可见海天一色，在茫茫大海之上包罗万象，山峰时隐时现，处处云彩飞扬，参差不齐的大雁越飞越远，逐渐看不到，纷繁的野鸭到处乱飞。纷扰的城市杂事繁重，舍弃这份繁重离开内陆，到海洋的小岛去结草成舍，远离世间的纷纷扰扰，才能真正观赏到海洋的美景。

整个诗篇以海洋的悠远景象为开篇，通过海洋的孤寂、宁静反衬世间的纷乱和繁杂，从而使作者产生远离纷扰避世而居的感慨。这首诗体现了谢朓的人生态度，即使入朝为官也希望远离纷争，过着无忧无虑的生活。

祖珽，字孝征，生卒年不详，南朝时期北齐诗人，在音乐、文学和绘画等方面均有造诣。其早期才华横溢，极为自负，志向高远且极为狂诞，而后期入朝为官后道德败坏，但政绩极佳，可以说是集矛盾于一身的奇特人物。仅从文学角度而言，祖珽的诗歌极具感染力。

《望海诗》是祖珽早年所作。前六句均是在感叹海洋的壮美景观，大意是登高远眺海洋茫茫景象，云雾缥缈，山岛浮沉，不知海洋到底有多大，狂风起后巨浪滔天，大雁飞渡逃离，鸥鸟惊恐四起，海洋的壮美与广阔令人心悸。虽然目睹海洋壮阔的美景应该心情舒畅，但海洋的惊险也一直伴随，祖珽在夹缝之中求生存，心力交瘁。最后两句言明仅看到鸿飞鸥惊，就足以令旅途至此的客人感到惊心动魄。

以上几首诗歌中描述的海洋景象都极为细致且具象，仅凭对几个景物的简简单单的描述就能够和作者所处时期的现实情况相契合，使得诗句更加贴近作者心境，最终令海洋景象和情感完美融合。这种刻画细致并和心境融合的海洋诗作也意味着海洋文学的自觉性再一次得到了提高，为后世海洋诗歌的崛起奠定了基础。

第四章 怒放·隋唐时期的海洋传奇情韵

隋唐时期是魏晋乱世时期结束后的两个朝代的合称，分别是从 581 年到 618 年的隋朝和从 618 年到 907 年的唐朝，是中国历史上最为强盛的时期之一。

经历了五胡乱华和南北朝的乱世后，中国再次大一统。隋唐时期，经济、政治、文化、军事、科技等方面均得到了飞速的发展，不仅民族思想较为开放，两朝的君主在治国上也较为开明，通过不断向周边诸国进行学习，使得中国得到了前所未有的发展。

魏晋末期，北周于 577 年灭北齐统一华北，之后国力大盛，但因北周宣帝奢侈浮华，朝政逐渐被外戚杨坚掌控。580 年，北周宣帝病死后，杨坚扶持北周静帝上位，并于 581 年篡位称帝，建立隋朝。自此，魏晋时期结束，进入隋朝时期。

杨坚称帝（隋文帝）后开始进行统一大业，并于 589 年真正结束了南北分裂的局面，完成了中国的大一统。隋朝初期隋文帝实行了开皇之治，但后期逐渐改变，即便如此，隋朝国力也较为强盛。隋炀帝继位之后，多次发动战争，使得民不聊生，所以从 610 年开始民间就逐渐出现民变，直到 618 年隋炀帝被杀，隋朝灭亡。

617 年，李渊起兵造反，最终于 618 年建立唐朝，史称唐高祖。626 年，李世民发动玄武门之变，控制了都城长安（西安），逼迫李渊禅位，史称唐太宗，并开始了贞观之治。之后，唐朝开始了近三百年的统治。

之所以将隋朝和唐朝并称，除隋朝存在时间较短外，还因为隋炀帝杨广与唐高祖李渊是亲属关系，两人都是西魏柱国独孤信的外孙。从这层关系而言，隋唐两朝其实属于亲属之间的改朝换代。

综合而言，隋唐时期国力强盛，社会各方面发展迅速，尤其是此阶段的文学发展极为可观。当时，海洋文学处于发展高峰时期，无论海洋诗歌还是海洋散文,抑或是海洋小说,均拥有极为丰硕的成果。

不过,由于隋朝存在时间较短,加上隋文帝虽重视教育却不重视文学发展,隋炀帝虽喜爱文学却偏好浮靡文风,并无能够体现隋朝思想和文化的艺术性海洋文学作品面世。

而唐朝在建立之后因为国力强盛,通过战争兼并了大量土地,疆域远超汉朝,所统治的海域同样极为广阔,因此,沿海区域经济和文化、贸易和交流都非常活跃,航海技术也比前朝有了空前的提高。在安史之乱之前,唐朝处于鼎盛时期,虽然对外贸易有海路和陆路两条线,但是以陆路为主;安史之乱后,因为唐朝国力转衰,陆路的贸易线经常被骚扰,不够安全,所以唐朝开始大力开发海路贸易线,从而令海洋文化得到了极大的发展。

海洋贸易的快速发展、对外政治和文化的交流等使得唐朝对海外诸国的了解远胜前朝,对海洋的了解和认识也更加深入,这些都为海洋文学的发展提供了保障。

唐朝民众对海洋的了解及其海洋意识的发展主要体现在两个层面:一个是对海洋的兴趣愈加浓厚,开始将辽阔的海洋视为极富挑战意味以及抓住机遇进行发展的宝藏之地,所以对海洋活动以及航海民众均持赞许和鼓励态度;另一个是对海洋的认识更加深入,尤其是随着航海技术的提高,以及海洋活动的增多,民众对海洋气候、海潮、海洋资源等有了更加客观和深刻的认识。

以上这些都对海洋文学的发展产生了促进作用,所以海洋诗歌开始不断出现,同时海洋散文、海赋等作品开始增多,到晚唐时期,海洋小说也开始进入发展高峰期。从这一点来看,随着唐朝国力的强盛和海洋活动的增加,海洋文学的发展达到了前所未有的高度。

第一节 绚丽多姿的隋唐海洋诗歌

隋唐时期,尤其是唐朝阶段,可以称得上是一个诗的时代,涌现出了许多著名诗人。比如,素有"初唐四杰"之称的骆宾王、王勃、卢照邻、杨炯等;叱咤盛唐的"诗仙"李白、"诗佛"王维、与王维合称"王孟"的孟浩然、"诗圣"杜甫、"七绝圣手"王昌龄、"诗狂"贺知章,以及与王昌龄合称"边塞四诗人"的高适、王之涣、岑参等;流芳中唐的"诗鬼"李贺、"诗豪"刘禹锡、"诗囚"孟郊、"诗魔"白居易、"诗奴"贾岛等;引领晚唐的

"小李杜"——李商隐与杜牧，以及与李商隐合称"温李"的温庭筠，等等。这些伟大诗人均流传下来了诸多脍炙人口的诗篇。

整个唐朝可以说上到帝王将相下到农妇村夫均喜作诗，并多有诗歌传世。据统计，整个唐朝流传至今的诗歌有五万余首，其中涉及"海"字的就有近四千首，可见唐朝诗歌发展之鼎盛。

当然，这近四千首看似与海洋有关的诗歌并非都是写海，其中有一部分诗歌是以"海"来隐喻具有宏阔之感的江河湖泊，借以抒发感情。这些诗歌看似写海，但其实并非海洋诗歌。

有一部分诗歌中涉及的"海"均是以"四海"为词出现，其中同样有大部分内容并非写海，而是隐喻偏远之地、湖泊、广阔之地。唐朝诗歌中的"四海"更多是引用其"天下"的含义，整体而言，这些诗歌与海洋并无关联，也并非海洋诗歌。

还有一部分诗歌虽然涉及了海洋生物，但其实很多内容均非真正的海洋生物，而是与江河湖泊相关的一些陆内水生生物，这些诗歌同样不属于海洋诗歌。

尽管众多唐诗中所涉及的"海"并非真正的海洋，但抛开这些诗歌，依旧有大量咏海、咏潮（以钱塘潮为主）的诗歌存在，仅咏潮的唐朝诗歌就有千余首之多。

综合来看，唐朝所流传下来的海洋诗歌从内容题材方面可以分为三大类：一是与海洋形象相关的内容，包括海洋景象、海洋物产、海洋神话、海洋气象等；二是与海洋生活相关的内容，包括海洋上的劳作、海洋航行、滨海及海岛生活、海洋交流与贸易等；三是与咏海咏潮相关的内容。由此可见，唐朝海洋诗歌涵盖海洋的各个方面，其取材广泛而深邃，展现形式多样，真正达到了海洋诗歌巅峰。

一、隋唐时期海洋形象类诗歌

海洋的形象本身涵盖面就极为广泛，其广阔、深邃、神秘、奇异、变幻莫测等均能够成为唐朝诗人笔下的灵感和素材。

（一）描绘海洋景象的诗歌

描绘海洋景象的诗歌多数是通过对海洋的景色和广阔进行描绘，来抒发诗人的情感，表达诗人的志向。

披襟眺沧海，凭轼玩春芳。
积流横地纪，疏派引天潢。
仙气凝三岭，和风扇八荒。
拂潮云布色，穿浪日舒光。
照岸花分彩，迷云雁断行。
怀卑运深广，持满守灵长。
有形非易测，无源讵可量。
洪涛经变野，翠岛屡成桑。
之罘思汉帝，碣石想秦皇。
霓裳非本意，端拱且图王。

——李世民《春日望海》①

春山临渤海，征旅辍晨装。
回瞰卢龙塞，斜瞻肃慎乡。
洪波回地轴，孤屿映云光。
落日惊涛上，浮天骇浪长。
仙台隐螭驾，水府泛鼋梁。
碣石朝烟灭，之罘归雁翔。
北巡非汉后，东幸异秦皇。
搴旗羽林客，跋距少年场。
龙击驱辽水，鹏飞出带方。
将举青丘缴，安访白霓裳。

——杨师道《奉和圣制春日望海》②

朐山压海口，永望开禅宫。
元气远相合，太阳生其中。
豁然万里馀，独为百川雄。
白波走雷电，黑雾藏鱼龙。
变化非一状，晴明分众容。
烟开秦帝桥，隐隐横残虹。
蓬岛如在眼，羽人那可逢。
偶闻真僧言，甚与静者同。

---

① 王启兴主编《校编全唐诗 上》，湖北人民出版社 2001 年版，第 35 页。
② 彭定求等《全唐诗（增订本）》，中华书局 1999 年版，第 461 页。

幽意颇相惬，赏心殊未穷。

花间午时梵，云外春山钟。

谁念遽成别，自怜归所从。

他时相忆处，惆怅西南峰。

——刘长卿《登东海龙兴寺高顶望海简演公》①

吾观天地图，世界亦可小。

落落大海中，飘浮数洲岛。

贤愚与蚁虱，一种同草草。

地脉日夜流，天衣有时扫。

东山谒居士，了我生死道。

目见难噬脐，心通可亲脑。

轩皇竟磨灭，周孔亦衰老。

永谢当时人，吾将宝非宝。

——孟云卿《放歌行》②

圣代务平典，辎轩推上才。

迢遥溟海际，旷望沧波开。

四牡未遑息，三山安在哉？

巨鳌不可钓，高浪何崔嵬？

湛湛朝百谷，茫茫连九垓。

挹流纳广大，观异增迟回。

日出见鱼目，月圆知蚌胎。

迹非想像到，心以精灵猜。

远色带孤屿，虚声涵殷雷。

风行越裳贡，水遏天吴灾。

揽辔隼将击，忘机鸥复来。

缘情韵骚雅，独立遗尘埃。

吏道竟殊用，翰林仍忝陪。

长鸣谢知己，所愧非龙媒。

——高适《和贺兰判官望北海作》③

---

① 祝景成，刘小立编《飞花令 趣编中国古诗词》，科学普及出版社 2018 年版，第
157 页。

② 周振甫主编《唐诗宋词元曲全集 全唐诗 第 3 册》，黄山书社 1999 年版，第 1110 页。

③ 滕新贤著《沧海钩沉 中国古代海洋文学研究》，上海三联书店 2018 年版，第 139 页。

李世民，唐朝第二位皇帝，开创了中国历史上著名的"贞观之治"，唐朝杰出政治家、战略家和诗人。《春日望海》一诗具体创作年限不可考，但必然是作者四处征战期间恰逢春季观海，于是有感而发所作。该诗前两句描述了作诗时的心情畅快之感，在春暖花开之际观海令人心旷神怡，之后开始通过各种海洋景象和海洋典故来描述海洋的壮阔及神秘，并通过海洋地势低下因而广纳百川的寓意展现了一代帝王的心胸，以秦始皇和汉武帝海外求仙的典故和事迹来反衬自己来海边并非求仙，而是为平定天下、开创盛世的伟大。虽整首诗并未摆脱魏晋时期诗歌的影响，但其气概远超魏晋时期的海洋诗歌。

杨师道，字景猷，唐朝宰相。《奉和圣制春日望海》一诗是杨师道为了唱和唐太宗所作《春日望海》而创作的一首五言律诗。相关唱和唐太宗《春日望海》的诗歌还有多首，此处仅以杨师道的诗进行分析。

该诗描述了唐太宗意欲东征高丽，恰逢春日到海边观海时所表现的雄壮气势，展现了其诗作雄深雅健的风格。此诗前半部分通过对海洋景象的描绘体现了海洋的阔达气势，且描述的海洋景色静中带动，同时辅以现实之中的征旅气势，两种气势相互应和，给人以极大的信心。之后又通过秦始皇、汉武帝的雄伟霸业来衬托唐太宗此次东征的功绩，并以龙和鹏来体现唐太宗东征气势如虹、无懈可击，通过描绘海洋的景象将东征的气势展现得淋漓尽致。这首诗开创了盛唐边塞诗的先河，令人读起来激情澎湃、慷慨激昂。

刘长卿（生于709—725，卒于786—790），字文房，中唐著名诗人，大历诗风的代表。《登东海龙兴寺高顶望海简演公》一诗是刘长卿登上孔望山（传为孔子登山望海之处）观海所作，其因为此山三面环海，所以观海时倍感山海壮丽。诗歌前半部分通过对不同海洋景象的描绘歌咏了海洋变化多端、包容万物的壮阔气象，其中的"太阳""白浪""雷电""黑雾""鱼龙""蓬岛""羽人"等均是海洋中的景象，通过歌咏海洋的如虹气势和万物归巢的气象来展现高僧的心境，借以引申到离别之情，可以说经过了多重转折，给人以心旷神怡又略带遗憾之感。

孟云卿（725—781），字升之，与杜甫友谊深厚，中唐著名诗人，诗歌以朴实无华、反映社会现实著称。《放歌行》一诗通过对海洋壮阔之状的描述反衬了众生之渺小，并表达了要珍惜眼前时光和友情的感悟。全诗通过朴实的语言描绘了世界之大、海洋之广阔，并对世间万物的命运发出了深刻的感叹，告诉人们只有眼前的时光和友情才是最值得珍惜的宝藏，从而引发了对社会和人生的感慨。

高适（约 704—约 765），字达夫，中唐著名边塞诗人，其诗歌笔力雄健且气势磅礴，洋溢着盛唐时期奋发且蓬勃的壮阔之势。《和贺兰判官望北海作》一诗是高适对保卫边疆的爱国将领的热情歌颂和咏叹，通过对海洋神话传说中的物象描述，将海洋的壮丽和跨越时空的瑰丽景象相融合，使得整首诗的意境极为雄壮，并以此来衬托护国将领和兵士的冲天气势。

（二）描绘海洋物产的诗歌

借海洋物产来抒发情感的诗歌在唐朝有很多，且通常是通过海洋物产的特定精神状貌来抒发内心感受和表达志向。此处以咏蟹和咏鸥的几首海洋诗歌为例进行分析。

> 未游沧海早知名，有骨还从肉上生。
> 莫道无心畏雷电，海龙王处也横行。
>
> ——皮日休《咏蟹》[1]

> 沿流辞北渚，结缆宿南洲。
> 合岸昏初夕，回塘暗不流。
> 卧闻塞鸿断，坐听峡猿愁。
> 沙浦明如月，汀葭晦若秋。
> 不及能鸣雁，徒思海上鸥。
> 天河殊未晓，沧海信悠悠。
>
> ——陈子昂《宿襄河驿浦》[2]

> 蹉跎随泛梗，羁旅到西州。
> 举翮笼中鸟，知心海上鸥。
> 山光分首暮，草色向家秋。
> 若更登高岘，看碑定泪流。
>
> ——贾岛《岐下送友人归襄阳》[3]

> 万里飞来为客鸟，曾蒙丹凤借枝柯。
> 一朝凤去梧桐死，满目鸥鸢奈尔何。
>
> ——顾况《海鸥咏》[4]

---

[1] 滕新贤著《沧海钩沉 中国古代海洋文学研究》，上海三联书店 2018 年版，第 140 页。
[2] 曾军编著《陈子昂诗全集 汇校汇注汇评》，崇文书局 2017 年版，第 17 页。
[3] （唐）贾岛，黄鹏笺注《贾岛诗集笺注》，巴蜀书社 2002 年版，第 182 页。
[4] （元）辛文房著《唐才子传》，王大安校订，黑龙江人民出版社 1986 年版，第 60 页。

皮日休（约838—约883），字袭美，晚唐文学家，其诗歌多数反映的是对民间疾苦的同情和思考。《咏蟹》一诗是咏叹海蟹的七言绝句，也称《咏螃蟹呈浙四从事》，虽仅有四句，却未著一字于蟹，就将海蟹的形貌及特征描述得活灵活现，令人吟诵即知。该诗前两句阐述了海蟹已广为人知的名声，抓取了海蟹肉上生骨的特征进行阐述。后两句则描绘了海蟹浑身是胆、无所顾忌的行为方式，不畏惧雷电，在海龙王面前同样横行而动，并通过妙趣横生的行为状态将海蟹描绘得极为传神，同时借咏蟹赞扬了其不畏强权的无畏之心和铮铮铁骨，也表达了作者对敢于犯上而谏的壮举、无畏反抗不平的精神的强烈赞美，将海洋特色产物的状貌和自身的志向进行了完美的融合。

陈子昂（约659—约700），字伯玉，初唐文学家、诗人，初唐诗文革新代表人物之一，其诗寓意深远且风骨峥嵘，与其自身性格极为契合。《宿襄河驿浦》是作者落第之后所作，有感慨才智不得展的愤懑，也有对自身怀才不遇境况的悲叹。该诗中末句的"沧海"指代并非海洋，而是长江。全诗涉及海洋的部分仅在第十句的"徒思海上鸥"。全诗意思是沿着江水离开，夜宿江边的襄河驿站，观着江边的夜景和陷入沉寂的江水，感叹自己怀才不遇，并自嘲才能不及"鸣雁（暗喻能言善辩且善于展示的人）"，甘愿做海洋上肆意飞翔的海鸥（有归隐之意，但含反讽韵味）。作者将自己比作海洋上见多识广的海鸥，是一种追求自由的象征，更是作者对自己能够翱翔于海洋天空之中的期望。

贾岛（779—843），字阆仙，人称诗奴，晚唐诗人，与孟郊共称"郊寒岛瘦"，以苦吟诗著称。《岐下送友人归襄阳》一诗中，贾岛借海鸥形象来表达个人压抑苦闷的心情，以及渴望突破现实约束、实现超脱与自由的期待。整首诗同样是以江水抒发感情，涉及海洋的内容仅有海鸥这一形象，以隐喻志向高远及对自由翱翔生活的追求。

顾况（约725—814），字逋翁，晚唐诗人、画家和鉴赏家。《海鸥咏》是作者自喻海鸥的一首讽刺性诗歌，体现的是晚唐社会现状，尤其是仕途之中充满钩心斗角的乱象。诗名以海鸥点题，但诗中并未提及海鸥，而是以"客鸟"替代。大意是海鸥是从海洋万里之外飞到陆地上的外来灵禽，曾经得到凤凰的青睐而被赠予梧桐树，以此隐喻受恩于人得仕途之旅。后面两句则直接反转，当凤凰离开梧桐树时，梧桐树死亡，仅留下海鸥身边各种猛禽虎视眈眈，隐喻了自己身边充斥凶险小人，身处危机之中日日不得自由。

从以上内容可以看出，海洋物产类诗歌中，海鸥作为自由洒脱的海洋精灵，成了晚唐时期很多诗人期望摆脱现实困境、渴望拥有施展抱负机会的情感寄托。从诗歌的意象和情感表达就能够大体了解到社会发展情况。

（三）描绘海洋神话的诗歌

自上古有记载以来，海洋就是奇异瑰丽且神秘莫测的场所。无论文献记载还是神话传说中，海洋通常是神仙居所乃至日月的栖息之地，这无疑会令人对海洋向往不已。因此，很多海洋文学作品之中都会有涉及海洋神话传说的内容，其中绝大多数海洋神话传说的内容在文学作品之中起到的是借景抒情的作用，但也有一部分文学作品所体现的是作者对海洋神话世界的向往，其中最具代表性的就是李白的《杂诗》和李颀的《鲛人歌》。

> 白日与明月，昼夜尚不闲。
> 况尔悠悠人，安得久世间。
> 传闻海水上，乃有蓬莱山。
> 玉树生绿叶，灵仙每登攀。
> 一食驻玄发，再食留红颜。
> 吾欲从此去，去之无时还。
>
> ——李白《杂诗》[1]
>
> 鲛人潜织水底居，侧身上下随游鱼。
> 轻绡文彩不可识，夜夜澄波连月色。
> 有时寄宿来城市，海岛青冥无极已。
> 泣珠报恩君莫辞，今年相见明年期。
> 始知万族无不有，百尺深泉架户牖。
> 鸟没空山谁复望，一望云涛堪白首。
>
> ——李颀《鲛人歌》[2]

李白（701—762），字太白，史称"诗仙"，唐朝伟大的浪漫主义诗人。其诗作意境高远且豪迈奔放，对后世很多诗人产生了很大影响，包括中唐及宋朝乃至明清的诗人。

---

[1]　周振甫主编《唐诗宋词元曲全集 全唐诗 第3册》，黄山书社1999年版，第1284页。
[2]　周振甫主编《唐诗宋词元曲全集 全唐诗 第3册》，黄山书社1999年版，第942页。

《杂诗》是一首体现作者对海洋神话传说中神仙世界向往的诗歌。其大意是日月昼夜不得闲适，何况是杂事重重的人，哪能在世间久久安闲。传闻海洋之中有蓬莱仙山，其仙山上长着生满绿叶的玉树，有灵仙每日在其上聚会，悠哉度日。仙山上长满仙果，吃一个就能黑发常驻，再吃一个就能容颜永留。"我"打算寻找到这仙境，去了就不知何时才回。整首诗都体现了李白的浪漫主义精神和对神仙异域的向往，因为在仙境之中能够隔绝杂事，不会让人纠葛于世间红尘。

李颀（690—751），唐朝著名诗人，与王维、高适、王昌龄等诗人均有往来。其诗作内容涉及面极广，以边塞诗和音乐诗著称。《鲛人歌》是作者对神话传说之中鲛人故事进行的二度创作和感叹。

诗作的前四句对传说中鲛人的生活状态进行了想象和细化，即鲛人住在茫茫大海中的海底，日夜纺织着美丽的绢绡，传说中各种漂亮的鱼在其身边游弋。鲛人编织的绢绡极为漂亮，月色洒在层层波浪上，透到鲛人身侧。

中间四句则对鲛人的传说进行了细致刻画，大意是鲛人有时会来到陆地寄宿人家中售卖编织的绢绡，回归家乡时会哭泣留下明珠赠予寄宿人家以报恩，并彼此约定次年再见。

最后四句是作者对神话传说的感叹，大意是读了鲛人的故事才知道大千世界物种纷繁，深不见底的海洋之中也有人居住，但如同飞鸟归山林一般，想真正找到广阔大海中的鲛人，只会耗尽时光。

虽然此类诗篇以向往逍遥神仙世界为核心，但其体现的并非完全的消极避世的思想，而是对超现实世界的一种渴望，以及对大千世界无所不包的慨叹，也反映了当时盛唐勇于开拓和包容并进的风尚。

（四）描绘海洋气象的诗歌

随着隋唐时期中国国力的增强，民众对海洋的认知和了解不断加深。文人对海洋之中各种神异的气象极为好奇，同时感慨于海洋气象的博大和威势，因此也创作了部分描绘海洋气象的诗歌。

> 海行信风帆，夕宿逗云岛。
> 缅寻沧洲趣，近爱赤城好。
> 扪萝亦践苔，辍棹怅探讨。
> 息阴憩桐柏，采秀弄芝草。
> 鹤唳清露垂，鸡鸣信潮早。

愿言解缨络，从此去烦恼。

高步陵四明，玄踪得二老。

纷吾远游意，乐彼长生道。

日夕望三山，云涛空浩浩。

——孟浩然《宿天台桐柏观》①

信风催过客，早发梅花桥。

数雁起前渚，千艘争便潮。

将随浮云去，日惜故山遥。

惆怅烟波末，佳期在碧霄。

——钱起《早发东阳》②

屯门积日无回飙，沧波不归成踏潮。

轰如鞭石矻且摇，亘空欲驾鼋鼍桥。

惊湍蹙缩悍而骄，大陵高岸失岧峣。

四边无阻音响调，背负元气掀重霄。

介鲸得性方逍遥，仰鼻嘘吸扬朱翘。

海人狂顾迭相招，䙓衣鬈首声哓哓。

征南将军登丽谯，赤旗指麾不敢翲。

翌日风回溽气消，归涛纳纳景昭昭。

乌泥白沙复满海，海色不动如青瑶。

——刘禹锡《踏潮歌》③

我说南中事，君应不愿听。

曾经身困苦，不觉语叮咛。

烧处愁云梦，波时忆洞庭。

春畲烟勃勃，秋瘴露冥冥。

蚊蚋经冬活，鱼龙欲雨腥。

水虫能射影，山鬼解藏形。

穴掉巴蛇尾，林飘鸩鸟翎。

飓风千里黑，蕉草四时青。

客似惊弦雁，舟如委浪萍。

① 周振甫主编《唐诗宋词元曲全集 全唐诗 第3册》，黄山书社1999年版，第1121页。

② 周振甫主编《唐诗宋词元曲全集 全唐诗 第5册》，黄山书社1999年版，第1757页。

③ 周振甫主编《唐诗宋词元曲全集 全唐诗 第7册》，黄山书社1999年版，第2626~
　2627页。

谁人劝言笑？何计慰漂零？

慎勿琴离膝，长须酒满瓶。

大都从此去，宜醉不宜醒。

——白居易《送客南迁》①

几经人事变，又见海涛翻。

徒起如山浪，何曾洗至冤？

——高骈《海翻》②

孟浩然（689—740），名浩，字浩然，盛唐时期著名的山水田园派诗人。《宿天台桐柏观》一诗是作者泛舟远行过程中，凭海洋季风带至桐柏观休憩时所作诗歌。大意是鼓帆任凭海洋季风吹动，黄昏时分来到桐柏观休憩，航海者以海洋寻宝为乐趣，回归此处则惬意休息。这里是连接陆地和海洋的宝地，可采摘仙草灵芝，可享鸡鸣鹤唳，可欣赏信潮（唐朝将定时而来的海潮称为信潮），抛开官服印信来此就能远离世间纷扰，多希望能够了无纷争。登高寻孟老仙迹，日夜遥望海洋上的三座仙山，却只看到水天相接的浩渺与空旷。

该诗通过海洋季风开篇，描写了作者渴望摆脱世俗纷扰，追寻老子和孟子的长生之道，最终隐居山林的惬意生活。全诗都是作者对尘世生活的失望和对隐逸生活的追慕之情。

钱起（约722—780），字仲文，唐朝著名诗人，唐代宗大历年间"十才子"之首。其多数诗歌是粉饰太平之作，与现实社会的差距较远，仅有少数是伤感战乱和怜悯民众疾苦的内容。《早发东阳》一诗以信风开篇。"信风"在唐朝就是指海洋季风，能够随时令变化而定期吹来定向的风。

该诗的大意是季风来了，行走于海洋中的过客该走了，早早从东阳的梅花桥出发，数只鸿雁在浅滩飞起，成百上千的渡船争相赶在海潮推动下出发。这些渡船如浮云一般随风消逝，远离家乡故土的心情必然极为惆怅。③

刘禹锡（772—842），字梦得，史称诗豪，唐朝文学家和哲学家，其诗文涉猎题材极为广泛。《踏潮歌》一诗描绘的就是海洋中出现的台风，从形象、声音、气势等各个方面对台风所引发的海洋狂潮进行了详细描述。台风过后，海洋重归平静，宛若什么都没有发生，但台风所引发的狂潮深深烙印

---

① 周振甫主编《唐诗宋词元曲全集 全唐诗 第 8 册》，黄山书社 1999 年版，第 3219 页。

② 周振甫主编《唐诗宋词元曲全集 全唐诗 第 11 册》，黄山书社 1999 年版，第 4492 页。

③ 方向红. 中晚唐旅游诗歌研究 [M]. 武汉：湖北人民出版社，2016：75-77.

在了人们的脑海中。

白居易（772—846），字乐天，史称"诗魔"，唐朝著名现实主义诗人。《送客南迁》一诗是白居易为去岭南为官的朋友所写的长诗，极为客观地刻画了岭南海洋气候的特征和整体社会风俗，带有较强的地域文化意味。其中涉及海洋气象的就是"飓风"四句，其描述了海洋之中的台风，着力刻画了台风的危险。台风来临时千里范围都会宛若黑夜，人人如同惊恐的大雁四处奔逃，海洋之中的舟船则如浮萍般，只能随着浪潮漂荡。

高骈（821—887），字千里，晚唐著名诗人。其身为武臣却喜好文学，曾经历多场南征北讨的著名战争，因曾一箭射中两只飞行中的雕而被称为"落雕侍御"。

其创作的《海翻》主要描绘的是南方沿海区域遭受台风侵袭时的状貌，虽然仅有短短几句话，但将台风对陆地的伤害刻画得极为生动。大意是沧海桑田，时间流逝，又一次见到了台风。台风卷起了海洋，宛若山峰的巨浪向陆地奔袭而来，不知道又会带走多少人的性命。

通过分析以上几首有关海洋气象的诗歌可以看出，唐朝民众对海洋的信风和信潮已经能够娴熟地运用，同时对台风等毁灭性、灾难性气候有了极为深刻的体验。这一时期的海洋诗歌更加贴近现实，也更多地将目光投向了可见的海洋现象中。

二、隋唐时期海洋生活类诗歌

反映海洋生活类的诗歌主要有以下几类：一是反映海上劳作的诗歌；二是体现航海生活的诗歌；三是展现海岛及滨海生活的诗歌；四是海洋交流及贸易中与海洋相关的诗歌。

（一）海上劳作类诗歌

隋唐时期，沿海民众进行海上劳作已经极为普遍，尤其是捕鱼、采珠、养殖、晒盐等活动已经逐渐成为海上产业。体现海上劳作的诗歌多数取材于采珠人的生活。

越客采明珠，提携出南隅。
清辉照海月，美价望皇都。
献君君按剑，怀宝空长吁。

鱼目复相哂，寸心增烦纡。

——李白《越客采明珠》①

腥臊海边多鬼市，岛夷居处无乡里。

黑皮年少学采珠，手把生犀照咸水。

——施肩吾《岛夷行》②

《越客采明珠》应是作于李白"赐金还山"许久之后，他虽依旧感怀于皇朝之中的腐败和黑暗，但心境已经逐渐平静。此诗是作者回想长安仕途的情境而有感所发，隐喻怀才不遇无知己的伤怀。前四句通过较为平白的直叙，言明越国有人在海洋之中采到夜明珠，便携带离家去献宝。明珠宛若海上的明月，皇都标出了倾城之价，说明明珠极为珍贵。之后则出现了反转。采珠客在向帝君献宝时，帝君却想拔剑问罪于他，他只能怀抱明珠唏嘘。最后两句再次反转，说的是有人拿着死鱼眼睛来献宝，帝君却并不懊恼，献宝人竟然还嘲笑越国人所拿宝物。

整首诗将自身隐喻为越国怀抱宝珠之人，空有宝物却无人欣赏，针对这样的现状，只得仰天长叹。诗中虽涉及了海上劳作中的采珠，但明显是以身怀重宝却无人识来反讽权贵。

施肩吾（780—861），字东斋，于820年中进士，后被钦点为状元，晚年因乱世率族人渡海避难，到澎湖列岛（台湾海峡第一大离岛群）定居。《岛夷行》一诗用写实的笔触描绘了海上采珠人的艰辛生活。其大意是在充满腥臊气息的海边有很多商人常居，而当地居民很少。世代于此居住的本土乡民被海风和烈日吹晒得皮肤黝黑。皮肤黝黑的少年从小就在海上采珠求生，常手持锋利的牛角尖刀入海寻找珍珠。作者通过极为写实的语言描绘了海上采珠人的艰辛生活，并指出了那些光彩照人的明珠其实是很多人付出汗水乃至生命之后才获得的珍贵之物。

（二）航海生活类诗歌

虽然隋唐时期航海技术得到了极大的发展，但描绘航海生活类的诗歌中还是有很大部分是体现航海生涯的危机和表达对航海的恐惧的。瑰丽神奇的海洋虽令人心怀畏惧，但也强烈吸引着人们去挖掘其神奇之处。

---

① 周振甫主编《唐诗宋词元曲全集 全唐诗 第3册》，黄山书社1999年版，第1154页。

② 周振甫主编《唐诗宋词元曲全集 全唐诗 第9册》，黄山书社1999年版，第3644页。

沧溟八千里，今古畏波涛。

此日征南将，安然渡万艘。

——高骈《南海神祠》①

风雨沧洲暮，一帆今始归。

自云发南海，万里速如飞。

初谓落何处，永将无所依。

冥茫渐西见，山色越中微。

谁念去时远，人经此路稀。

泊舟悲且泣，使我亦沾衣。

浮海焉用说，忆乡难久违。

纵为鲁连子，山路有柴扉。

——刘眘虚《越中问海客》②

以上两首体现航海生活的诗歌充满了对航海的畏惧，第二首更是表现了无奈之下不得不远离故土去航海的悲戚之感。

高骈所创作的《南海神祠》一诗表达的就是对航海生活的畏惧之情。前两句写的是茫茫海洋数千里广阔，自古至今其狂暴的波涛和硕大就令人畏惧。后两句则是通过对安然渡海的期望来表达征战胜利的信心。但不可否认的是，此诗所阐述的人类对海洋的感受依旧是以畏惧为主。即使航海技术有了进步，人类也无法完全摆脱风浪的威胁。

刘眘虚（约714—约767），字全乙，盛唐时期著名诗人。二十岁中进士，但为人淡泊名利，所以自壮年便辞官归田，与孟浩然、王昌龄等诗人相伴唱和。

《越中问海客》一诗是作者遇到漂泊在海上的冒险航海者归来后与其对话所产生的感悟。大意是航海者在风雨交加的夜晚形单影只回到了家乡。问其自哪里归来，航海者说自遥远的南海，万里海路不断兼程，但漂泊于海洋之上无处可以依泊，在奔波之中与苍茫之中看到越中山色时，才回忆起这一路何其遥远，仿佛人生之路漫漫无归期。漂泊于海的日子惊险与机遇并存，航海者经历了九死一生。最后四句则是作者受航海者百感交集落泪的影响所

---

① 周振甫主编《唐诗宋词元曲全集　全唐诗　第11册》，黄山书社1999年版，第4492页。

② 周振甫主编《唐诗宋词元曲全集　全唐诗　第5册》，黄山书社1999年版，第1904页。

发出的感慨和劝慰：不要再远离家乡涉海冒险了，纵使是鲁连子（战国末期高士，曾说服赵魏联合抗秦，但不受功而归隐，传闻其归隐东海）归隐，也并非必须是东海，隐于山林之间更加安全稳妥。

这是一首悲叹航海者漂泊不定生活的诗，充满了对海上航行的畏惧和远离故土谋生的悲戚，令人对航海者不免心生怜悯和感叹。

除以上体现海洋航行之危险的诗篇外，隋唐时期还有一些描绘海洋神奇而渴望对海洋进行探索和了解的诗篇，其中充满了渴望与畏惧同时存在的矛盾感情，也有一些赞美航海生活、赞叹敢于挑战海洋的诗篇。

> 苍茫空泛日，四顾绝人烟。
> 半浸中华岸，旁通异域船。
> 岛间应有国，波外恐无天。
> 欲作乘槎客，翻愁去隔年。
>
> ——周繇《望海》[1]

> 吾闻近南海，乃是魑魅乡。
> 忽见孟夫子，欢然游此方。
> 忽喜海风来，海帆又欲张。
> 漂漂随所去，不念归路长。
> 君有失母儿，爱之似阿阳。
> 始解随人行，不欲离君傍。
> 相劝早旋归，此言慎勿忘。
>
> ——元结《送孟校书往南海》[2]

> 积水不可极，安知沧海东。
> 九州何处远，万里若乘空。
> 向国唯看日，归帆但信风。
> 鳌身映天黑，鱼眼射波红。
> 乡树扶桑外，主人孤岛中。
> 别离方异域，音信若为通。
>
> ——王维《送秘书晁监还日本国》[3]

---

[1] 夏于全集注《唐诗宋词全集 第5册》，印刷工业出版社1999年版，第2037页。
[2] 周振甫主编《唐诗宋词元曲全集 全唐诗 第5册》，黄山书社1999年版，第1798页。
[3] 周振甫主编《唐诗宋词元曲全集 全唐诗 第3册》，黄山书社1999年版，第900~901页。

周繇（841—912），字宪，晚唐著名诗人，咸通十哲（咸通年间的寒士诗人群体）之一。《望海》是周繇伫立于海边观海时有感所作。大意是站在海岸，望着苍茫辽阔的大海吞吐着太阳，遥望无际的海洋上人迹寥寥，海水拍打着海岸，能看到海外他国的船舶游荡。他们经过的群岛中想必有国家吧，但海洋之上波涛汹涌，想必也极为危险。想乘木筏去远游，却又忧心进入茫茫大海难以归乡。整首诗表现了作者对乡土的不舍，且又不知远游后会是什么情形，不仅体现了对航海生活的期望和好奇，也体现了对航海生活的担忧，那种欲罢不能、欲行无路的矛盾感油然而生。

周繇的《望海》令人纠结矛盾，而《送孟校书往南海》完全摒弃了对航海生活危机的感受，着重抒发了对友人渡海远游的豪情的感慨，也劝慰友人勿忘家乡亲朋。

元结（719—772），字次山，中唐著名道家学者，受道家思想影响较深。《送孟校书往南海》一诗是元结送别孟云卿时所作。大意是一直认为南海附近极为危险，但忽然见到孟云卿欣然渡海远游，这时才感受到海风阵阵极为惬意，船上的风帆在海风吹拂下将带船远行。远远望着漂泊而走的好友，心中的不舍化为对好友的劝慰：你还有亲人在等你，希望最初跟随你一同前行的人不会离你远去，我只劝你能够早日归来，不要将亲朋好友忘却。

王维，字摩诘，史称"诗佛"，不但文学造诣极高，而且精通书画及音乐等，善于颂咏山水田园诗。《送秘书晁监还日本国》是作者送别在中国留居近四十年的日本友人晁衡时所作，体现了作者与友人之间深厚的友谊。

通常送别诗会阐明地点和时间等，以此来表达离别情意。王维的《送秘书晁监还日本国》开篇即发出感叹，茫茫沧海无尽头，又怎么能够知道海洋东面是怎样一番场景，说明了友人即将前往的家乡的信息并不清晰。之后才说明友人要去往哪里，即九州之外非常遥远的地方，也就是万里之外的日本。友人要回家乡令人担忧，表达了作者对友人的关怀和惆怅之感。

后面则是以想象来描述友人渡海的情况，以寄托自身对友人归乡的祝福。回乡只要冲着日出方向前进即可，风会将回乡的船安然带去。之后四句是借海洋怪异物象的描述来表现对友人渡海归乡的担忧，以巨鳌和红眼的大鱼来表现渡海的潜在危机，以扶桑和孤岛来表现友人的家乡之远，以及其渡海之时必将极为孤单。最后两句则表达了诗人想象友人战胜各种困难回到家乡，可苦于无法通信而心中牵挂，以此表现了诗人对友人的依依不舍之情。

（三）海岛及滨海生活类诗歌

海洋之中海岛遍布，滨海和海岛的生活与内陆有极大的区别，甚至其风俗、习惯等也会有所不同，这一点在隋唐时代文学家的笔下得到了印证。

> 海上去应远，蛮家云岛孤。
> 竹船来桂浦，山市卖鱼须。
> 入国自献宝，逢人多赠珠。
> 却归春洞口，斩象祭天吴。

——张籍《送海南客归旧岛》①

> 沧溟深绝阔，西岸郭东门。
> 戈者罗夷鸟，梓人思峤猿。
> 威棱高腊列，煦育极春温。
> 陂淀封疆内，蒹葭壁垒根。
> 摇鞭边地脉，愁箭虎狼魂。
> 水县卖纱市，盐田煮海村。
> 枝条分御叶，家世食唐恩。
> 武可纵横讲，功从战伐论。
> 天涯生月片，屿顶涌泉源。
> 非是泥池物，方因雷雨尊。
> 沉谋藏未露，邻境帖无喧。
> 青冢骄回鹘，萧关陷叶蕃。
> 何时霖岁旱，早晚雪邦冤。
> 迢递瞻旌纛，浮阳寄咏言。

——贾岛《寄沧州李尚书》②

张籍（约767—约830），字文昌，韩愈大弟子，中唐时期著名诗人。《送海南客归旧岛》一诗主要描绘的就是岭南滨海居民的生活特征。大意是有海外来客撑竹船来内陆的市场售卖各种渔获，他们所居住的海岛应该离内陆很远，来到市场就会主动拿出各种海洋物产吸引人，遇到人就会赠予海洋中得到的珍珠，而且这些海外来客拥有祭祀水神的奇特风俗。全诗以极为客

---

① 周振甫主编《唐诗宋词元曲全集 全唐诗 第7册》，黄山书社1999年版，第2824页。
② 周振甫主编《唐诗宋词元曲全集 全唐诗 第11册》，黄山书社1999年版，第4320页。

观的方式描述了唐朝时期海外藩国民众的生活特征，并记述了海商、胡人的特殊习俗。

贾岛所作《寄沧州李尚书》一诗是作者给予李尚书的赠诗。全诗主要描绘了临海的沧州沿海民众的生活习俗，以及士卒防守边地的场景和气势。前半部分详细描述了沧州所处的地理位置和特征，时常会有海外人士前来，也反衬了沧州作为边地的危机，时刻能感受到海外人士的虎视眈眈，同时提到了该地极具海洋特征的市场。后半部分则开始描述李尚书作为唐朝宗室带兵在此防守边地，具有远大的志向和较强的能力，作者期望能够早日听到唐朝收回失地的捷报。[①]

（四）海洋交流及贸易类诗歌

隋唐时期中国国力强盛且航海技术不断提高，因此，海洋政治交流、海洋文化交流、海洋贸易活动等都较为常见，也令很多中原从未见到过海洋的人对海洋有了较多的了解。当时，很多诗歌均对海洋交流和贸易活动进行了描述。

傍海皆荒服，分符重汉臣。
云山百越路，市井十洲人。
执玉来朝远，还珠入贡频。
连年不见雪，到处即行春。

——张循之《送泉州李使君之任》[②]

绝国将无外，扶桑更有东。
来朝逢圣日，归去及秋风。
夜泛潮回际，晨征苍莽中。
鲸波腾水府，蜃气壮仙宫。
天眷何期远，王文久已同。
相望杳不见，离恨托飞鸿。

——徐凝《送日本使还》[③]

大舟有深利，沧海无浅波。
利深波也深，君意竟如何。

---

① 安平秋、张玉春主编《古文献与岭南文化研究——古文献与岭南文化国际学术研讨会论文集》，华文出版社2010年版，第649-651页。

② 周振甫主编《唐诗宋词元曲全集 全唐诗 第4册》，黄山书社1999年版，第1471页。

③ 周振甫主编《唐诗宋词元曲全集 全唐诗 第9册》，黄山书社1999年版，第3500页。

鲸鲵齿上路，何如少经过。

——黄滔《贾客》①

长帆挂短舟，所愿疾如箭。
得丧一惊飘，生死无良贱。
不谓天不祐，自是人苟患。
尝言海利深，利深不如浅。

——苏拯《贾客》②

张循之，唐朝武则天时期著名文学家。《送泉州李使君之任》一诗是对唐朝国力的描绘和对海外异邦特征的描述，记述了唐朝海洋政治和文化交流的内容。该诗的大意是大陆周边沿海国家、一些极为偏远的地域均臣服于大唐，唐王朝会向这些国家和地域派出汉族使节，这些岭南临海的地域的街道上人来人往，都是来自不同国家和地区的人，这些人所在国度均要派使节来唐上供。他们所在的地方常年见不到雪，一年四季如春。

徐凝，唐朝著名诗人，与白居易同代。《送日本使还》一诗描绘的是作者送别来唐王朝的日本使节时的情景。大意是日本在东海扶桑更东边的地方，使节来唐王朝觐见皇帝后又停留了一段时间，到了秋天要返回日本。恰逢此时，作者与日本使节结下了深厚友谊，因此，作者作诗以表离别之情。之后作者发挥了自己的想象阐述了友人归国时的见闻，最后表达了自己的依依不舍之情。两人相隔万里海洋，只能彼此思念却无法相见，也许思念之情只能靠飞鸿传达。

此诗虽表达的是作者与海外友人的离别伤感之情，但同时描绘了唐朝时期的海洋政治交流的情形，隔海相望的日本都会派使节来觐见唐王室，足以表现唐朝国力的强盛。

黄滔和苏拯均是晚唐诗人，两人都曾赋诗《贾客》来描绘唐朝时期的海洋商人，但两者的立意点并不相同。

黄滔所作《贾客》的大意是，海洋商人驾舟入海虽然有大利，但海洋的危险也极大，利润大，风险也大，是无视风险去获取大利，还是少去涉猎风险，只能自己去选择。此诗是作者对贾客的一种忠告和劝慰，也说明在唐朝尤其是唐末海洋贸易已经极为常见。

---

① 周振甫主编《唐诗宋词元曲全集 全唐诗 第13册》，黄山书社1999年版，第5226页。
② 夏于全集注《唐诗宋词全集 第20册》，印刷工业出版社1999年版，第95页。

苏拯的《贾客》也描绘了海洋商人，但立意是对海洋商人的同情和怜悯。诗作的大意是，海洋商人多数都乘坐着挂着长帆的小舟，目的就是让其航行更加快速，但这种在海洋中的极速无视生死，也无视身份，如果没有运气，再大的利润也无法得到。全诗阐明了海商为能够获取更大的利润而不顾生死的危险，表达了作者的怜悯之情。

三、隋唐时期观海观潮类诗歌

隋唐时期，有关海洋的诗歌中有极大一部分是描述观海观潮的内容，尤其是唐朝民众已经对海洋潮汐的规律了解极深，于是观海潮就成了很多文人骚客必做之事，观潮诗歌也就成了文人的必作诗篇。

（一）缅怀广陵潮的隋唐观潮类诗歌

隋唐时期，两汉时期极为壮丽的广陵潮已经逐渐没落，但因为其历史声誉仍旧，所以很多诗人前往观看并留下了观潮诗句，但又因为其早已失去了原有的壮阔气势，所以多数诗篇是到此一观之感的诗篇。

> 我来扬都市，送客回轻舠。
> 因夸楚太子，便观广陵涛。
> 仙尉赵家玉，英风凌四豪。
> 维舟至长芦，目送烟云高。
> 摇扇对酒楼，持袂把蟹螯。
> 前途倘相思，登岳一长谣。
>
> ——李白《送当涂赵少府赴长芦》①

> 菊芳沙渚残花少，柳过秋风坠叶疏。
> 堤绕门津喧井市，路交村陌混樵渔。
> 畏冲生客呼童仆，欲指潮痕问里闾。
> 非为掩身羞白发，自缘多病喜肩舆。
>
> ——李绅《入扬州郭》②

李白所作的《送当涂赵少府赴长芦》是一首送别诗。大意是本次来南京是为了给朋友送行，朋友听闻有人夸赞广陵潮的壮阔，因此前来观潮。之

---

① 周振甫主编《唐诗宋词元曲全集 全唐诗 第3册》，黄山书社1999年版，第1228页。
② 周振甫主编《唐诗宋词元曲全集 全唐诗 第9册》，黄山书社1999年版，第3573页。

后则是对朋友的一番赞誉，称赞朋友是家中宝玉，英气飒爽凌驾于平原君等"四豪"之上，难忘曾经种种，希望朋友回程想起诗人时，能够登高长歌一曲来抒发思念。全诗主要描绘的是诗人告别友人时的不舍情意和豪放气概，虽然其中涉及了广陵潮，但并未进行详细阐述，而是一带而过，给人一种到此一游的落魄之感，意味着广陵潮已经衰退。

李绅（772—846），字公垂，唐朝著名诗人，与白居易、元稹等均是好友，其最为广为人知的诗作就是《悯农》。《入扬州郭》一诗描绘的是广陵潮原本通扬州，但如今已不见其壮景，转而描述扬州城内的喧闹市井风景。其大意是，扬州渡口虽然已进入菊芳柳败的秋天，但绕潮堤形成的集市极为热闹，沿海渔民生活气息极为浓郁。因为自己并非本地人，所以呼唤当地的小孩来问广陵潮的情况。一方面表现了广陵潮的名声依旧显赫，另一方面反衬了广陵潮衰退后的没落之感，只剩以前的潮痕存在，却再也见不到壮阔的广陵潮。

（二）描绘钱塘潮的观潮类诗歌

广陵潮的衰退令很多文人骚客极为失望，好在东汉时钱塘潮开始初步形成，并在唐朝时已颇具规模，所以很多诗人开始将咏潮的重点转向钱塘潮。

其二
海潮南去过浔阳，牛渚由来险马当。
横江欲渡风波恶，一水牵愁万里长。
其四
海神来过恶风回，浪打天门石壁开。
浙江八月何如此？涛似连山喷雪来！
其五
横江馆前津吏迎，向余东指海云生。
郎今欲渡缘何事？如此风波不可行！
其六
月晕天风雾不开，海鲸东蹙百川回。
惊波一起三山动，公无渡河归去来。

——李白《横江词》节选①

---

① （唐）李白著《国学典藏书系　李白诗集》，《国学典藏书系》丛书编委会主编，吉林出版集团有限责任公司 2011 年版，第 147~149 页。

逸兴满吴云，飘飘浙江汜。

挥手杭越间，樟亭望潮还。

涛卷海门石，云横天际山。

白马走素车，雷奔骇心颜。

——李白《送王屋山人魏万还王屋》节选①

早潮才落晚潮来，一月周流六十回。

不独光阴朝复暮，杭州老去被潮催。

——白居易《潮》②

楼有章亭号，涛来自古今。

势连沧海阔，色比白云深。

怒雪驱寒气，狂雷散大音。

浪高风更起，波急石难沈。

鸟惧多遥过，龙惊不敢吟。

坳如开玉穴，危似走琼岑。

但褫千人魄，那知伍相心。

岸摧连古道，洲涨踏丛林。

跳沫山皆湿，当江日半阴。

天然与禹凿，此理遣谁寻。

——姚合《杭州观潮》③

八月涛声吼地来，头高数丈触山回。

须臾却入海门去，卷起沙堆似雪堆。

——刘禹锡《浪淘沙九首·其七》④

怒声汹汹势悠悠，罗刹江边地欲浮。

漫道往来存大信，也知反覆向平流。

任抛巨浸疑无底，猛过西陵只有头。

至竟朝昏谁主掌，好骑赪鲤问阳侯。

——罗隐《钱塘江潮》⑤

巨鳌转侧长鳍翻，狂涛颠浪高漫漫。

---

① 周振甫主编《唐诗宋词元曲全集 全唐诗 第3册》，黄山书社1999年版，第1227页。

② 周振甫主编《唐诗宋词元曲全集 全唐诗 第8册》，黄山书社1999年版，第3261页。

③ 周振甫主编《唐诗宋词元曲全集 全唐诗 第9册》，黄山书社1999年版，第3696页。

④ 周振甫主编《唐诗宋词元曲全集 全唐诗 第1册》，黄山书社1999年版，第28~29页。

⑤ 周振甫主编《唐诗宋词元曲全集 全唐诗 第12册》，黄山书社1999年版，第4892页。

李琼夺得造化本，都卢缩在秋毫端。

一挥一画皆筋骨，滉漾崩腾大鲸桌。

叶扑仙槎摆欲沉，下头应是骊龙窟。

昔年曾要涉蓬瀛，唯闻撼动珊瑚声。

今来正叹陆沉久，见君此画思前程。

千寻万派功难测，海门山小涛头白。

令人错认钱塘城，罗刹石底奔雷霆。

——齐己《观李琼处士画海涛》①

在《横江词》和《送王屋山人魏万还王屋》两首诗中，李白通过不同笔锋描绘了钱塘潮的壮观与气势，尽显其海潮的雄奇，令人感叹其豪放情怀。其中所选《横江词》中的四首运用了四种不同的阐述方式对钱塘潮进行描绘。其二大意是海潮滔滔向南而去远至浔阳，马当山（长江流经的山崖）虽险峻，但牛渚山（海浪拍击下的山崖）更胜一筹，横江上风高浪险根本无法渡过。其四大意是，海潮来临就像海神降临，恶风巨浪拍打着天门山，浙江八月的海潮根本无法与此相比，钱塘潮就像连绵不绝的山峰不断冲击而来。其五大意是，打算渡江时横江津吏迎来劝慰，指着东方出现的海云（由海潮引起的水汽）告知，千万不要着急过江，浪潮过去之前根本无法开船。其六大意是，海潮来临前大风来袭，雾气不散，海潮如同巨鲸东游般压制着百川水回流，浪潮的冲击甚至令山摇地动，先生别再渡河了，回去吧。

四首诗分别从不同角度对钱塘潮进行了刻画，虽角度不同，但均气势磅礴。前两首均是描述浪潮的气势，但其二是从"远"入手体现海浪之广阔，其四是从"高"入手体现海浪之雄壮。后两首是通过反衬来描述浪潮的气势。其五是以浪潮来临之前的平静和远处的海云，辅以当地人的劝慰，来衬托浪潮之威能；其六则是通过描绘浪潮来临之前百川回流的现状来衬托浪潮来临时的磅礴。

与《横江词》不同的是，李白在《送王屋山人魏万还王屋》中以极为写实的手法对钱塘潮进行了刻画，如波涛卷海门、浪潮荡起的云气贯天际、浪头如千军万马奔腾，浪潮声震如雷，通过具象的描述将浪潮的气势展现在眼前。

---

① 周振甫主编《唐诗宋词元曲全集 全唐诗 第 16 册》，黄山书社 1999 年版，第 6225~6226 页。

白居易的《潮》则是通过描绘钱塘潮的壮阔和绵延不断来感叹人生时光有限。诗作的大意是，钱塘潮早潮刚过去，晚潮很快又会来到，每月浪潮要来六十回，朝朝暮暮间，杭州会被浪潮不断摧残而老去。作者将杭州比作自身，并将海潮比作时光，感叹时光无情、人生有限。

姚合（约779—约855），唐朝著名诗人，和刘禹锡、李绅、贾岛等著名诗人均为好友。《杭州观潮》是作者在杭州观钱塘潮有感而作的诗歌，以势、色、气、声、浪高、波急等具象描绘了浪潮的状貌及气势，之后又以对比的手法表达了对浪潮的感受，鸟惧、龙惊、人魄散、古道摧、丛林漫、山尽湿、日半阴等均从侧面展现了浪潮的滔天巨势。

刘禹锡的《浪淘沙九首·其七》则是通过极为简洁的描绘体现了钱塘潮的气势，其大意是浪潮来时涛声如怒吼，浪头高达数丈，拍击在山峰上即回转，又很快会从入海口退去，浪潮卷起的沙堆如同堆雪一般，硕大的沙堆在海潮气势下宛若雪球。

罗隐（833—910），字昭谏，唐朝著名文学家，曾参加十多次进士试但全部铩羽而归，因此被称为"十上不第"。《钱塘江潮》一诗的大意是，海潮来时声震如怒吼，气势滔天且绵延，感觉到江边的地面都被海浪冲击得漂了起来，但不管浪潮如何冲击最终都会向平流，广阔的海洋仿佛无底的深渊一般不知深浅。之后过渡到对现象的疑惑，要乘上浪潮带来的赤色鲤鱼去问一问掌管波涛的神仙。此诗前面数句均是在描述钱塘江潮的气势和状貌，同时指出了浪潮的特性，即水向平流；后两句则是以海潮来隐喻现实，当时朝政腐败，昏庸无能之人占据高位，自己却屡试不第，借咏潮问神来引申自身内心的不甘和不平，具有很强的反讽意味。

齐己（863—937），本姓胡，名得生，晚唐著名诗僧。其自幼出家，诗名显赫，其很多诗作均是外出游历时所作。《观李琼处士画海涛》一诗是其欣赏李琼处士（有才德但隐居不愿为官的人）所画的钱塘潮作品后有感而作，作者不仅仿若亲眼看到钱塘潮并对其进行了描述，还夸赞了画李琼处士超凡的画艺。

从以上描绘钱塘潮的诗作中可以看出，隋唐时期观潮、咏潮的诗人极多，而且不同的诗人描绘的重点和描绘的方式均有所不同。整个隋唐时期仅仅吟咏钱塘潮且得以流传至今的诗作就有上千首，可见当时观海观潮已成为文人非常重要的一项娱乐和文化活动。

第二节　心系苍生的唐朝海洋散文

整个隋唐时期属于诗人和诗歌的天下。正如前面提到的，唐朝可以称得上是诗歌的时代，相对诗歌而言，其他各种文体均显得有些冷清，尤其是在诗人和诗歌灿若群星的基础上，更显得其他文体作品萧条。

在整个隋唐时期，除诗歌外，还有多种得到一定发展的文体形式，其中散文曾因声势浩大的"古文运动"兴盛过一段时间。

一、古代散文的定义

综合而言，古代散文是一种为了区分韵文和骈文的文学体裁形式。其中韵文是指讲究韵律的文学体裁，通常讲究格律，多数会使用同韵母的字来作为句子的结尾字，以便形成较为押韵的文章或文体，主要包括赋、诗歌和词曲等。

骈文也称为骈体文、骈俪文或骈偶文，是一种始于汉朝、盛行于魏晋南北朝的文体，通常是字句两两相对最终形成篇章的文体，最常见的是四字句和六字句，因此也称为四六文或骈四俪六。全篇文章以偶句为主，讲究的是工整的对仗和铿锵的声律。

简而言之，韵文是一种讲究押韵的文体形式，骈文是一种讲究对偶和对仗的文体形式，而散文是一种不追求押韵也不追求句式工整的文学体裁。这种定义可能与现代散文的定义有所不同。对比而言，古代散文的定义更加广泛，可以将除韵文和骈文之外的文体都称为散文，属于广义上的散文。

在中国古代文学之中，"散文"一词作为行文特征最早见诸南朝时期南梁刘勰的《文心雕龙·明诗》中："观其结体散文，直而不野，婉转附物，怊怅切情：实五言之冠冕也。"这是刘勰评论《古诗十九首》中的句子，释义为散布、铺陈的行文特征。

二、唐朝海洋散文寂寥状况的分析

在唐朝中期，曾经出现过一次被称为"古文运动"的反对骈文、提倡古文的文体改革运动。古文运动不仅涉及文体，还涉及文学思想。

"古文"一词的概念最早由韩愈提出，其将魏晋时期以来讲究声律与辞藻并追求对仗工整排偶的骈文称为俗下文字，而将先秦时期和汉朝时期不讲究押韵和排偶的散文称为古文（最具代表性的是《论语》）。

古文运动是一种提倡古文，致力于恢复古代儒学道统，将改革文风和复兴儒学相融合的运动，目的是实现文以明道。此运动影响了一大部分唐朝乃至宋朝的文人，其中唐朝的代表为韩愈、柳宗元等，宋朝则更多，主要掀起此运动的人员就是"唐宋八大家"。

虽然古文运动为后代散文的兴盛打下了坚实的基础，但相对而言，整个唐朝依旧以骈文为主流文体，散文的创作并不活跃。古文运动掀起的声势虽然极为浩大，但并未真正动摇唐朝骈文的主导地位。待韩愈和柳宗元等散文大家相继离世，古文运动开始愈发式微，最终整个运动以失败告终。

除唐朝骈文一直占据主流文体地位这一核心原因之外，唐朝海洋散文发展寂寥的原因还有两个。一是整个唐朝时期真正的政治中心始终位于内陆地区，因此绝大多数人对海洋的重视程度都不太高，可以说海洋在民众心目中的地位远远不及陆地。二是虽然唐朝海洋文化极为繁荣，海外交流和航海技术均有很大的发展，但绝大多数文人依旧缺乏对海洋的深入观察和思考。

在以上几种原因的综合影响下，唐朝海洋散文的创作量不大，与整个唐朝的主流文体骈文和诗歌相比显得极为寂寥。

三、寂寥的唐朝海洋散文

唐朝的海洋散文虽然极为寂寥，但依旧有数个极富代表性的作品传世。综合来看，这些海洋散文可以分为两大类：一类是具有极强科学研究价值的海洋散文；另一类是具有极强寓言韵味和教化作用的海洋散文。

（一）具有极强科学研究价值的海洋散文

具有极强科学研究价值的海洋散文主要是指唐朝学者通过散文的文体形式对海洋潮汐进行研究的文章，包括卢肇的《海潮赋》和窦叔蒙的《海涛志》。

卢肇（818—882），字子发，唐武宗时期状元。其才华横溢，一生之中著述极多，其中最著名的就是《汉堤诗》《天河赋》《海潮赋》。其中，《海潮赋》是探究海洋潮汐根源的著述类散文，散文前序中就明言整篇散文就是要研究海潮。

夫潮之生，因乎日也；其盈其虚，系乎月也。古君子所未究之，将为之辞。犹惮人有所未通者，故先序以尽之。

——卢肇《海潮赋》节选①

卢肇在《海潮赋》序中明言："我"认为海潮的出现是太阳的缘故，海潮的大和小则与月亮有关，以前的人并未对海潮的产生和大小进行深入研究，为了避免有人对该文产生理解偏差，先作序来告知。也就是说，卢肇的整篇散文都是以研究海潮的出现源头和盈亏原因为主。

当然，卢肇在其文章中并非没有描述海潮状貌的文字，而是通过作赋对海潮进行了详尽的描绘。

骇乎哉！彼其为广也，视之而荡荡矣；彼其为壮也，欲乎其沉沉矣。其增其赢，其难为状矣。当夫巨浸所稽，视无巅倪。汹涌鸿洞，穷东极西。浮厚地也体定，半圆天而势齐。谓无物可以激其至大，故有识而皆迷。及其碧落右转，阳精西入。抗雄威之独燥，却众柔之繁湿。高浪瀑以旁飞，骇水汹而外集。霏细碎以雾散，屹奔腾以山立。巨泡邱浮而迭起，飞沫电煁以惊急。

——卢肇《海潮赋》节选②

卢肇为自身推论海潮出现源头和盈亏原因作了《海潮赋》。此处节选部分主要描绘的是海潮出现时的状貌。其描述的海潮气势更加宏大，海潮的广阔根本无法望到尽头，海潮的壮丽仿佛是海水倾泻而出，高大的浪头仿佛瀑布一般翻飞，汹涌的水势极为骇人，其中细碎的水珠形成了云雾，凝聚的海浪则如同奔腾而来的山峰，不仅状貌极大，潮水涌来的速度也极为惊人。

卢肇的整篇散文研究价值远远大于其文学价值，因此其算是隋唐时期海洋散文中的研究类文章。除卢肇的海洋散文外，窦叔蒙的海洋散文更像现今的研究海洋潮汐学的专著。

窦叔蒙的主要活动时期是在唐朝大历年间，即762—779年。其自幼就生活在浙江沿海，因此对海风与海浪的认识更加深刻。正是这种与海浪朝夕相伴的经历使其产生了对海洋潮汐进行探究的强烈欲望，于是他在每日的固定时间都会到海边观察潮水，最终通过长期的观察实践和研究，结合前人所记述的有关资料，系统地创作出了中国最早的潮汐学专著《海涛志》。

---

① 周绍良主编《全唐文新编 第4部 第1册》，吉林文史出版社2000年版，第9150页。
② 周绍良主编《全唐文新编 第4部 第1册》，吉林文史出版社2000年版，第9151～9152页。

《海涛志》共有六章,《全唐文》中仅收录了第一章,缺失后续的五章内容。宋代的文献之中也仅仅记载了其内容中的六章篇名,直到清朝才将其内容收录完全,最终为后世留下了极具研究价值的资料。

《海涛志》的第一章是总论部分,主要论述了海洋潮汐形成的原因,指出海洋潮汐现象与月亮的关系非常密切,两者之间必然存在某种科学的必然联系,且潮汐出现的规律与月亮的存在状态有直接联系:如不到发生的时间,海潮并不会因人为力量强行到来;而到了该发生的时间,也不会因为人为力量阻止而强行退却。

第二章主要论述了涛数,也就是研究了海洋潮汐涨落的规律,并指出海洋潮汐会随着月亮运行轨道的变化而产生变化,会因为朔望月的变化而出现极为规律的大小不等的潮汐现象。同时,通过对潮汐循环次数的推算,得出了太阴日时间与现代所定太阴日的时间相差极小的结论,可见窦叔蒙对潮汐的了解得极为深刻。

第三章主要论述了涛时,也就是研究了高低潮时的推算方法,并建立了极具特色且科学的记录图表,能够用以预报高低潮时。从这一点看,窦叔蒙是全世界最早建立科学推算方法的潮汐学者。

第四章主要论述了涛期,也就是研究了海洋潮汐在一天、一个月和一年中的变化情况和规律,并推论出一天内有两个潮汐循环,一个朔望月有两次大潮和两次小潮,一年则有两个大小潮时期。这些论述和结果都极为科学和准确。

第五章主要论述了朔望体象,即用日月运行的自然现象来虚拟描述人的各种行为。

第六章主要是论春秋仲涛解,阐述了一年之中出现大潮的规律和特征等,并明确指出了一年之中,二月朔望后第三天会发生春季大潮,八月朔望后第三天则会出现秋季大潮。

从上述内容可以看出,窦叔蒙创作的《海涛志》虽可以算作海洋散文,但其最重要的意义还是为海潮的研究提供了参考,极具科学研究价值。

(二)具有极强寓言韵味和教化作用的海洋散文

隋唐时期的海洋散文虽然极为稀少,但其中依旧有数篇质量极高的作品,最具代表性的就是古文运动发起者之一柳宗元的海洋散文。柳宗元在古文运动中思维更加开放明达,其作品中所蕴含的内容和深意也更加丰富,尤其是柳宗元被贬之后有机会在沿海地区对海洋进行细致的观察和了解,因此写出了一些质量极高的海洋散文作品。

东海若陆游，登孟诸之阿。得二瓠焉，刳而振其犀以嬉，取海水杂粪壤蛲蛔而实之，臭不可当也。窒以密石，举而投之海。逾时焉而过之，曰："是故弃粪耶？"其一彻声而呼曰："我大海也。"东海若呀然而笑曰："怪矣，今夫大海，其东无东，其西无西，其北无北，其南无南。旦则浴日而出之。夜则滔列星，涵太阴，扬阴火、珠宝之光以为明。其尘霾之杂不处也，必泊之西澨。故其大也，深也，洁也，光明也，无我若者。今汝，海之弃滴也，而与粪壤同体。臭朽之与曹，蛲蛔之与居。其狭，咫也，又冥暗若是。而同之海，不亦羞而可怜哉！子欲之乎？吾将为汝抉石破瓠，荡群秽于大荒之岛，而同子于向之所陈者可乎。"粪水泊然不悦曰："我固同矣。吾又何求于若？吾之性也，亦若是而已矣。秽者自秽，不足以害吾洁。狭者自狭，不足以害吾广。幽者自幽，不足以害吾明。而秽亦海也，狭、幽亦海也，突然而往，于然而来，孰非海者？子去矣，无乱我。"其一闻若之言，号而祈曰："吾毒是久矣。吾以为是固然不可异也。今子告我以海之大，又目我以故海之弃粪也，吾愈急焉。涌吾沫，不足以发其室。旋吾波，不足以穴瓠之腹也。就能之，穷岁月耳。愿若幸而哀我哉！"东海若乃抉石破瓠，投之孟诸之陆，荡其秽于大荒之岛，而水复于海，尽得向之所陈者焉。而向之一者，终与臭腐处而不变也。

——柳宗元《东海若》节选①

咨海贾兮，君胡以利易生而卒离其形？大海荡汩兮，颠倒日月。龙鱼倾侧兮，神怪骧突。沧茫无形兮，往来遽卒。阴阳开阖兮，氛雾瀚渤。君不返兮逝恍惚。

舟航轩昂兮，下上飘鼓。腾越峣嵲兮，万里一睹。卒入泓坳兮，视天若亩。奔蠖出忤兮，翔鹏振舞。天吴九首兮，更笑迭怒。垂涎闪舌兮，挥霍旁午。君不返兮终为虏。

黑齿栈龌鳞文肌，三角骈列耳离披。反齗义牙踔嵚崖，蛇首猰貐虎豹皮。群没互出让邀嬉，臭腥百里雾而弥。君不返兮以充饥。

弱水蓄缩，其下不极。投之必沉，负羽无力。鲸鲵疑畏，淫淫嶷嶷。君不返兮卒自贼。

怪石森立涵重渊，高下迥置滔危颠，崩涛搜疏剚戈鋋。君不返兮耆

① （清）行策，（清）实贤著《行策大师 省庵大师文集》，九州出版社2014年版，第534~545页。

沉颊。

　　其外大泊汗瀹沦，终古回薄旋天垠，八方易位更错陈。君不返兮乱星辰。

　　东极倾海流下属，混混超忽纷荡沃。殆而一跌兮沸入汤谷，舳舻霏靠解梢若木。君不返兮魂焉薄。

　　海若嚣货号风雷，巨鳌颔首丘山颓，猖狂震虢翻九垓。君不返兮糜以摧。

　　咨海贾兮，君胡乐出幽险而疾平夷？恼骇愁苦而以忘其归。上党易野恬以舒，蹈蹂厚土坚无虞。歧路脉布弥九区，出无入有百货俱。周游傲睨神自如，撞锺击鲜恣欢娱。君不返兮欲谁须。

　　胶鬲得圣捐盐鱼，范子去相安陶朱。吕氏行赍南面孤，宏羊心计登谋谟。煮盐大冶九卿居，禄秩山委收国租。贤智走诺争下车，逍遥纵傲世所趋。君不返兮溢为愚。

　　咨海贾兮，贾尚不可为，而又海是图。死为险魄兮，生为贪夫。亦独何乐哉？归来兮，宁君躯。

　　　　　　　　　　　　　　　　——柳宗元《招海贾文》[1]

　　柳宗元（773—819），字子厚，唐朝文学家、哲学家、散文家和思想家，"唐宋八大家"之一，因最终被贬为柳州刺史，也被称为柳柳州。其一生留下诗文达六百余篇，其散文笔锋犀利且论说性强，极富寓言韵味和教化作用。

　　《东海若》中有一篇柳宗元描绘海洋内容的寓言散文，其通过海神和两个葫芦之间的对话阐述了不同葫芦对污秽之物的观点和做法，由此引申了社会现状中对破坏秩序现象的不同态度和处理方式，极具寓言韵味。所节选部分大意是，东海的海神若来到陆地漫游，在山陵中得到两个葫芦，于是做了一个游戏，将葫芦剖开，掏出瓜瓤，放入混着粪壤、蛆虫的海水，填满之后用石头封住葫芦口，最后将臭不可当的葫芦抛进了大海。

　　一段时间后，海神若和葫芦擦身而过时问其是不是原来被抛弃的粪葫芦。其中一个葫芦中的海水大声喊："我是大海。"海神若讥讽葫芦说："大海浩瀚无边，东西南北直达天际，日月星辰均被纳于其中，海洋深处火光漫

① （唐）韩愈，柳宗元著《中国古代十大文豪全集 韩愈 柳宗元全集》，中国文史出版社 1999 年版，第 353~354 页。

布、宝珠熠熠生辉，那些杂质都会被海洋冲击到西方天涯，正因为这样，大海才深沉且洁净、光明而广大，无物可以比拟。而你不过是海洋丢弃掉的涓滴罢了，你不但与粪壤、蛆虫为伍，而且被隔离在葫芦腹中，一个既狭窄又昏暗的地方还敢自称大海。你想恢复以前的样子吗？我可以帮你。"

　　然而，粪葫芦中的海水极为淡漠，反驳自己本就是海水，自己的性情一直未变，污秽也仅是污秽，并不会妨碍海水的洁净。葫芦虽然狭隘，但并不能阻拦海洋的广阔。昏暗的环境也只是部分昏暗，并不能阻碍海洋的光明。不管是污秽、狭隘还是昏暗，哪里都是海洋。最终它拒绝了海神若的帮助。

　　另一个粪葫芦中的海水听到海神若的话后则哀求其帮自己，希望海神若能够将那些污秽之物去除以免自己被毒害，而且凭借自己的力量根本无法破开葫芦逃离，即便能够依靠水磨功夫破开葫芦也需要无尽的岁月。

　　最终，海神若帮助后一个粪葫芦中的海水摒弃了那些污秽之物，令海水恢复原貌；另一个粪葫芦中的海水则继续与污秽之物共存，但这些污秽并未改变它的本色。[①]

　　整个寓言故事借海神若和两个粪葫芦描绘了不同人对海洋的不同感受，其实也反衬了现实社会。若将现实社会比作海洋，那当时的社会就如同粪葫芦，污秽之物与原本洁净的海水时刻相处。在这样的社会背景下，只有两种方式可以摆脱污秽之物的侵蚀和毒害：一种就是保持本色，坚守"众人皆醉我独醒"，在一片污秽之中得一席乐土，坚定自己的追求而不同流合污；另一种则是与污秽划清界限，脱离污秽的环境隐世而居，才能避免被毒害。

　　其实以上两种处理方式代表不同的境界，但都秉承了唯我真我的目标和追求，只是处理方式不同而已。也正是这种让读者自发选择和理解的寓言，才体现了柳宗元"文以明道"中"道"的深邃和意境的悠远。

　　如果说柳宗元的《东海若》是一篇寓言类海洋散文，那么《招海贾文》就是一篇劝慰类海洋散文，主要针对的是终日惶惶于海洋之上舍命换取高额利润的海洋商人。该散文仿照《楚辞》中《大招》招魂的劝慰方式而作。一方面是劝慰海商身居海洋危险境地只为获利的方式并不可取，故乡之乐同样非常重要；另一方面则是借海商行为来引申君子需明白天地之道，并完善自身且自强不息，方能在天地立足。

　　《招海贾文》可分为两部分：前一部分主要是通过对各种海洋奇异现象

---

① 孟正民、房日晰主编《中华经典中的寓言：唐宋卷》，三秦出版社 2018 年版，第
102-105 页。

及危机的描述来说明海洋之中的危险，言明到海洋之上谋取高利的危害；后一部分通过列举各种君子居易之行来言明居易的好处和带给人的优势。

该散文开篇以海洋之中神怪迭出、气候险恶、各种奇异状貌层出不穷来劝慰海贾若不回返，很容易在海上迷失方向；之后通过列举海洋之中各种奇异怪兽等，包括螭龙、大鹏、天吴，来劝慰海贾若不回返就容易受其害；又通过列举海洋中海外异族来表现其极为凶残，来劝慰海贾若不回返则易被其掳去吃掉；再通过阐明海洋之中危险的自然现象漩涡，来劝慰海贾若不回返，被其吸入就无法再回来；然后借神话传说中的太阳沐浴之地汤谷来劝慰海贾若不回返，则很容易跌入汤谷而被暴晒致死；最后以海洋风暴的狂虐来劝慰海贾若不回返，则必会被其吞噬。

前面数种列举从不同的方面阐述了海洋的神秘莫测及危机重重，以达到震慑之能。但仅仅震慑并无法取得很好的劝慰效果，因此在后半部分，柳宗元先阐明了舍弃危险的好处，又列举了各圣贤在陆地之上借陆地之利而实现抱负的情况，以劝慰海贾不要再无视危险进入海洋去追寻高利。同时，作者借劝慰海贾的文章来讽刺社会之中行险且心存侥幸的文人，并告诫他们悬崖勒马。

第三节　唐代多体兼备的海洋传奇

小说这一文体自魏晋时期诞生以来，就一直在发展和完善，至隋唐时期发展为传奇小说。传奇小说是一种文言短篇小说，通常以传录世间的奇闻为主要内容，因其产生于隋唐时期，且在唐朝得以流行，也被称为唐传奇。

一、唐传奇的兴起及分类

唐传奇作为一种新兴小说文体，是基于魏晋时期的志怪小说发展并成熟起来的。隋唐时期，很多著名文人都曾创作过传奇小说，因此，唐传奇不但数量极多，而且内容极为精彩。

（一）唐传奇的兴起

唐传奇最初并未被归于小说文体。其源自隋唐时期较为流行的一种文言笔记，作者通常会以"记""传"为名，并以史家记录的笔法进行记述。只是文言笔记通常都很短，文学价值并不大，最主要的价值体现在史学方面。

文言笔记也可以称为笔记小说，属于一种简短描述，是一种将作者所见所闻记录下来的笔记写法，类似轶事掌故的记载，具有较强的参考价值。唐朝的笔记小说有很多，且很多笔记小说中的记录都有依据，能够在很大程度上作为史料来参考。这些笔记小说除了简单的事件记载外，还包括地理、风俗、文化等内容。

虽然有些笔记小说中也包含一些较为怪诞的记录，但通常其记录的地理、风俗、文化和习惯等均是真实的。

传奇小说在笔记小说的基础之上，通过作者对各种见闻和传说进行艺术加工，并在事件的基础上进行了一定的杜撰，同时融入了渲染和夸张的写作手法，因此其内容虽有所依据，但描绘较为夸张和怪诞，所以最终被称为传奇小说。

隋朝和唐朝早期是传奇小说的出现和发展期，依托魏晋时期的志怪小说形式，以笔记小说为骨架进行恰当的加工，最终形成了较为成熟的传奇小说；在中唐时期，传奇小说开始兴起，留下了很多颇富文学价值的作品；最后，传奇小说于晚唐衰落，甚至晚唐后曾绝迹了一段时间。

从传奇小说的特性来看，其在明清时期的发展较为缓慢。直到现今网络文学出现后，随着网络的发展，传奇小说这一特定文体的作品才再次出现。而唐传奇之中很多高质量的作品均为后世提供了素材和蓝本，推动了后世戏剧、小说等文体的发展。

（二）隋唐时期传奇小说的题材分类

整个隋唐时期的传奇小说大体可以分为三大类题材。

一类是作品最多、流传最广的以叙述神仙鬼怪等奇异事件为主的传奇小说。较具代表性的有李公佐创作的《南柯太守传》，"南柯一梦"一词就出于此；有沈既济创作的《枕中记》《任氏传》等，"黄粱一梦"一词就出自《枕中记》，《任氏传》则是中国文学史上最早以狐仙写人的作品；有王度的《古镜记》，为现代很多以"古镜"为题材的作品提供了绝佳的创作素材；有牛僧孺的《玄怪录》，其中涉及了很多神仙、道术、定命、再生、妖物、鬼怪等内容，是唐朝传奇小说集大成者。另外，还有任蕃的《梦游录》、薛用弱的《集异记》等。

一类是叙述侠义类事件的传奇小说，尤其以叙述侠女的传奇小说居多，其中较具代表性的有袁郊的《红线》、薛调的《无双传》、杜光庭的《虬髯客传》、裴铏的《昆仑奴》等，均被后世进行了戏曲改编。

最后一类就是叙述才子佳人的感情和风流韵事的言情类传奇小说。比较具有代表性的有许尧佐的《柳氏传》，被后世多个朝代文人借鉴；有李功佐的《谢小娥传》；有白行简的《李娃传》，后世的《打瓦罐》《曲江池》等均取材于此；有元稹的《会真记》（也称《莺莺传》），被王实甫改写创作了《西厢记》；有陈鸿（白居易好友）的《长恨歌传》，后世多个作品都是根据其传奇和白居易的诗歌改写而成的，如《惊鸿记》和《长生殿》等。

综合而言，唐朝传奇小说已经是一种颇具规模的小说体裁，其兴盛为后世小说的崛起和发展奠定了扎实的基础，也意味着中国的文言小说发展到了真正成熟的阶段。而且多数唐传奇是由笔记小说经过艺术加工而成的，因此，其描绘的各种社会习俗、生活方式等均有源头可追，体现了隋唐时期较为主流的思想，具有非常重要的价值。

二、唐传奇中所描绘的海洋世界

隋唐时期的传奇小说虽然极为丰富，但涉及海洋的作品并不太多，其中最早将海洋写入传奇小说的是出生于隋朝的王度，另一个创作了较多涉海传奇小说的则是唐朝末年的裴铏。以下就通过两人的海洋传奇小说来了解一下唐传奇作者眼中的海洋世界。

（一）初唐名家王度笔下的海洋传奇

王度（约585—约625），是太原王氏家族后人。其父亲王隆是隋朝开国初期的国子博士，曾教授了很多门生。其哥哥王通是隋末著名的大儒。王度生于这样的官宦书香门第，才华横溢，著有《北朝春秋》和《隋书》，但因战乱未得流传，仅有传奇小说《古镜记》流传世间。

《古镜记》被认为是隋唐时期最早的传奇小说。其整个故事以王度自叙的形式展开，记录了王度得到山西汾阴的天下奇士侯生在临终时所赠一面古镜，侯生告知此古镜有辟邪镇妖之能，所以王度时常持镜外出，从而遭遇了一系列奇闻怪事。之后王度又将古镜借给弟弟王绩（号东皋子），王绩则在游历过程中消灭了很多妖怪，遇到了很多轶事，返回长安后将古镜还给了哥哥王度。最终古镜突然消失无踪。

整个传奇小说篇幅虽然较长，但均是以同一主体物品为核心，同时以时间线将所有事件进行了串联，加强了对话和细节描写，使整个文章极具情节性。该传奇中涉及的海洋内容是王度将古镜借于弟弟王绩后，王绩游历归来向王度讲述的轶事。

游江南，将渡广陵扬子江，忽暗云覆水，黑风波涌。舟子失容，虑有覆没。携镜上舟，照江中数步，明朗彻底。风云四敛，波涛遂息。须臾之间，达济天堑。跻摄山曲芳岭。或攀绝顶，或入深洞。逢其群鸟环人而噪，数熊当路而蹲。以镜挥之，熊鸟奔骇。是时利涉浙江，遇潮出海，涛声振吼，数百里而闻。舟人曰："涛既近，未可渡南。若不回舟，吾辈必葬鱼腹。"出镜照，江波下进，屹如云立。四面江水，豁开五十余步。水渐清浅，鼋鼍散走，举帆翩翩，直入南浦。然后却视，涛波洪涌，高数十丈，而至所渡之所也。

——王度《古镜记》节选①

此处节选的内容是王度的弟弟王绩将神奇的古镜归还王度时所说的一件轶事。其大意是，王绩游历江南时，打算从广陵横渡扬子江，却忽然遭遇乌云压顶、狂风大作，海潮开始涌动。船夫害怕有翻船的危险，吓得脸色煞白。于是王绩拿出古镜站在船头向海潮照去，霎时前方一片明朗，乌云尽散，浪潮也不再汹涌，一会儿船就到了对岸。在攀登山峰、穿过幽洞时，不管遇到何种野物，只要拿古镜一照，这些野物就会被吓跑。

这一天，王绩去浙江时恰逢涨潮，海潮涛声震天，百里之外均可听闻，于是船家不敢向南行，并奉劝王绩回头。但王绩要赶路，于是拿出古镜向海潮照去，海潮竟然不再向前涌动，而是向云一般向上立起，在路途前方排开了一条数十米长的海路。海路上海水清澈且风平浪静，于是船家开始驱船前行，一路就到达了目的地。上岸之后两人回头看去，汹涌的巨浪一瞬间就将前来的海路吞没殆尽。

上述故事之中，海潮的威势并未降低，甚至可以说和很多诗歌中描绘的海潮状貌如出一辙，但通过反衬，即仅仅用古镜一照即可退却其威势，更显出古镜的神奇，令人感到不可思议。

王度于隋末唐初创作《古镜记》，不仅上承了魏晋时期的志怪小说特征，还开创了唐朝藻丽新体小说的先河。同时，其内容中所记述的事件并非完全杜撰，如时间节点和关键人物的为官经历等以及有关古镜的内容均有迹可循，加之以优美文笔对传说进行了润色和加工，更显王度的文采和故事的精彩，所以其作品对后世文学创作影响极深。

---

① （明）冯梦龙评纂《太平广记钞 第4册 卷62-卷80》，孙大鹏点校，崇文书局2019年版，第996页。

（二）传奇文学鼻祖裴铏笔下的海洋世界

如果说王度开创了唐传奇这一新兴文体的先河，那么真正令唐传奇被后世传颂且最终形成流派的是唐朝末年的文人裴铏。

裴铏的具体生卒年不详，仅知其活跃于唐末咸通年间，即 860 年前后数十年间。裴铏一生以文学名扬世间，为唐传奇的兴盛做出了巨大的贡献。唐传奇之所以有"传奇"之名，就是因为裴铏将自己的三卷小说集题名为《传奇》，其名称概括了唐朝新兴小说流派的主要特点，因此后世唐朝的此类小说就被称为传奇小说。从这一点来看，裴铏无疑成了唐朝传奇文学的鼻祖。

对裴铏自身情况的历史记载并不多，但其传奇小说作品流传至今的极多，均被收录于其文学集《传奇》之中。据史料记载，裴铏的《传奇》共有三卷，但后来散佚，之后宋朝时经多人辑录，传世留存三十一篇。

《传奇》中较为著名的几篇大家都耳熟能详，如《聂隐娘》《昆仑奴》《裴航》《孙恪》《薛昭》等。其中，《聂隐娘》深刻揭露了唐朝末期争权夺利、藩镇割据的社会现状；《昆仑奴》描绘了一位武艺高强的老奴为少主行事，最终成全少主爱情的故事；《裴航》描绘了裴航寻求爱情的故事，其中的月宫玉兔成了后世很多作品的素材，此故事也被称为"蓝桥捣药"，后世很多杂剧及小说均以此为素材；《孙恪》和《薛昭》同样是后世很多戏剧及话本小说的素材来源。

可以说，裴铏的《传奇》为后世提供了大量创作素材，推动了中国文学中小说体裁作品的迅猛发展。其作品中有揭露现实的内容有追寻爱情的内容，有保家护道的内容，也有极富教化作用的内容。其最高的成就就在于通过高超的写作技巧完善了人物形象，从而更好地展现了人物的性格特征，为后世小说完善描写技艺指明了方向。

裴铏的《传奇》中涉及海洋的内容有数篇，其中成就较高的是《崔炜》《张无颇》《元柳二公》几篇。

崔子请胡人曰："何以辨之？"曰："我大食国宝阳燧珠也。昔汉初，赵佗使异人梯山航海，盗归番禺，今仅千载矣。我国有能玄象者，言来岁国宝当归。故我王召我，具大舶重资，抵番禺而搜索。今日果有所获矣。"遂出玉液而洗之，光鉴一室。胡人遽泛舶归大食去。

…………

炜诘夫人曰："既是齐王女，何以配南越人？"夫人曰："某国破家亡，遭越王所虏为嫔御。王崩，因以为殉。乃不知今是几时也。看烹郦生，如昨日耳。每忆故事，辄一潸然。"炜问曰："四女何人？"曰："其二瓯越王摇所献，其二闽越王无诸所进，俱为殉者。"又问曰："昔四女云鲍姑，何人也。"曰："鲍靓女，葛洪妻也。多行灸于南海。"炜方叹骇昔日之妪耳。又曰："呼蛇为玉京子何也？"曰："昔安期生长跨斯龙而朝玉京，故号之玉京子。"炜因在穴饮龙余沫，肌肤少嫩，筋力轻健。后居南海十余载，遂散金破产，栖心道门，乃挈室往罗浮，访鲍姑。后竟不知所适。

——裴铏《崔炜》节选①

元和初，有元彻、柳实者，居于衡山，二公俱有从父，为官浙右。李庶人连累，各窜于驩爱州，二公共结行李而往省焉。

至于廉州合浦县。登舟而欲越海，将抵交趾，舣舟于合浦岸。夜有村人缞神，箫鼓喧哗，舟人与二公仆吏齐往看焉。

夜将午，俄飓风欻起，断缆漂舟，入于大海，莫知所适。冒长鲸之鬐，抢巨鳌之背；浪浮雪峤，日涌火轮；触鲛室而梭停，撞蜃楼而瓦解。摆簸数四，几欲倾沉，然后抵孤岛而风止。

二公愁闷而陟焉。见天王尊像，莹然于岭所，有金炉香烬，而别无一物。二公周览之次，忽睹海面上有巨兽，出首四顾，若有察听，牙森剑戟，目闪电光，良久而没。逡巡，复有紫云自海面涌出，漫衍数百步，中有五色大芙蓉，高百余尺，叶叶而绽，内有帐幄，若绮绣错杂，耀夺人眼。又见虹桥忽展，直抵于岛上，俄有双鬟侍女，捧玉合，持金炉，自莲叶而来天尊所，易其残烬，炷以异香。二公见之，前告叩头，辞理哀酸，求返人世。双鬟不答。二公请益良久，女曰："子是何人，而遽至此？"

二公具以实白之，女曰："少顷有玉虚尊师当降此岛，与南溟夫人会约，子但坚请之，当有所遂。"

言讫，有道士乘白鹿；驭彩霞，直降于岛上。二公并拜而泣告。尊师悯之，曰："子可随此女而谒南溟夫人，当有归期，可无碍矣。"

尊师语双鬟曰："余暂修真，毕，当诣彼。"

二子受教，至帐前，行拜谒之礼。见一女，未笄，衣五色文彩；皓玉凝肌，红流腻艳，神澄沆瀣，气肃沧溟。二子告以姓字，夫人哂之曰："昔时天台有刘晨，今有柳实；昔有阮肇，今有元彻；昔时有刘、阮，今有元、

---

① （唐）王度等著《唐宋传奇》，石海阳等编，华夏出版社 1995 年版，第 185~188 页。

柳，莫非天也！"

设二榻而坐。俄顷，尊师至，夫人迎拜，遂还坐。有仙娥数辈，奏笙簧萧笛，旁列鸾凤之歌舞，雅合节奏；二子恍惚若梦于钧天，即人世罕闻见矣。遂命飞觞。忽有玄鹤，衔彩笺，自空而至，曰："安期生知尊师赴南溟会，暂请枉驾。"

尊师读之，谓玄鹤曰："寻当至彼。"

尊师语夫人曰："与安期生间阔千年，不值南游，无因访话。"

夫人遂命侍女进馔，玉器光洁；夫人对食，而二子不得饷。尊师曰："二子虽未合饷，然为求人间之食而饷之。"

夫人曰："然。"

即别进馔，乃人间味也。尊师食毕，怀中出丹篆一卷而授夫人，夫人拜而受之，遂告去。回顾二子曰："子有道骨，归乃不难，然邂逅相遇，合有灵药相贶。但子宿分自有师，吾不当为子师耳。"

二子拜，尊师遂去。俄海上有武夫，长数丈，衣金甲，仗剑而进，曰："奉使天真，清道不谨，法当显戮，今已行刑。"遂趋而没。

夫人命侍女紫衣凤冠者曰："可送客去，而所乘者何？"

侍女曰："有百花桥，可驭二子。"

二子感谢拜别。夫人赠以玉壶一枚，高尺余。夫人命笔题玉壶诗赠曰："来从一叶舟中来，去向百花桥上去，若到人间扣玉壶，鸳鸯自解分明语。"

俄有桥长数百步，栏槛之上，皆有异花。二子于花间潜窥，见千龙万蛇，递相交绕，为桥之柱；又见前海上之兽，已身首异处，浮于波上。二子因诘使者，使者曰："此兽为不知二君故也。"

使者曰："我不当为使而送子，盖有深意欲奉托，强为此行。"

遂襟带间解一琥珀合子，中有物，隐隐若蜘蛛形状，谓二子曰："吾辈，水仙也。水仙，阴也，而无男子。吾昔遇番禺少年，情之至而有子，未三岁，合弃之；夫人命与南岳神为子，其来久矣。闻南岳回雁峰使者有事于水府，返日，凭寄吾子所弄玉环往，而使者隐之，吾颇为恨。望二君子为持此合子，至回雁峰下，访使者庙而投之，当有异变。倘得玉环，为送吾子，吾子亦自当有报效耳。慎勿启之！"

二子受之，谓使者曰："夫人诗云：'若到人间扣玉壶，鸳鸯自解分明语。'何谓也？"

曰："子归，有事，但扣玉壶，当有鸳鸯应之，事无不从矣。"

又曰："玉虚尊师云：'吾辈自有师'，师复是谁？"

曰:"南岳太极先生耳,当自遇之。"

遂与使者告别。桥之尽所,即昔日合浦之维舟处;回视,已无桥矣。二子询之,时已一十二年,骠、爱二州亲属,已殂谢矣。

——裴铏《元柳二公》节选①

长庆中,进士张无颇,居南康。将赴举,游丐番禺。值府帅改移,投诣无所,愁疾,卧于逆旅,仆从皆逃。忽遇善易者袁大娘来主人舍,瞪视无颇曰:"子岂久穷悴耶?"

遂脱衣买酒而饮之,曰:"君窘厄如是,能取某一计,不旬朔,自当富赡,兼获延龄。"

无颇曰:"某困饿如是,敢不受教。"

大娘曰:"某有玉龙膏一合子,不惟还魂起死,因此亦遇名妹。但立一表白,曰'能治业疾',若常人求医,但言不可治,若遇异人请之,必须持此药而一往,自能富贵耳。"

无颇拜谢受药,以暖金合盛之,曰:"寒时但出此合,则一室暄热,不假炉炭矣。"

无颇依其言,立表。数日,果有黄衣若宦者,叩门甚急,曰:"广利王知君有膏,故使召见。"

无颇志大娘之言,遂从使者而往。江畔有画舸,登之,甚轻疾。食顷,忽睹城宇极峻,守卫甚严。宦者引无颇入十数重门,至殿庭,多列美女,服饰甚鲜,卓然侍立。宦者趋而言曰:"召张无颇至。"

遂闻殿上使轴帘,见一丈夫,衣王者之衣,戴远游之冠,二紫衣侍女扶立而临砌,招无颇曰:"请不拜。"

王曰:"知秀才非南越人,不相统摄,幸勿展礼。"

无颇强拜。王馨折而谢曰:"寡人薄德,远邀大贤,盖缘爱女有疾,一心钟念。知君有神膏,倘或瘥平,实所愧戴。"

遂令阿监二人,引入贵主院。无颇又经数重户,至一小殿,廊宇皆缀明玑翠珰,楹楣焕耀,若布金钿,异香氲郁,满其庭户。俄有二女搴帘,召无颇入。

睹真珠绣帐中,有一女子,才及笄年,衣翠罗缕金之襦。无颇切其脉,良久,曰:"贵主所疾,是心之所苦。"

———————————————
① (唐)王度等著《唐宋传奇》,石海阳等编,华夏出版社1995年版,第201~202页。

遂出龙膏，以酒吞之，立愈。贵主遂抽翠玉双鸾篦而遗无颜，目成者久之。无颜不敢受，贵主曰："此不足酬君子，但表其情耳，然王当有献遗。"

无颜愧谢。阿监遂引之见王。王出"骇鸡犀""翡翠碗""丽玉明瑰"而赠无颜，无颜拜谢。宦者复引送于画舸，归番禺，主人莫能觉。才货其犀，已巨万矣。

无颜睹贵主华艳动人，颇思之。月余，忽有青衣叩门而送红笺，有诗二首，莫题姓字。无颜捧之，青衣倏忽不见。无颜曰："此必仙女所制也。"

词曰："羞解明珰寻汉渚，但凭春梦访天涯；红楼日暮莺飞去，愁杀深宫落砌花。"

又曰："燕语春泥堕锦筵，情愁无意整花钿；寒闺欹枕不成梦，香炷金炉自袅烟。"

顷之，前时宦者又至，谓曰："王令复召，贵主有疾如初。"

无颜忻然复往，见贵主，复切脉次，左右云："王后至。"

无颜降阶，闻环珮之响，宫人侍卫罗列，见一女子，可三十许，服饰如后妃。无颜拜之。后曰："再劳贤哲，实所怀惭，然女子所疾，又是何苦？"

无颜曰："前所疾耳，心有击触，而复作焉，若再饵药，当去根干耳。"

后曰："药何在？"

无颜进药合。后睹之，默然，色不乐，慰喻贵主而去。后遂白王曰："爱女非疾，私其无颜矣。不然者，何以宫中暖金合，得在斯人处耶？"

王愀然。良久，曰："复为贾充女耶？吾亦当继其事而成之，无使久苦也。"

无颜出，王命延之别馆，丰厚宴犒。后王召之曰："寡人窃慕君子之为人，辄欲以爱女奉托，如何？"

无颜再拜辞谢，心喜不自胜。遂命有司择吉日，具礼待之。王与后敬仰愈于诸婿。遂止月余，欢宴俱极。王曰："张郎不同诸婿，须归人间，昨夜检于幽府，云：'当是冥数'。即寡人之女不至苦矣。番禺地近，恐为时人所怪，南康又远，况别封疆，不如归韶阳，甚便。"

无颜曰："某意亦欲如此。"

遂具舟楫、服饰、异珍、金珠、宝玉无限。曰："唯侍卫辈即须自置，无使阴人，此减算耳。"

遂与王别，曰："三年即一到彼，无言于人。"

无颜挈家居于韶阳，人罕知者。住月余，忽袁大娘叩门见无颜，无颜大惊。大娘曰："张郎今日赛口及小娘子谢媒人可矣。"

二人各具珍宝赏之，然后告去。无颇诘妻，妻曰："此袁天纲女，程先生妻也。暖金合，即某宫中宝也。"

后每三岁，广利王必夜至张室，佩金鸣玉，骑从阗咽，惊动闾里。后无颇稍畏人疑讶，于是去之，不知所适。

——裴铏《张无颇》①

上述节选的多个故事中均涉及海洋的内容。《崔炜》是讲住在南海的崔炜性情极为豁达，因为不擅管理家产，崇尚豪士侠客等，所以没几年就用光了祖上留下的家产，但依旧经常打抱不平，后因救助一位被打的老人获得了老人赠予的能够消除肿瘤病害的艾草。崔炜用艾草先后救助了多人，但后被所救助之人恩将仇报。崔炜逃跑时坠入深井，又用艾草帮助了居住其中的大蛇。大蛇将其带入鬼界，崔炜在鬼界遭遇了多重异事，并与汉初在南海海岛称王的田横之女相识，获赠了海外大食国的国宝阳燧珠。

节选部分的前段就是崔炜拿阳燧珠回到世间后，遇到大食国前来寻国宝的胡人购买，通过胡人的口述得知了阳燧珠的具体情况。后段则是崔炜和田横之女结婚后询问自身遭遇，得知了鬼界情况。

虽然海洋的内容仅是故事中某些事件的背景，并非主要描绘对象，但整个故事极为精彩。崔炜好心救助老人而得艾草，又因用艾草救助他人而得福报，但也遭受了恩将仇报。整个故事虽然荒诞离奇，但体现了人性的复杂和世事难料。

《元柳二公》节选的是涉及海洋的主要内容，主要讲述的是元彻和柳实两人的海洋奇遇和求仙问道生涯。大意是两人的叔叔受到反叛牵连被放逐，两人前去探望。途中需渡海，两人遭遇大风，船被吹到海洋深处。两人遭遇了大鲸、巨龟、海浪、鲛人、海市蜃楼等，最终到了一处海岛。

之后则是两人与海岛上修仙得道者的交流和奇异见闻，通过环境描写辅以对话，将故事情节描述得极为详尽。过程中两人遇到了修道者的侍女、守护海兽、神仙、灵异白鹿、灵异仙鹤、金甲武夫、百花桥使者等，其间多有奇异之事、奇异之物和奇异之相。

总体而言，该传奇小说情节紧凑且事件奇异，不仅对海洋的神奇进行了详尽描述，还融合了求仙得道的传说和期望，极具故事性和传奇感。而且在整个故事中，通过不同人物的话语将神仙的情况进行了详细的描绘。从这

---

① （唐）王度等著《唐宋传奇》，石海阳等编，华夏出版社1995年版，第209~210页。

个故事可以看出，隋唐时期有关神仙的传说已经开始逐渐和现实相交融。比如，守护海兽因监管不力被斩首、百花桥使者对二人有事相求、使者曾与人世间男子相爱生子等，这些情节已经说明隋唐时期求仙得道之说依旧强盛，神仙世界已经与现实世界有交汇。该传奇小说融合了很多文献之中的神异内容并进行了艺术加工。这种神仙世界和现实的交融为后世的小说创作指明了方向。

《张无颇》的故事讲述的是落魄才子张无颇在困顿之时遇到袁大娘，获赠以暖金盒盛着的玉龙膏，而玉龙膏颇有神异效果。袁大娘为张无颇指点迷津，以发挥药膏效用。张无颇接受了袁大娘的指点，没几日就有南海龙王广利王派使者前来求医。张无颇携带药盒和药膏前往南海龙宫为广利王爱女治病。张无颇对症下药，广利王爱女药到病除，并在此过程中爱上了张无颇，赠予其头上信物以表心意。

张无颇拿着广利王所给予的财物回到住所，发现并未过去很久。他卖掉一个广利王赠予的财物后就得到了万贯钱财。张无颇在为龙王爱女治病后也对其念念不忘。一个多月后，张无颇收到了龙王爱女所赠情诗。

不久之后，龙王又派人来请张无颇，说公主病情复发，张无颇欣然前往。在为公主治病前，王后来到，发现了张无颇所持暖玉盒，知道了爱女和张无颇两人有情，广利王思索良久打算成全两人。

最终张无颇和龙王爱女一同回到世间，并为了方便龙王访亲搬到了韶阳。他们刚搬过去一个多月，袁大娘便找到他们的住处，并向他们索要说媒报酬。张无颇才从妻子口中得知袁大娘是袁天罡的女儿，而暖金盒原本就是南海龙宫的宝物。三年之后，龙王如所言前来看张无颇和女儿。张无颇为了避免引人怀疑，之后搬走不知所终。

《张无颇》的风格和《元柳二公》如出一辙，故事同样涉及海洋的内容，不过描绘的是一个爱情故事。主人公和南海龙王爱女心生爱慕，最终走到了一起。此爱情故事其实就已经拥有明显的"才子佳人"倾向，不过对人物的情感萌发及发展缺乏必要的铺陈和描绘，人物的性格刻画也有所欠缺，因此和《元柳二公》有所差距。

所选三篇故事中，《元柳二公》是裴铏的代表作以及巅峰之作，其体现的唐传奇文体的艺术特征极为明显，最突出的表现就是多体兼备。

比如，其开篇以史学记录的形式对人物的出身、地位进行了简单概述，之后以时间顺序介绍其生平及经历，明显是受《史记》等史传文学影响。又如，传奇小说受到了唐朝诗歌的影响，其中运用了很多作诗的手法，也可称为诗笔，即运用抒情性语言打造意境，还直接运用了"赠诗"。再如，传奇小说是基于魏晋时期志怪小说发展而形成的，拥有志怪小说的多数特征，但又进行了创新和拓展，一般以人类为主角，神怪已沦为陪衬，这说明传奇小说中的文学自觉性已经极为明显和成熟。

从以上分析可以感受到，传奇小说作为一种成熟文体，具备史传文学、诗歌文学、志怪小说的所有特征，属于一种多体兼备的复杂文体形式，这种多体兼备的文体特征在后世影响同样极深。

整个隋唐时期，不论是海洋诗歌、海洋散文，还是海洋传奇小说，其所达到的文学成就和对文学发展的推动都令人瞩目和感叹。从体裁而言，隋唐时期的海洋文学作品在前人的基础上有了极大的创新和开拓；从题材而言，隋唐时期的海洋文学作品不仅融合了前人的各种神话传说，更在民间传说中汲取了丰富的素材和营养，为后世人留下了极为丰富且珍贵的创作素材；从文学发展而言，隋唐时期的海洋文学作品极为深刻地反映了当时海洋社会生活的现状，既有深度又有广度，既有警示韵味又有期盼之情。

隋唐时期的海洋文学之所以能够达到后世多代都无法比拟的高度，主要是因为隋唐时期辽阔的海疆和繁荣的海洋贸易的推动。尤其是开放的海洋意识、丰富的民间素材、层出不穷的文学大家、长久的盛世和穿插其中的乱世，以上多种因素的综合影响和推动，最终才促成了隋唐时期海洋文学的异常繁荣。这种繁荣不仅体现在隋唐时期，更对后世文人产生了极为深远的影响，这种影响甚至持续到今天。

第五章　远航·宋元时期的多姿海洋情愫

唐朝末年，战争不断，整个国家的经济和政治都在大幅衰退。自 878 年黄巢起义爆发之后，唐朝的统治进入名存实亡阶段。在这之后的数十年间，政变、宦官乱党等致使中国的国力急剧下降。907 年，朱温逼迫唐哀帝禅位，唐朝灭亡。

907 年，朱温改国号为梁，史称后梁。自此，中国进入五代十国时期。此阶段，众多割据政权彼此争斗，使中国历史进入一个大分裂时期。到 960 年，后周大将赵匡胤发动陈桥兵变，篡后周而建立北宋，五代结束。自此，中国进入宋元时期。

宋元时期由宋朝和元朝两个历史阶段组成。宋朝始于 960 年赵匡胤自立为帝，终于 1276 年。宋朝建立初期，赵匡胤为了避免重蹈唐末的覆辙，将军权集中于皇室，并采取了崇文抑武的国策。这一国策影响极为深远：一方面强化了皇权，巩固了皇室，减少了豪强乱政，促进了文化发展，使宋期经济和科技实力也得以大幅度提升；另一方面导致了宋朝武备积弱，无法对抗北方外患，包括西夏、契丹等。

1127 年靖康之难后，宋高宗于河南商丘重建宋朝，都城相比北宋偏南，因而史称南宋。当时，南宋与金、西辽、大理国、西夏、吐蕃、蒙古帝国并存，但南宋军事实力始终不敌金，统治范围被压制在秦岭－淮河线以南地区，并与金长期对峙。

1206 年，成吉思汗统一漠北诸部，并建立大蒙古国。当时，其宗主国为金，但金和西夏已在此阶段走向衰落，因此大蒙古国得以陆续将金和西夏攻灭，最终在 1234 年统领华北。1264 年，忽必烈争夺汗位获胜，并于 1271 年改国号为元，为元世祖。

1276 年，元攻灭南宋再次统一中国，结束了自唐朝末年以来数百年的分裂局面（宋朝时北方外患并未得到解决）。元朝存在时间并不长。由于元朝中期皇位的频繁更迭，元朝统治一直未能走上正轨，最终于1351年爆发红巾军起义。1368年，朱元璋建立明朝，元廷退居漠北，史称北元。1402年，北元灭亡。自此，中国进入明朝时期。

宋元时期文学在隋唐时期文学的扎实基础之上继续快速发展，海洋文学也不例外。宋元时期海洋文学发展极为顺畅，其原因有两方面：一方面，北宋一直占据着河北以南直到广西范围内的漫长海岸线，并长期与辽国和西夏军事对峙，这就使北宋时期经济重心开始南移，并且手工业和农业等的发展推动了海洋贸易及航海业的发展；另一方面，宋元时期的统治者对海外贸易活动和航海商船建造均不做限制，对海外客商也予以优待，这同样推动了宋元时期海洋活动的发展，为海洋文学的发展创造了条件。

隋唐时期，中国的海外贸易主要是由民间商人自由开展，不但范围较小，而且属于个人性质的商业活动，因此海外贸易发展较慢。进入宋元时期，统治者对海洋贸易实行的是私人经营但官方管理的政策，这推动了海洋贸易的繁荣和快速发展。

随着航海活动的次数增多和规模扩大，宋元时期的海洋信仰活动也开始变得更加活跃，进而极大地影响了海洋文学的发展。隋唐时期佛教的普及使中国龙图腾文化和印度龙图腾文化产生了一定的交融，因此唐末裴铏的传奇小说中出现了四海龙王这种海神。这种文化的融合现象在进入宋元时期后则显得更加常态化，南海观音、妈祖、龙王、祭祀海神等均开始出现。

另外，宋元时期由重视陆地战开始转化为海上战争与陆上战争并重。一方面，通过海战防范外敌入侵，以此展现国力；另一方面，通过海战来维系海洋贸易的安全，即需要与海盗作战来确保海洋贸易顺利发展。

对海洋的深层次了解、海洋贸易的快速发展、官方对海洋的重视都在一定程度上推动了宋元时期海洋文学的发展。正因为宋元时期海洋和人类的关系更加密切，所以此阶段海洋文学的发展呈现出了多姿多彩的态势。

第一节 潮胜海的宋元海洋词作

如果说唐朝是诗的时代，那么宋朝就是词的时代，元朝则是曲的时代。宋词作为盛行于宋朝的一种文学体裁，发端于魏晋时期的南朝梁，正式形成于唐朝，最终兴盛于宋朝。

相对于古体诗而言，宋词是一种的新体诗歌，其句子有长有短，极便于歌唱，因为是合乐的歌词，所以也称乐章、曲子词、琴曲等。其形式和韵律千姿百态，可与唐诗一争高下，并在后世与唐诗并称为唐宋双绝。

宋词作为宋朝的代表性文体，流传至今的词可达两万首，有记录的词人近一千五百人。宋词的分类方式较多，最为人熟知的就是以词牌名对宋词进行划分。通常词牌名有三种来源：一是乐曲名称，如《菩萨蛮》《蝶恋花》《西江月》等，都是民间曲调名称，可直接作为词牌名运用；二是摘取词中的字作为词牌名，如"忆江南""如梦令""忆秦娥""念奴娇"等；三是词的题目，即词的内容和词牌名契合，不再另起题目，如"踏歌词""渔歌子""浪淘沙""舞马词"等。常见且常用的词牌有百个左右。

宋词是宋元时期文学中发展最繁荣的文体，但从海洋文学的角度来看，涉及海洋内容的宋词并不多。绝大多数关于海的宋词是以海洋的意象引申出江河湖泊，海洋完全是一种陪衬和背景，有关海洋本身的意象表现得并不突出。从宋词的内容来看，真正的海洋词更多的是描写关于海潮的内容。也就是说，在整个宋元时期，海潮词作要远多于海洋意象词作。

一、似隐若现的海洋意象词作

宋词中涉及海洋意象的作品多数出现在南宋时期，而且以豪放派的词人所作居多。

（一）宋元时期词人的主要派别

宋词作为继唐诗之后的一种起源于民间的俗曲宴乐，摒弃了俚俗粗鄙，经过艺术加工和完善，最终形成了较为新颖的文学体裁。宋词在发展过程中逐步形成了两个派别，分别是婉约派和豪放派。

婉约派词人所作词的内容更加侧重儿女风情等，而且语言更加圆润，更加重视音律谐婉，因此其词作清新绮丽，结构缜密。因为宋词长期趋向宛转柔美、细密清新的表达方式，所以很长一段时间内婉约派词作被认为是正宗宋词。

婉约派还包括发端于晚唐和五代十国时期前蜀的花间派。花间派词作内容多数是歌咏合欢离恨、旅愁闺怨等，多表现男女的燕婉之情。其内容及形式和婉约派类似，因此被包含在婉约派内。

婉约派最具代表性的人物有柳永、晏殊、李清照、欧阳修等，比较具有代表性的词牌名有"蝶恋花""浣溪沙""鹧鸪天""如梦令""虞美人""踏莎行""采桑子"等。

宋词在发展过程中曾被婉约派长期支配。豪放派虽然出现并不晚，但在北宋时期，其内容、写作手法等不适应社会形势，因此并未兴盛发展。直到进入南宋时期，豪放派的特征因更加符合社会现实和更能满足民众诉求而得到了极大的发展。

豪放派词人最大的特点，是其所创作的视野更加广阔，并不会拘泥于儿女风情，而是将重心倾注于社会现实、民众生活等与社会发展息息相关的内容，所作词的气象更加恢宏雄放。通常豪放派词作的句法、字法、手法均属于诗文，用词更加宏博，针对性也较强，同时并不会过于拘守音律。

北宋时期，晁补之、黄庭坚等词人的作品属于豪放派词。到南宋时期，因社会背景发生了巨大变化，豪放派词的悲壮、慷慨、高亢和社会诉求相契合，所以豪放派词蔚然成风，产生了许多豪放派词作大家。

豪放派最具代表性的人物有苏轼、辛弃疾、陆游、张元幹、刘辰翁等，比较具有代表性的词牌名有"水调歌头""念奴娇""破阵子""江城子""永遇乐""卜算子""六州歌头""兰陵王""摸鱼儿"等。

（二）涉海词作中的海洋世界

宋词中涉及海洋的作品多数出现在南宋时期，且多数为豪放派词人所作，但涉海作品的数量较少。究其原因，有两方面：一方面，北宋时期整个中国社会处于一种崇文抑武的状态，词作本是文人在花间月下饮酒作乐时的娱乐工具，讲究的是柔婉之美，所以海洋根本不适合成为创作内容；另一方面，进入南宋后，豪放派词作开始兴起并发展，虽然豪放派词作能够在一定程度上体现海洋的意象和内涵，但其在宋朝词坛并非主流，所以涉海词作自然较少。

另外，纵览整个宋元时期的涉海词作，婉约派虽然并不适合描绘海洋类内容，但依旧有少量作品流传于世。

天接云涛连晓雾，星河欲转千帆舞。仿佛梦魂归帝所。闻天语，殷勤问我归何处。

我报路长嗟日暮，学诗谩有惊人句。九万里风鹏正举。风休住，蓬舟吹取三山去！

——李清照《渔家傲·天接云涛连晓雾》①

秋风万里，湛银潢清影，冰轮寒色。八月灵槎乘兴去，织女机边为客。山拥鸡林，江澄鸭绿，四顾沧溟窄。醉来横吹，数声悲愤谁测。

飘荡贝阙珠宫，群龙惊睡起，冯夷波激。云气苍茫吟啸处，鼍吼鲸奔天黑。回首当时，蓬莱方丈，好个归消息。而今图画，谩教千古传得。

——张元幹《念奴娇·题徐明叔海月吟笛图》②

中秋饮酒将旦，客谓前人诗词有赋待月，无送月者，因用《天问》体赋。

可怜今夕月，向何处，去悠悠？是别有人间，那边才见，光影东头？是天外空汗漫，但长风浩浩送中秋？飞镜无根谁系？姮娥不嫁谁留？

谓经海底问无由，恍惚使人愁。怕万里长鲸，纵横触破，玉殿琼楼。虾蟆故堪浴水，问云何玉兔解沉浮？若道都齐无恙，云何渐渐如钩？

——辛弃疾《木兰花慢·中秋饮酒》③

李清照（1084—1155），号易安居士，宋代著名女词人，宋词婉约派的代表，有"千古第一才女"之称。李清照生于书香世家，早年生活极为优裕，但后期因金兵入中原不得不流离南方，境遇较为凄苦。一生经历的跌宕致使其早期词作描绘悠闲生活居多，后期词作则多为悲叹身世。

《渔家傲·天接云涛连晓雾》作于李清照南渡之后。其曾在海上航行，历经了海洋风涛之险，因此其在词作之中所提及的人物和经历均是真实生活的感受。词作大意是海洋之上云气缭绕，朦胧的天和朦胧的雾笼罩着整个世界，仿佛银河都要流转，无数船只随着云雾而漂泊。在梦中"我"好像进入了天庭，天帝问询"我"可有归宿之地。"我"回天帝说路途漫长，日暮西斜，虽作诗时常有妙句却没什么作用。长空万里，大鹏欲飞，风千万不要停

---

① 李志敏主编《唐诗 宋词 元曲 卷3》，福建美术出版社2012年版，第292~293页。

② 齐豫生，夏于全主编《中国古典文学宝库 第20辑 宋词 3》，延边人民出版社1999年版，第254页。

③ （唐）温庭筠著《婉约词 豪放词》，万卷出版公司2010年版，第276页。

住，快快将这一叶轻舟送往蓬莱三岛去。

此词中，李清照将自己的真实生活经历融入了梦境之中，体现出了她对社会现实的感叹，也表达了其对现实生活的不满，升华了意境。

张元幹（1091—约1161），字仲宗，北宋末期南宋初期著名词人，与张孝祥合称南宋初期"词坛双璧"。在秦桧把持朝政时，他曾入李纲（抗金名臣、民族英雄）麾下，坚决抗金，力谏死守，并赋词赠李纲。秦桧知晓后，张元幹被除名削籍。之后，他漫游江浙，写下很多词作。

《念奴娇·题徐名叔海月吟笛图》一词的上阕写的是张元幹在鸭绿江上行船时的情境和心境。其大意是秋风瑟瑟，晴空万里，月色皎洁如玉，倒影在江面上带来丝丝寒意，真期望乘坐通天河的浮船离去，到天河织女处做客。江边山林耸立，江水清澈如玉，可四面环顾却无修身之所，总感觉宽阔的江水都无比狭窄。醉酒之后吹响手中笛子，心中的悲愤虽随笛声而出，却又有谁能真正了解呢？这里其实暗喻了北宋末期国土沦丧、四面强敌虎视眈眈的社会现实，表达了作者心中悲愤却又无可奈何的情感。

辛弃疾（1140—1207），字幼安（原字坦夫），号稼轩，南宋著名豪放派词人，曾为抗金将领。其一生命运多舛、壮志难酬，但始终关注家国兴亡和民族命运。

《木兰花慢·中秋饮酒》是一首以月伤怀的作品，其涉及海洋的部分虽是幻想，但意境极为符合海洋空旷深远之感，比普通咏物词更胜一筹。

词作大意是，中秋节喝酒一直喝到快要天亮，有宾客说，前人咏中秋节的诗词有写等候月亮升现的，没有写送别月亮离去的。于是，我仿效《天问》体写了这首送月词。今晚的月亮这么可爱，悠悠西行，这是要去哪里呢？是另有一人间能够恰好看到你从东方升起吗？还是辽阔的宇宙空无一物，风将美好的中秋之月送走？月亮如同宝镜悬于天空，是有人用无形的长绳将其系住？月宫嫦娥至今未出嫁，是谁将其留在了月亮？

据说月亮会越过海底，但无从考究。海洋之中的巨鲸横冲直撞，我怕其会破坏掉月宫中的建筑。月亮进入海洋，鱼、虾、蛤蟆会游泳，不需担心，但玉兔如何才能安然无恙？若一切安好，如今为何圆月会变为不完整的弦月？

此词是辛弃疾发挥想象，将大宋江山比作圆月，以抒怀圆月变弦月的自然现象，来表现对大宋命运的忧虑。其中以长鲸在海洋中"纵横触破"隐喻了现实之中奸邪势力祸国殃民的情况，寓意极为深刻。而且此词打破了传统意义上的词作形式，仿效《天问》的形式呈现了一连串的疑问，以此来层层递进，表达作者的忧虑。

　　整体而言，宋元时期的词作虽然提到海的作品不少，但很多都是以海抒意，借用海洋相关的典故和传说居多，缺少直接而具象的描绘。同时，多数宋词中的海洋是以海的意象来引申江河湖泊意象，缺乏真正对海洋的抒情和吟咏，因此这些词作并未能有效推动海洋文学的发展。

二、蔚为大观的海潮词作

　　宋元时期，钱塘潮的盛景使得有关海潮的作品极为丰富，尤其是南宋时期国都定于临安府（杭州），观潮更是成了一项极受民众欢迎的娱乐活动。在这样的社会背景之下，有关海潮和观潮的词作自然发展迅速。

（一）以海潮衬托滨海生活的词作

　　在宋元时期多数涉及海潮的词作之中，有一部分并非以观潮为主题，而是通过海潮景象反映民众的滨海生活，其中比较具有代表性的就是李昴英所作的《水调歌头·题斗南楼和刘朔斋韵》。

　　万顷黄湾口，千仞白云头。一亭收拾，便觉炎海豁清秋。潮候朝昏来去，山色雨晴浓淡，天末送双眸。绝域远烟外，高浪舞连艘。

　　风景别，胜滕阁，压黄楼。胡床老子，醉挥珠玉落南州。稳驾大鹏八极，叱起仙羊五石，飞佩过丹丘。一笑人间世，机动早惊鸥。

——李昴英《水调歌头·题斗南楼和刘朔斋韵》①

　　李昴英（1201—1257），字俊明，南宋著名词人，以忠肝直谏著称。

　　上述词作是李昴英登家乡斗南楼（可观海山之景）时所作，其上阕主要描绘了登上斗南楼所能观看到的壮阔海景，下阕则充分发挥了想象，以想象中的景象来抒发自己对故乡的深厚情感。

　　上阕大意是，站在斗南楼之上远眺天边，一望无际的海洋上云雾缥缈，遥远高耸的白云山傲然挺立，气势磅礴。斗南楼上观海，令人有一种海洋豁达、万里缥缈的感觉。海潮每天来来去去，海中山色云雨笼罩，天边的景色尽收眼底。港湾之外云雾笼罩下，海洋贸易的船只层出不穷，在海浪之中起

---

① 夏承焘，唐圭璋，缪钺，叶嘉莹等撰写《宋词鉴赏辞典 5》，上海辞书出版社 2017年版，第 1821 页。

伏。前面写了眼前壮阔雄奇的海洋景象和海洋贸易景象，最后则以海港和海洋中络绎不绝的船只来描绘海洋贸易的兴盛。

下阕的大意是，海边观景有别，斗南楼观海观潮胜过古名楼滕王阁和黄楼，刘朔斋都曾在醉酒中为斗南楼挥毫题词。我要驾起大鹏，唤醒化为石头的仙羊，到仙境去遨游。只在这尘世中，若欲念一生，鸥鸟便惊飞了。

李昂英这首词作抒发的是对家乡故土的深情和自豪之情。其家乡处于海洋边缘，这里不但风景秀丽雄奇，而且人心豁达而宽广。也正是拥有这种豁达的心境，才描绘出海港之上商船络绎不绝的繁华景象。

（二）纯粹的观潮词作

李昂英关于海潮的词作并非像多数人咏叹钱塘潮，而是以家乡为核心进行情感抒发。此处所说纯粹的观潮词作主要是观钱塘潮所作的词作。

> 长忆观潮，满郭人争江上望。来疑沧海尽成空。万面鼓声中。
> 弄涛儿向涛头立。手把红旗旗不湿。别来几向梦中看。梦觉尚心寒。
>
> ——潘阆《酒泉子·长忆观潮》①

> 望飞来半空鸥鹭，须臾动地鼙鼓。截江组练驱山去，鏖战未收貔虎。朝又暮。诮惯得、吴儿不怕蛟龙怒。风波平步。看红旆惊飞，跳鱼直上，蓦踏浪花舞。
>
> 凭谁问，万里长鲸吞吐，人间儿戏千弩。滔天力倦知何事，白马素车东去。堪恨处，人道是、属镂怨愤终千古。功名自误。谩教得陶朱，五湖西子，一舸弄烟雨。
>
> ——辛弃疾《摸鱼儿·观潮上叶丞相》②

> 玉虹遥挂，望青山隐隐，一眉如抹。忽觉天风吹海立，好似春霆初发。白马凌空，琼螯驾水，日夜朝天阙。飞龙舞凤，郁葱环拱吴越。
>
> 此景天下应无，东南形胜，伟观真奇绝。好是吴儿飞彩帜，蹴起一江秋雪。黄屋天临，水犀云拥，看击中流楫。晚来波静，海门飞上明月。
>
> ——吴琚《醉江月·观潮应制》③

潘阆，字梦空，号逍遥子，北宋时期著名隐士和文人。其性格疏狂放

---

① （宋）苏轼等著《豪放词》，万卷出版社 2018 年版，第 107 页。

② （唐）温庭筠著《婉约词 豪放词》，万卷出版公司 2010 年版，第 269 页。

③ 滕新贤著《沧海钩沉 中国古代海洋文学研究》，上海三联书店 2018 年版，第 169 页。

荡，一生颇富传奇色彩，早年曾以卖药为生，甚至曾扮鬼装僧，因流浪入杭州而亲眼见到了钱塘潮的壮观和宏伟。《酒泉子·长忆观潮》就是潘阆在观潮之后多次梦回海潮所作。

该词的大意是，"我"常忆起钱塘江观潮时的盛景，观潮之地满城人争相观望，当海潮来时，其气势仿佛整个大海都被海潮带空，潮声之势仿佛万鼓齐鸣，涛声震天。踏潮献技的表演者站在浪潮之端挥洒豪情，其手中拿着的旗子甚至都没有丝毫潮湿。他们不但勇气滔天，而且技艺精湛。因为海潮之势极为宏大，所以"我"观潮之后曾多次梦回观潮时的情景，梦醒之后犹会感到海潮的极大气势而胆战心惊。

这篇词作从现实开篇，很写实地描绘了观潮盛况，并以极夸张的手法扼要说明了钱塘潮的气势，接着以白描的手法轻描淡写地阐述了弄潮儿在海潮之上无畏游弋的状态，通过前后对比抒发了人定胜天和英勇无畏的精神，虽语言平白，却给人以惊涛骇浪和履险如夷的动感。最后，以梦醒后依旧心悸的描绘深化了海潮的雄壮，更衬托了弄潮儿的技艺和精神。

辛弃疾的《摸鱼儿·观潮上叶丞相》上阕写景，下阕抒情，同样是以咏海潮来讴歌与自然搏斗的人的精神，而后又从海潮之势联想到历史朝代兴衰，从而说明了政权更迭的现状宛若海潮来去匆匆，告诫当权者要警戒行事，以免重蹈覆辙。

该词的上阕通过对海潮景色的具象描写反衬人与自然搏斗的艰险和勇气。其大意是，潮来之时，望向天边，好像看到漫布半个天空的白色鸥鸟袭来。顷刻之间，潮声涌动如战鼓。潮入海口后如同千军万马驱赶着山峰而来，汹涌的浪潮如同战士般不断激战。日夜观潮，吴地的健儿们自然司空见惯，更不会害怕这如怒蛟般的海潮。弄潮儿在波涛之中如履平地，红旗翻飞时他们如同海中鱼儿一般踏浪而舞，技艺精湛，勇气十足。

下阕借观潮之感警示当政者。其大意是，任何人面对如同巨鲸吐水的海潮气势，都会感觉吴越王以弩箭射浪潮就是儿戏，滔天的巨浪也会因力竭而最终回归大海，由此可感，伍子胥自刎化潮神的怨愤终究是功名误英雄。这份警示倒是令范蠡与西施得了便宜，不为功名所扰，从此便游五湖。

吴琚，字居父，号云壑，对书画、诗词均极为擅长。和前两首词不同的是，吴琚所作的《酹江月·观潮应制》是一首应制之作，即奉命作词。应制作品多数行文拘谨且歌功颂德，此词却有很大不同：虽有对上层的阿谀之辞，但立意并不低下。

其上阕开篇以海潮来前的气氛和环境描绘为主，入海口的江面平静开阔，远望青山隐约可见，此为静景。之后则以海潮初起时的声势入景，再描绘海潮浪起的状貌，宛若白马凌空巨龟驾水，日月都仿佛臣服于海潮天威。虽此句有颂权之嫌，却并未明言，且体现出了钱塘潮的汹涌气势。之后笔锋急转，描绘了浪潮所在杭州城的状貌，为下阕的描绘做好了铺垫。

下阕先是概览了钱塘潮的盛景之奇，之后开始描绘弄潮儿的英勇及意趣，再以皇帝出行观潮来进行过渡，转而以典故引申了渡江以逐辁庌的雄心壮志，最后描写了浪潮过后海面恢复平静之后的景色，令人回味无穷。

第二节　续情远航的宋元海洋诗歌

与宋元时期的涉海词作相比，诗歌的意境与海洋的意境更为契合，因此整个宋元时期海洋诗歌的数量极为可观。

一、宋元时期的观潮类诗歌

宋元时期，观潮咏潮已成为文人的一项重要活动，并出现了许多观潮类诗歌。

（一）体现钱塘潮壮丽的诗作

钱塘潮的壮丽被很多北宋诗人吟咏过，其中较具代表性的有范仲淹的《和运使舍人观潮》以及苏轼的《催试官考较戏作》。

> 把酒问东溟，潮从何代生。
> 宁非天吐纳，长逐月亏盈。
> 暴怒中秋势，雄豪半夜声。
> 堂堂云阵合，屹屹雪山行。
> 海面雷霆聚，江心瀑布横。
> 巨防连地震，群樯望风迎。
> 踊若蛟龙斗，奔如雨电惊。
> 来知千古信，回见百川平。
> 破浪功难敌，驱山力可并。

伍胥神不泯，凭此发威名。

——范仲淹《和运使舍人观潮》①

八月十五夜，月色随处好。

不择茅檐与市楼，况我官居似蓬岛。

凤味堂前野橘香，剑潭桥畔秋荷老。

八月十八潮，壮观天下无。

鲲鹏水击三千里，组练长驱十万夫。

红旗青盖互明末，黑沙白浪相吞屠。

人生会合古难必，此情此景那两得。

愿君闻此添蜡烛，门外白袍如立鹄。

——苏轼《催试官考较戏作》②

范仲淹（989—1052），字希文，北宋著名政治家、军事家和文学家，其政绩卓著且文武兼备，倡导仁人志士节操，并以国为家，尤其是"先天下之忧而忧，后天下之乐而乐"的思想对后世影响极为深远。

范仲淹所作《和运使舍人观潮》有两首，此处所选是其中的第二首。首句就极具威势，持酒遥问苍茫的大海，钱塘潮之势到底何时出现，又以自问自答的形式描绘了浪潮的威势，钱塘潮是苍天呼吸吐纳所产生的灵潮，常与明月盈亏相合，其气势宛若怒涛，狂暴的涛声宛若雄鸡啼鸣，于半夜潮起之时最盛，潮雾与云相合仿佛列阵，又像座座雪山扑面而来，海浪如同雷霆凝聚不散，来到江面如瀑布飞泻横流，堤坝被浪潮冲击得不断震颤，但其气势均不如逆风而行、迎风破浪的舟船。

范仲淹通过对钱塘潮的声、形、势、速、力等的描绘，将海潮的气势和状貌展现得淋漓尽致。之后，其笔锋转向那些迎浪而行的弄潮儿，他们在汹涌澎湃的浪潮之中沉浮，仿佛在与海洋中的蛟龙争斗，这种乘风破浪的气势仿佛可以移山填海。最终潮汐退去，百川之水平静如常，但这些弄潮儿就像伍子胥的精神一般，留给了后世与自然争锋的威名。

苏轼（1037—1101），字子瞻，号东坡居士，世称苏东坡，北宋时期著名文学家、书法家、画家、美食家。《催试官考较戏作》是苏轼监考贡举之时所作。考试放榜通常在中秋节，但此次晚了两天放榜，因此他作了此篇催

---

① 王国平总主编，郑翰献主编《钱塘江文献集成　第28册》，杭州出版社2016年版，第88页。

② （宋）苏轼著《苏东坡全集1》，北京燕山出版社2009年版，第184页。

促试官加紧阅评考卷的诗作。

该诗前半部分是铺垫，描写了往年八月十五放榜，此次却未能及时，所以只能闲逛以缓解心境。接着，以钱塘潮观潮最佳时节开启下半部分。八月十八日钱塘潮最盛，其壮观天下少有，非常形象地描绘了钱塘潮的状貌及气势，宛若鲲鹏击水三千里，而弄潮儿涌入浪潮之中宛若十万军士，气势如虹。弄潮儿与浪潮相互搏击，红旗与青浪争相溃散，就像两军正在交战，彼此吞并。人生浮浮沉沉，又能看到几次这种壮丽奇景。最后是催促试官连夜考评，因为无数未入仕途的士子还在外等放榜。

（二）体现钱塘潮状貌差别的诗作

宋元时期描绘钱塘潮的诗作很多，虽然钱塘湖每年八月十八日最盛，但其实从八月十六日开始潮势就已极为可观，绝大多数诗作描绘的都是最盛时的潮景。北宋诗人陈师道曾连续两日观潮，从而创作了体现钱塘潮状貌差异的数首诗作。

> 漫漫平沙走白虹，瑶台失手玉杯空。
> 晴天摇动清江底，晚日浮沉急浪中。
>
> ——陈师道《十七日观潮》[1]
>
> 一年壮观尽今朝，水伯何知故晚潮。
> 海浪肯随山俯仰，风帆常共客飘摇。
>
> ——陈师道《十八日观潮·其一》[2]
>
> 眼看白浪覆青山，谁信黄昏去复还。
> 纵使百年终有尽，何须豪横诧吴蛮。
>
> ——陈师道《十八日观潮·其二》[3]
>
> 千槌击鼓万人呼，一抹涛头百尺余。

---

[1] 王国平总主编，郑翰献主编《钱塘江文献集成 第28册》，杭州出版社2016年版，第134~135页。

[2] 王国平总主编，郑翰献主编《钱塘江文献集成 第28册》，杭州出版社2016年版，第134页。

[3] 王国平总主编，郑翰献主编《钱塘江文献集成 第28册》，杭州出版社2016年版，第134页。

明日潮来人不见，江边只有候潮鱼。

——陈师道《十八日观潮·其三》①

陈师道（1053—1102），字履常，号后山居士，北宋著名诗人，其一生安贫乐道，曾得苏轼举荐。

《十七日观潮》以海潮来临之时开篇，先描绘了海潮远远到来时的气势和逐步逼近的压迫感，接着转笔描述了浪潮之后的余波之威，表达了作者对钱塘潮自然现象的赞叹。

《十八日观潮·其一》《十八日观潮·其二》《十八日观潮·其三》分别从不同的角度对浪潮之势进行了描绘，将怒潮的壮观展现得淋漓尽致。其中，《十八日观潮·其一》写了海浪气势，发出了人力在自然面前微不足道的感慨；《十八日观潮·其二》以壮丽的海潮状貌反衬了社会飘摇动荡，发出了何必争斗的感慨；《十八日观潮·其三》通过宛若昙花一现的观潮壮景描绘了一年之中最大的海潮过后整个江边的萧条景象，引申了盛世永远都是昙花一现的内涵。

从以上诗作之中可以看出，虽然海潮这一壮丽景象总令人心生澎湃，但在不同的社会背景和不同的心境下，人们所观赏到的景象和收获的感悟有极大的不同。

二、宋元时期的海洋生活类诗歌

宋元时期，海洋贸易频繁，海洋生活丰富，这得益于隋唐时期海洋探索的延续和宋元时期海战的兴起。在这种社会背景下，描绘海洋生活类的诗歌开始增多。

（一）描绘滨海民间生活疾苦的诗歌

宋元时期滨海民众最主要的生活来源一是海洋漂泊的渔业，二是海水制盐的盐业。其中体现滨海民间生活疾苦的代表性作品是柳永的《鬻海歌》。

鬻海之民何所营？妇无蚕织夫无耕。
衣食之源太寥落，牢盆鬻就汝轮征。

---

① 王国平总主编，郑翰献主编《钱塘江文献集成　第28册》，杭州出版社2016年版，第134页。

年年春夏潮盈浦，潮退刮泥成岛屿。

风干日曝咸味加，始灌潮波增成卤。

卤浓盐淡未得闲，采樵深入无穷山。

豹踪虎迹不敢避，朝阳山去夕阳还。

船载肩擎未遑歇，投入巨灶炎炎热。

晨烧暮烁堆积高，才得波涛变成雪。

自从潴卤至飞霜，无非假贷充糇粮。

秤入官中得微直，一缗往往十缗偿。

周而复始无休息，官租未了私租逼。

驱妻逐子课工程，虽作人形俱菜色。

鬻海之民何苦门，安得母富子不贫。

本朝一物不失所，愿广皇仁到海滨。

甲兵净洗征轮辍，君有馀财罢盐铁。

太平相业尔惟盐，化作夏商周时节。

——柳永《鬻海歌》①

柳永（约984—约1053），原名三变，字景庄，后改名柳永，字耆卿，因排行老七被称为柳七，北宋著名婉约派词人。柳永因长期未能及第，所以多生活在社会的底层，对滨海盐民的生活了解极深。《鬻海歌》就是柳永用以表达对盐民的深刻同情的诗作，且作者自身同样处于落魄孤寂之中，因此整首诗悲怆之感极为浓烈。

该诗从海滨盐民无其他生活手段入手，展现了盐民的艰辛生活，即为了生存不得不"煮海"产盐。虽然沿海潮起潮落给予了盐民无数的卤水资源，但盐民需要深入远山树林之中砍伐柴火用以制盐。制出白花花的盐需要数月的艰辛劳动，此过程中他们只能向他人借贷以生存，而将盐卖给官府只能得到少量的钱财，根本无法偿还那些借贷产生的高利息。为了活下去，他们只能日复一日地辛苦劳作，一刻不得休息。不仅官府会催收租税，放贷的人也会不断逼迫他们还钱。在这样的生存压力下，盐民除了自己辛劳外，还不得不逼迫妻子、孩子去做无法胜任的工作。长期食不果腹令盐民全家都面黄肌瘦，他们如此辛劳却过不上温饱的日子。我们所处的朝代本可以令人各有所

① 李奕仁主编，李建华副主编《神州丝路行 中国蚕桑丝绸历史文化研究札记 下》，上海科学技术出版社2013年版，第450页。

得，使每个人过上安居乐业的日子。希望皇家的仁德能够遍及沿海，让盐民脱离苦海；希望人人能过上幸福生活，能摆脱繁重的兵役和徭役；希望政府有充足的财富，废除盐铁业的租税；希望宰相能像盐一样为治国发挥重要作用，最终令国家如上古夏商周般安乐富强。

《鬻海歌》描写的是滨海盐民为了生存而煮海以制盐的场景，其中的艰辛令作者无尽同情。此诗最大的特点就是展现了盐湖生活的真实状貌，通过制盐的过程和盐民的生活描述了盐民所遭受的种种压迫。在诗的末尾，作者以悲悯之心写出了对社会的期望。虽然这种期望是乌托邦式幻想，但极为真实地表达了劳动人民的愿望。

（二）以海洋景象抒发情感的诗歌

以下四首诗中，作者从不同观察角度，以不同海洋景象抒发了自己的不同情感。

> 东方云海空复空，群仙出没空明中。
> 荡摇浮世生万象，岂有贝阙藏珠宫。
> 心知所见皆幻影，敢以耳目烦神工。
> 岁寒水冷天地闭，为我起蛰鞭鱼龙。
> 重楼翠阜出霜晓，异事惊倒百岁翁。
> 人间所得容力取，世外无物谁为雄。
> 率然有请不我拒，信我人厄非天穷。
> 潮阳太守南迁归，喜见石廪堆祝融。
> 自言正直动山鬼，岂知造物哀龙钟。
> 伸眉一笑岂易得，神之报汝亦已丰。
> 斜阳万里孤鸟没，但见碧海磨青铜。
> 新诗绮语亦安用，相与变灭随东风。

——苏轼《登州海市》[①]

> 我老卧丘园，百事习慵惰，
> 惟有汗漫游，未语意先可。
> 或挂风半帆，或贮云一舸，
> 趁潮乱鸣橹，过碛细扶柁，

---

① 曾枣庄，曾涛选注《三苏选集》，巴蜀书社 2018 年版，第 146~147 页。

近辄凌烟海，自笑一何果。

邂逅得奇观，造物岂付我？

古湫石蜿蜒，孤岛松磊砢。

湘竹阕娥祠，淮怪深禹锁，

鬼神骇犀炬，天地赫龙火。

瑰奇穷万变，鲲鹏尚么麽。

纷纭旋或忘，追记今亦颇。

作诗配齐谐，发子笑齿瑳。

——陆游《航海·其一》[1]

渐台人散长弓射，初啖鳆鱼人未识。

西陵衰老总帐空，肯向北河亲馈食。

两雄一律盗汉家，嗜好亦若肩相差。

食每对之先太息，不因噎呕缘疮痂。

中间霸据关梁隔，一枚何啻千金直。

百年南北鲑菜通，往往残馀饱臧获。

东随海舶号倭螺，异方珍宝来更多。

磨沙瀹沈成大蒇，剖蚌作脯分馀波。

君不闻蓬莱阁下驼棋岛，八月边风备胡獠。

舶船跋浪鼋鼍震，长镵铲处崖谷倒。

膳夫善治荐华堂，坐令雕俎生辉光。

肉芝石耳不足数，醋芼鱼皮真倚墙。

中都贵人珍此味，糟浥油藏能远致。

割肥方厌万钱厨，决眦可醒千日醉。

三韩使者金鼎来，方奁馈送烦舆台。

辽东太守远自献，临淄掾吏谁为材。

吾生东归收一斛，包苴未肯钻华屋。

分送羹材作眼明，却取细书防老读。

——苏轼《鳆鱼行》[2]

君今浮舶去，因识远游心。

衣食天涯得，艰难客里禁。

---

① 钱仲联，马亚中主编，涂小马校注《陆游全集校注 6 剑南诗稿校注 6》，浙江教育出版社 2011 年版，第 174 页。

② （宋）苏轼著《苏东坡全集 2》，北京燕山出版社 2009 年版，第 657 页。

春帆连海市，暮鼓起香林。

一笑归来好，高堂寿百金。

——廖大圭《曹吉》[①]

苏轼的《登州海市》是苏轼接受朝廷召还其回京的诰命后在登州期待海市蜃楼时所作。海市蜃楼可谓海洋之上的奇景之一，也是最为壮观和带有仙境之感的景象。苏轼在此篇诗作中以海市蜃楼的虚无缥缈开篇，之后加入了自己对仙境的想象，彰显了对海市蜃楼奇景的强烈好奇心。同时，作者将自己收到诰命的心情和想象中海神接受请求呈现海市蜃楼奇景的欣喜感进行融合表现，最后引申到人间之事是由人来决定，而海市这种自然现象人却力不可及，感慨了人力之弱小。

此诗中作者的感慨之情波涛起伏，如海市待出未出的期待感、请求海神后海市乍现的满足感、感慨人力不及天力的无奈感、未来的虚无缥缈感等，多层次的感受交替出现，使得整首诗跌宕起伏、绚丽多姿，既描绘了神奇的海市景象，也表达了作者复杂的心境和感情。

陆游（1125—1210），字务观，号放翁，南宋著名文学家和史学家。其生于北宋灭亡之际，少年时深受爱国思想熏陶，最终成为著名的爱国诗人。

陆游所作《航海》有数首，此处仅选一首分析。该诗以田园隐居生活开篇，阐明这种生活令作者变得慵懒，但极符合作者的心境和心意。因自由自在的心境所引，作者时常会挂帆出海远航。在海洋中航行时，作者感受到了自身的幸运，看到了很多海洋奇观。这些海洋奇观除现实中所存在的景物外，还有作者结合传说想象出的神妙景物，展现了海洋的神奇瑰丽和变幻莫测，使作者回忆起了以前在钱塘江远航的情景。

此诗中作者运用了写实、夸张、幻想、追忆等写作手法，描绘了一个极为瑰丽的海洋世界，让人仿佛身临其境，体会到了海洋的多变、神奇、恐怖。

苏轼的《鳆鱼行》描写的是海洋中的物产鲍鱼，不仅描绘了鲍鱼的美味，还提到了有关品尝鲍鱼的历史掌故、采捕鲍鱼的艰难辛苦、鲍鱼的储藏方法、鲍鱼的营养及药用价值等，对鲍鱼进行了全方位的咏叹。

廖大圭，字恒白，元朝著名诗人，其文风简雅古朴。在《曹吉》中，作

---

① 苏文菁主编，徐晓望著《闽商发展史　总论卷　古代部分》，厦门大学出版社 2013 年版，第 79 页。

者以写实的手法描写了海商的生存过程。大意是虽是因为拥有远游之情才驾船出行，但最终历经艰辛是为了衣食无忧，在航海归来之后，可享受阖家之欢和富足安康。

整首诗用对比的方式体现了海商为富足生活而冒险远游的心态，即海商富贵险中求的心理，带有一定的审视和反思意味。

（三）描绘海战、展现爱国情怀的诗歌

宋元时期的海洋生活和海洋贸易比隋唐时期更为兴盛，加上因为战乱引发了多次海战，所以当时出现了很多描绘海战以及表达爱国情怀的诗歌。比较具有代表性的就是皇甫明子所作的《海口》和文天祥所作的《过零丁洋》。

> 穷岛迷孤青，飓风荡顽寒。
> 不知是海口，万里空波澜。
> 蛟龙恃幽沉，怒气雄屈蟠。
> 峥嵘抉秋阴，挂席潮如山。
> 荧惑表南纪，天去何时还？
> 云旗光惨淡，腰下青琅玕。
> 谁能居甬东？一死谅非难。
> 呜呼朝宗意，会见桑土干。

——皇甫明子《海口》①

> 辛苦遭逢起一经，干戈寥落四周星。
> 山河破碎风飘絮，身世浮沉雨打萍。
> 惶恐滩头说惶恐，零丁洋里叹零丁。
> 人生自古谁无死，留取丹心照汗青。

——文天祥《过零丁洋》②

皇甫明子，字东生，其性格豪爽，因生于浙江临海而喜欢乘舟出海游历，在临安被攻陷后深感亡国之痛，投海赴死以抒忠义。

《海口》是皇甫明子在赴死之前所作。整首诗以开篇的迷茫和阴郁气氛烘托了国破家亡的悲凉之感，又以海洋中蛟龙之怒和荧惑之灾隐喻了亡国

---

① 曲金良主编《中国海洋文化史长编·典藏版 上、中、下》，中国海洋大学出版社2017年版，第1137页。

② 李定广评注《中国诗词名篇名句赏析 下》，华文出版社2020年版，第263页。

的压抑之感和无奈之态，最后的以死殉国表达了沉痛而强烈的爱国情感，体现了英雄末路的悲哀和伤感，在字里行间表现了作者不可侵犯的满腔正义和热血。

文天祥（1236—1283），字宋瑞，道号浮休道人、文山，南宋末年政治家、文学家、抗元名臣，与陆秀夫（南宋末年左丞相，兵败后负帝投海）和张世杰（南宋末年抗元名将，面对元军誓不投降）并称为"宋末三杰"。

文天祥一直誓死抗元，后被俘并被囚禁三年，在元军的威逼利诱之下从未退缩。文天祥战败被俘后曾被压至潮阳，路过零丁洋，后多次被劝降，于是他写下了《过零丁洋》一诗。

此诗以回忆开篇，大意是早年"我"由科举入仕途，历尽艰辛成就了一番事业，如今战火已停止四年有余，国家如同无根柳絮一般在狂风中挣扎，自己一生坎坷，如雨中浮萍，漂泊无根，时起时沉。惶恐滩的战败至今令"我"心中焦躁惶恐，零丁洋中成俘虏更加可悲可叹。自古以来，人终不免一死，既如此，"我"要留下一片爱国丹心映照史册。

这首诗充分展现了文天祥忠肝义胆、不做亡国奴的民族气节，而这种精神也为后世提供了榜样和力量。

第三节　包罗万象的宋元海洋小说

宋元时期海洋贸易和海洋生活较隋唐时期更加兴盛，同时海战的产生令民众对海洋的了解更为深刻。在这样的背景下，海洋文学在宋元时期得到了全方位的发展，其中海洋小说包罗万象的形态也令其内容更加丰富，更加生活化。

在整个宋元时期，发展最为鼎盛的小说形式是话本，但其涉及海洋的内容乏善可陈，而且流传下来的话本较少。除话本之外，宋元时期涉及海洋内容较多的小说还有两类，即文言小说和笔记小说。

一、宋元时期文言小说中的海洋世界

宋元时期涉及海洋内容的文言小说有很多，比较具有代表性的有《青琐高议》《鹤林玉露》《夷坚志》等。

嘉祐岁中，广州渔者夜网得一鱼，重百斤，舟载以归。泊晓视之，人面龟身，腹有数十足，颈下有两手如人手。其背似鳖，细视项有短发甚密，脑后又有一目，胸腹五色，皆绀碧可爱。众渔环视，莫能知其名。询诸渔人，亦无识者。众谓杀之不祥，渔人以复荷而归，求人辨之。置于庭下，以败席覆之。

夜切切有声，渔者起，寻其声而听之，其声出于败席之下，其音虽细，而分明可辨，乃鱼也。渔者蹑足附耳听之，云："因争闲事离天界，却被渔人网取归。"渔者不觉失声，则鱼不复言。渔者以为怪，欲弃之，且倡言于人。

有市将蒋庆知而求之于渔者，得之，以巨竹器荷归，复致于轩楹间，以物覆之。中夜则潜足往听之，鱼言云："不合漏泄闲言语，今又移来别一家。"至晓不复言。

明日，庆他出，妻子环而观之，鱼或言曰："渴杀我也。"观者回走，急求庆而语之，庆曰："我载之以巨盆，汲井水以沃之。"及暮，鱼又言曰："此非吾所食。"庆询渔者，鱼出于海，海水至咸，庆遣仆取海水养之。

是夜庆与妻又听之，鱼曰："放我者生，留我者死。"妻谓庆曰："亟放出，无招祸也。"庆曰："我不比人，安惧？"竟不放。

更后两日，庆乘醉执刀临鱼而祝曰："汝能言，乃鱼之灵者。汝今明言告我，我当放汝归海。汝若默默，则吾以刀屠汝矣。"鱼即言曰："我龙之幼妻也。因与龙竞闲事，我忿然离所居至近岸，不意入于渔网中。汝若杀我，无益。放我，当有厚报。"庆即以小舟载入海，深水而放之。

后半年，庆游于市，有执美珠货者，庆爱之，问其价，货者曰："五百缗。"庆以为廉，乃酬之半。货者许诺曰："我识君，君且持珠归，吾明日就君之第取其直。"乃去，后竟不来。庆归，私念：此珠可直数千金，吾既得甚廉，又不来取直，何也？异日复见货珠人，庆谓来取价，其人曰："龙之幼妻使我以珠报君不杀之恩也。"其人乃远去。

此事人多传闻者，余见庆子，得其实而书之也。

——刘斧《青琐高议·异鱼记》[①]

王尝春日游后圃，见一老卒卧日中，王蹴之曰："何慵眠如是！"卒起声喏，对曰："无事可做，只得慵眠。"王曰："汝会做甚事？"对曰："诸事薄晓，如回易之类，亦粗能之。"王曰："汝能回易，吾以万缗付汝，何如？"

① （宋）刘斧著《青琐高议》，王友怀，王晓勇注，三秦出版社2004年版，第172~173页。

对曰："不足为也。"王曰："付汝五万。"对曰："亦不足为也。"王曰："汝需几何？"对曰："不能百万，亦五十万乃可耳。"王壮之，予五十万，恣其所为。

其人乃造巨舰，极其华丽。市美女能歌舞音乐者百馀人。广收绫锦奇玩、珍羞佳果及黄白之器。募紫衣吏轩昂闲雅若书司、客将者十数辈，卒徒百人。乐饮逾月，忽飘然浮海去。逾岁而归，珠犀香药之外，且得骏马，获利几十倍。时诸将皆缺马，惟循王得此马，军容独壮。大喜，问其何以致此，曰："到海外诸国，称大宋回易使，谒戎王。馈以绫锦奇玩，为具招其贵近，珍羞毕陈，女乐迭奏，其君臣大悦，以名马易美女，且为治舟载马，以珠犀香药易绫锦等物，馈遗甚厚，是以获利如此。"

咨嗟褒赏，赐予优渥，问："能再往乎？"对曰："此戏幻也，再往则败矣。愿仍为退卒，老园中。"呜呼，观循王之兄与浮海之卒。其智愚相去奚翅三十里哉！彼卒者，颓然甘寝苔阶花影之下，而其胸中之智圆转恢奇乃如此，则等而上之，若伊、吕、管、葛者，世亦岂尽无也哉？特莫能识其人，无繇试其蕴耳。

——罗大经《鹤林玉露·老卒回易》节选①

福州南台寺塑新佛像，而毁其旧，水上林翁要者，求得观音归事之。后数月，操舟入海，舟坏而溺，急呼观音曰："我尝救汝，汝宁不救我？"语讫，身便自浮，得一板乘之。惊涛亘天，约行百余里，随流入小浦中，获遗物一笥，颇有所资而归。人以为佛助。

——洪迈《夷坚志·林翁要》②

刘斧，北宋中叶人士，其生平事迹无所考，但据传人称刘斧秀才。其所著《青琐高议》多记载宋朝时期的怪异事迹，是一种文言小说和白话小说的过渡产物，兼具两者的特性。

这里所选《青琐高议·异鱼记》是说一渔人偶然间捕捞到一条奇异的鱼，无人曾见过，后竟然听到异鱼能够说人语。渔人向他人诉说此事后，一个叫蒋庆的人将鱼要走并验证，发现的确如渔人所说，异鱼能够口吐人言。最终蒋庆得知异鱼是海洋龙王的妻子，因对异鱼有所怜悯，将其送入海中放走。半年之后，异鱼命人送来了回报。

---

① （宋）罗大经著《鹤林玉露》，商务印书馆1941年版，第89~92页。
② （宋）洪迈撰《夷坚志 第1册》，中华书局2006年版，第475页。

整个故事极为完善，其中所言的异鱼（龙妻）的性格和生活也描绘得非常详尽：因和家人吵架负气离家而被抓；因口渴而开口求人，又宁可渴死也不喝井水；在刀俎威胁之下依旧霸气放言；在获得救助之后并未忘记报恩。综合而言，这个异鱼其实就是人类的投影，富贵骄横却又知恩图报，人性十足。

罗大经（1196—约1252），字景纶，号儒林，南宋进士，入仕途后受朝廷矛盾牵连而被弹劾罢官，之后闭门读书，作《鹤林玉露》一书。该小说多反映宋元朝廷阴暗和民间疾苦，对史料有极大的完善和补充作用。

《鹤林玉露》是罗大经创作的文言轶事小说，共三编十八卷。所节选的《老卒回易》记述了宋元时期海商的经历，主要讲的是一老卒将王朝物品从海上运到阿拉伯，置换了很多王朝缺失的珍贵物品，最终获利数十倍。由此可见海商利润之高。同时，作者写出了老卒不再打算出海，也隐喻了海洋贸易的危机四伏和辛苦艰险。

洪迈（1123—1202），字景庐，号容斋，南宋著名文学家，其父亲和哥哥均是南宋著名的学者和官员。其所作《夷坚志》分为四志，每志又按甲、乙、丙、丁等顺序编次，总为数百卷，现仅存200卷余。《夷坚志》由洪迈搜集众书并加工而成，是宋元时期小说的巅峰产物，其中所描绘的内容极为丰富，包括社会生活、宗教文化、伦理道德、奇闻轶事、传说怪谈、民情民俗等多个方面。

此处所选《夷坚志·林翁要》将佛教形象与本土神话传说相融合，主要描绘了观音救人于南海的故事，一方面体现了知恩图报的人性，另一方面以奇异之事阐述了佛教信仰。

其实，《夷坚志》中涉及海洋的内容极为丰富，差不多囊括了所有宋元时期小说中海洋内容题材。比如，《夷坚志》中的《海中红旗》《海盐巨鳅》等描绘了海洋中巨鱼出没的景象；《山海异竹》《猩猩八郎》《王彦太家》等涉及海洋生活和海洋贸易；《泉州杨客》描绘了海神信仰；《长乐海寇》《浮曦妃祠》等描绘了海洋中的海盗和妈祖信仰；《海中异竹》描绘了海洋宝物聚宝竹，其灵感来自民间传说中的聚宝盆，并将其加工为海岛特产，赋予了其聚宝、平定海浪等作用。

可以说，《夷坚志》称得上是继《搜神记》之后中国文学史上又一小说巅峰。

二、宋元时期笔记小说中的海洋世界

宋元时期涉及海洋内容的笔记小说比较具有代表性的有《齐东野语》《志雅堂杂钞》《癸辛杂识》《南村辍耕录》等。

吴兴莫汲子及，始受世泽为铨试魁，既而解试、省试、廷对，皆居前列，一时名声籍甚。后为学官，以语言获罪，南迁石龙。

地并海，子及素负迈往之气，暇日，具大舟，招一时宾友之豪泛海以自快。将至北洋，海之尤大处也，舟人畏不敢进。子及大怒，胁之以剑，不得已从之。及至其处，四顾无际。须臾，风起浪涌，舟掀簸如桔槔。见三鱼，皆长十余丈，浮弄日光。其一若大鲇状，其二状类尤异，众皆战栗不能出语。子及命大白连酌，赋诗数绝，略无惧意，兴尽乃返。

——周密《齐东野语·莫子及泛海》[1]

华亭县市中，有小常卖铺，适有一物，如小桶而无底，非竹非木，非金非石，既不知其名，亦不知何用。如此者凡数年，未有过而睨之者。

一日，有海舶老商见之，骇愕，且有喜色，抚弄不已。叩其所直，其人亦驵黠，意必有所用，漫索五百缗。商嘻笑，偿以三百，即取钱付。

驵因叩曰："此物我实不识，今已成交得钱，决无悔理，幸以告我。"

商曰："此至宝也，其名曰海井。寻常航海，必须载淡水自随，今但以大器满贮海水，置此井于水中。汲之皆甘泉也。平生闻其名于番贾，而未尝遇，今幸得之，吾事济矣。"

——周密《志雅堂杂钞·宝器》[2]

徐彦璋云：商人某，海舶失风，飘至山岛。匍匐登岸，深夜昏黑，偶坠入一穴。其穴险峻，不可攀缘。比明，穴中微有光，见大蛇无数，蟠结在内。始甚惧，久，稍与之狎，蛇亦无吞噬意。所苦饥渴不可当。但见蛇时时砥石壁间小石，绝不饮咽。于是商人亦漫尔取小石噙之，顿忘饥渴。

一日，闻雷声隐隐，蛇始伸展，相继腾升，才知其为神龙。遂挽蛇尾得出，附舟还家。携所噙小石数十至京城，示识者，皆鸦鹘等宝石也，乃信神龙之窟多异珍焉。自此货之，致富。彦璋亲见商人，道其始末如此。

——陶宗仪《南村辍耕录·误堕龙窟》[3]

---

[1]（宋）周密著《齐东野语》，高心露，高虎子校点，齐鲁书社 2007 年版，第 220 页。

[2]（宋）周密著《志雅堂杂钞》，中华书局 1991 年版，第 47 页。

[3]（元）陶宗仪著《南村辍耕录》，武克忠，尹贵友校点，齐鲁书社 2007 年版，第 322 页。

周密（1232—1298），字公谨，号草窗，南宋末年雅词词派领袖。《齐东野语》是周密所作笔记体史学小说，内容多为宋元之交的朝廷大事。

此处所选《齐东野语·莫子及泛海》描绘了莫子出海时海洋的环境及状貌。遇到了长数十米的巨鱼，众人皆胆寒，但莫子极为淡定，通过巨鱼、海洋环境衬托了莫子的豪放性格和大胆。该小说虽然以写实的形式描绘了海洋巨鱼，且篇幅极短，但人物刻画栩栩如生，通过简单的描绘将莫子的个性活灵活现地展现了出来。

《志雅堂杂钞·宝器》则描绘了一种能够将海水变为淡水，被称为海井的宝物。这种海洋宝物体现了作者对海洋之大以及奇珍异宝无所不包的想象。之所以想象出此宝物，是因为航海之人在海洋之上对淡水有强烈的渴望。这种宝物还被周密用于自己创作的《癸辛杂识·海井》中。

陶宗仪（1329—约1412），元朝末年文学家和史学家。其所作《南村辍耕录》是有关元朝史事的笔记小说，共有30卷585条，20余万字。其中，《南村辍耕录·误堕龙窟》所描绘的就是海商入海遭遇风浪，误入海岛深穴之中，发现了大蛇和能够避免饥渴的宝石，于是冷静下来自救，后发现大蛇就是神龙，在神龙腾升之时勇敢抓住机会逃出生天，并获得了宝石，最终致富。

小说虽然描述极为简洁，但是将海商的勇敢、机智描绘得淋漓尽致，同时辅以大蛇与神龙的形象，展现了宋元时期人们对海洋神龙的信仰。

综合来看宋元时期的海洋小说，可以发现其中涉及的海洋神仙等均具有很强的世俗化特点：知恩图报，有人情世故，虽拥有神异之能却依旧不免世俗。这一点和隋唐时期的海洋神仙形象差距极大，意味着海洋小说正在向融合化、成熟化蜕变。

正是因为拥有了更为世俗化的人物，所以宋元时期海洋小说的情节和人物塑造才更加真实而生动，也更加贴近民众的普通生活。这种特征对后世海洋小说的创作有极为深远的影响。后世很多小说之中有关海洋的内容、题材均有宋元时期海洋小说的影子。

第四节　不畏前路的元代海洋戏剧

宋元时期分为宋朝和元朝两个大阶段。从文学艺术角度来看，宋朝成就最高的文学艺术是宋词，元朝成就最高的文学艺术则是戏剧艺术。

一、元杂剧的兴起和发展

可以说，元杂剧的兴起和元朝的社会发展息息相关。元朝是中国历史上国土疆域最为广阔的朝代，其经济极为繁荣，因此底层市民阶层对文化娱乐生活的需求也有了相应的提高。这种底层需求推动了具有极强通俗韵味且为大家喜闻乐见的元杂剧艺术的发展，使民众可以通过元杂剧进行各种情感的宣泄。

另外，因为元朝为少数民族统治，所以汉人的地位明显降低，尤其是汉族士人的地位出现了大幅下降。在此阶段，大量士人失去了进入仕途的机会和渠道，这就令很多中下层文人为了谋生，只得投身于民间的文化事业，一方面满足自身的生存需要，另一方面可以在一定层面上实现立言以不朽的价值理想。在这种情况下，元杂剧自然吸引了很多士人参与创作，从而推动了杂剧艺术的发展。

最后，元朝时期，程朱理学（宋朝理学的主要派别，对后世影响极大）的影响力被大幅削弱，因此元朝民间冲破封建礼教束缚的行为和思想也较为常见。作为社会生活投影和演绎的元杂剧自然就成了体现这种反抗精神的最佳表现形式，这也在很大程度上推动了元杂剧的发展和兴盛。

二、勇于突破的元朝海洋戏剧

在元朝所流传下来的诸多元杂剧中，涉及海洋内容的杂剧很多，其中有很多脍炙人口的杂剧充斥着元朝士人和民间反抗封建礼教的内容，体现了当时人们的求变精神和突破精神。最具代表性的就是元杂剧《张生煮海》和《争玉板八仙过海》。

（一）《张生煮海》中的海洋世界

《张生煮海》最早见诸元朝陶宗仪所创作的《南村辍耕录》的剧本名目中，属于金院本形式，但文本散佚无从考。从中可以看出此故事的源头就是宋元时期。

现今留存的较为完整的内容是由元朝戏曲作家李好古（生卒年均不详）所作《沙门岛张生煮海》。此杂剧类似如今的舞台剧本，内容更是糅合了民间传说的题材，并增加了创新的内容。此处节选其第一折（类似第一幕）的开篇背景和开幕部分内容。

【外扮东华仙上，诗云】海东一片晕红霞，三岛齐开烂漫花。秀出紫芝延寿算，逍遥自在乐仙家。贫道乃东华上仙是也。自从无始以来，一心好道，修炼三田，种出黄芽至宝，七返九还，以成大罗神仙，掌判东华妙严之天。为因瑶池会上，金童玉女有思凡之心，罚往下方投胎脱化。金童者，在下方潮州张家，托生男子身，深通儒教，作一秀士。玉女于东海龙神处，生为女子。待他两个偿了宿债，贫道然后点化他，还归正道。

【诗云】金童玉女意投机，才子佳人世罕稀。直待相逢酬宿债，还归正道赴瑶池。【下】

【正末扮长老同行者上，诗云】释门大道要参修，开阐宗源老比丘。门外不知东海近，只言仙境本清幽。贫僧乃石佛寺法云长老是也。此寺古刹，近于东海岸边，常有龙王水卒，不时来此游玩。行者，出门前觑看，若有客来时，报复我家知道。

【行者云】理会得。

【冲末扮张生引家僮上，云】小生潮州人氏，姓张名羽，表字伯腾。父母早年亡化过了。自幼颇学诗书，争奈功名未遂。今日闲游海上，忽见一座古寺，门前立着个行者。兀那行者，此寺有名么？

【行者云】焉得无名？山无名，迷杀人；寺无名，俗杀人。此乃石佛寺也。

——李好古《沙门岛张生煮海》节选①

此故事主要描绘原本是神仙的金童玉女因动凡心被罚下界了却孽缘的故事。金童投身于张家化为张生，玉女投身龙宫化为东海龙王三女儿琼莲，后两人偶遇而私订终身，并约再次相会，但被龙王阻拦，未能如愿。张生为娶妻琼莲，得仙姑点化，以煮海法术化解了龙王的阻挠。最终两人成婚而同升化仙。

---

① 霍松林，齐森华，赵山林主编《元曲精华》，巴蜀书社1998年版，第554~556页。

这一杂剧不但情节连贯、复杂，而且背景完善，反映了当时社会男女对封建礼教思想的反抗和突破，即追求自由和理想的婚姻，以及在追求过程中坚贞不屈的意志。

该剧目中所展示的龙王形象其实是佛教龙王和本土神话传说的融合。以普通凡人的身份向传说中的海神进行挑战（虽然龙王的地位在剧中并不太高），无疑是一种大无畏的叛逆和反抗。最终张生以煮海法术逼迫龙王妥协，则体现了挑战强权、克服困难的勇气。虽然该剧目在整个元朝杂剧中并不优秀，但其反映的精神一直为人津津乐道。

（二）《争玉板八仙过海》中的海洋世界

八仙据说是人们对秦汉时期传说中的"八公"进行艺术加工之后而塑造的神仙形象。"八公"分别是淮南王刘安门下的八个文士，因淮南王刘安死后被传说飞升成仙，在这样的背景之下，八个文士也被传说为八个神仙。

到了魏晋时期，谯秀在《蜀纪》中将李耳、容成公、董仲舒等八人称为"蜀中八仙"，隋唐时期杜甫曾作诗《饮中八仙歌》，将李白等八人称为"酒仙"。这些"八仙"虽有八仙之名，但并非山东半岛所盛传的八仙，也并非后世家喻户晓的"八仙过海"中的八仙。

进入宋元时期，尤其是元朝时期，全真教极为兴盛，在其影响之下，八仙的传说家喻户晓，因此元杂剧出现了很多以八仙故事为题材的剧目。但纵观元杂剧中有关八仙的剧目，依旧是以八仙传说中的汉钟离、吕洞宾、张果老和韩湘子四仙为主角。

真正将八仙的传说综合进行记述并完善的是经过艺术加工之后的元杂剧《争玉板八仙过海》。整个故事说的是来自不同时代的八位仙人在蓬莱阁饮酒作乐，极为惬意，当他们打算去海中蓬莱仙岛赏花游玩时，开始各显神通漂洋过海，有人利用自己的法器，有人在空中飞舞，通过不同的方法和方式最终到达了目的地，也给后世留下了八仙过海各显神通的典故。

八仙以法力渡海这一举动惊动了东海龙宫，致使龙宫摇晃不已，于是东海龙王率兵前来理论，过程中蓝采和的法器被抢，八仙开始与四海龙王斗法，最终在南海观音的调停下，双方才停战和谈。

元杂剧《争玉板八仙过海》中的八仙形象是第一次被固定化和具体化，虽然其故事的现实意义并不深刻，但剧情更加丰富和曲折，体现了人们对强权的反抗，而且因为故事极为通俗，所以成了后世流传极广的海洋传说。

宋元时期，在航海技术的提升、海洋意识的觉醒、海战和海盗的出现等基础上，在文化、经济的推动下，海洋文学发展得极为繁荣，可以说是中国古代海洋文化发展的一个巅峰时期。随着宋朝的灭亡，中国自信和开放的海洋精神被逐步弱化，中国海洋文学也开始由盛转衰。可以说，自宋元时期之后，古代海洋文学就步入了衰退阶段。

第六章　归途·明朝时期的海洋文学曙光

元末，红巾军起义爆发，朱元璋加入郭子兴的队伍参与起义。1364 年，朱元璋称王，建立西吴。1368 年，朱元璋称帝，定国号为明，并定都应天府（南京）。1420 年，朱棣迁都至顺天府（北京），以应天府为陪都。

明朝是中国历史上最后一个由汉族建立的中原王朝，也是继两汉及盛唐之后另一个黄金时期。明朝前期经历了洪武之治、永乐盛世、仁宣之治等，国力极为强盛。至明朝中期，因土木之变（1449 年，瓦剌太师入侵边境，明皇室组 20 万精兵对抗，战败），明朝开始由盛转衰。

明朝国力衰弱后，又经历了弘治中兴、嘉靖中兴和万历中兴，国势有所回升，但进入明朝晚期，内乱和天灾导致国力快速衰退，从而爆发了民变。1644 年，李自成攻入北京，清军趁乱入关，同时明朝宗室在江南建立南明。1662 年，永历帝被杀，南明最终灭亡。1683 年，清军攻占台湾，最后的明朝势力被灭。从上述时间线可以看出，自 1644 年明皇室被攻占，明朝就已经名存实亡，可以说明朝跨越的时间为 1368 年到 1644 年，享国 276 年。

第一节　衰退与悲壮的瑰丽海洋诗歌

明朝时期，海洋文学的发展在经历宋元巅峰后急速转衰，这其实和明朝社会的政治手段、治国方针、经济发展重心等息息相关。虽然整个明朝时期的文学创作以小说著称，但在明初乃至整个明朝时期，自唐宋延续而下的诗和赋才是真正的文坛主流，即使诗和赋的创作数量远远低于隋唐时期和宋元时期，但其中高成就者并不少。

一、明朝海洋文学衰退情况分析

明朝海洋文学的衰退和明朝的海洋政策、海洋贸易情况关系密切。究其原因，主要有两方面：一是明朝自开国以来就实行海禁政策；二是明朝的朝贡贸易与郑和下西洋。

（一）海禁政策下急速衰退的海洋贸易

无论隋唐时期还是宋元时期，统治者都非常重视对海洋的开发，也极为重视海洋贸易。但明朝完全不同，朱元璋在建国之始就宣布实行海禁，即严禁沿海的居民私自进行贸易，甚至以强政将大批沿海居民迁徙到了内陆。

在这种海禁政策下，有些沿海地区会严禁沿海居民下海捕鱼，甚至在法律层面对其进行了明言，规定举报私自下海捕鱼的人可以获得被举报者整个家资的一半，隐匿不报、知情不报则会受到严厉的惩罚。

朱元璋执行这样的海禁措施有两方面原因：一是其以农立国的思想极为深刻；二是海洋威胁给了明朝廷极大的压力。

从以农立国的思想来分析，朱元璋认为有两点值得采取海禁措施：①海洋贸易的开放会令海商大幅增加，而海商通常举家舟居，踪迹根本无法固定，对其的管理极为困难；②海商虽然涉海较为危险，但涉海利润极高，很容易暴富，这种明面上的暴富会给安心耕田者很大的诱惑和刺激，对农业生产的影响较大。

从海洋威胁的情况来分析，明朝初期有很大一部分反明势力逃亡海外，在这种对明朝势力稳固造成威胁的现状下，朱元璋颁布海禁有着运用海洋的力量将反明势力灭杀的意图。

从这两个角度来看，朱元璋所颁布的海禁并非错误措施，真正令其成为不合理的国策的根源则是朱元璋后世的统治者。原本海禁措施应该属于一种短期政策，能够为明朝初期政局的稳定打下基础，但随着海禁措施作为长期政策开始执行，其就成了广为诟病的错误政策。

海禁措施的长久执行无疑断了沿海居民致富乃至谋生的道路，而且明朝之前，海洋贸易已经形成一定规模，海外对中国商品的需求量极大，但海禁措施的实施直接掐断了供货源头，导致海洋走私成了暴利产业。

一些海商瞄上了走私的暴利，于是开始铤而走险，悄悄发展。为了躲避朝廷的缉拿和海盗的劫掠，也为了获取高额利润，很多海商开始组建属于自己的海上武装势力，而这些势力逐步壮大，慢慢也成了朝廷的威胁。

明朝时期的海患极为严重，其实很大的原因是海禁政策的长久执行使海商不得不铤而走险。这种海商无法正面生存的情况，不仅对海商的心理产生了影响，还对文人创作海洋文学产生了巨大影响。

（二）朝贡贸易与郑和下西洋

朝贡贸易是海禁政策之外一项重要的对外关系措施。明朝虽然严禁私人海洋贸易，但是允许通过朝廷与海外使者交换物品来进行海洋贸易。具体做法：先由海外使者携带本国物产前来朝贡，之后由明王朝以赏赐的形式收购这些贡物，最终完成朝贡贸易。

其实，朝贡贸易就是一种官方的海洋贸易形式，其并非以获取利润为目标，而主要是为了彰显国力、昭示恩威，具体做法是用高昂的价格收取海外各国的物产，使海外国家获得很高收益，因此朝贡贸易越来越兴盛。直到朝贡贸易对民众的人身和财产安全、沿海治安造成了恶性影响后，朝贡贸易才逐渐走向衰落。

除朝贡贸易之外，朱棣上位之后，为了积极发展与海外诸国的关系，还多次派郑和下西洋，以加强国家间的政治合作和文化交流。这种官方形式的沟通方式和朝贡贸易的发展联系紧密，但并未令政府放开海洋贸易，甚至为了打造更稳定的交流渠道和朝贡贸易渠道，还曾经历过一个海船改平头船的阶段。

郑和下西洋虽然是明朝时期的壮举，也加强了明王朝和海外诸国的政治合作和文化交流，但这种行为对民间的海洋贸易打击更重。

这一系列的海禁、朝贡、下西洋等活动和政策不仅对明朝民间海商打击巨大，还使中国社会更加封闭，逐渐失去了海上强国的地位。另外，朝贡贸易为海外诸国提供了极大的利益空间，导致欧洲资本主义开始大肆发展，并充当了中国和日本的贸易中介，以此来牟取暴利。欧洲海商乘虚而入，大肆掠夺中国的资本，从而给中国造成了巨大损失。这些政策和贸易活动同样对海洋文学产生了巨大影响，并在一些海洋文学作品中有所体现。

二、悲壮与瑰丽并存的明朝海洋诗歌

（一）奇幻海景诗歌中的海洋世界

明朝时期虽实行海禁，但依旧有很多文人以观海和望海来借景抒情。不过因为海禁措施，仅明朝初期的海景诗歌内容较为充实，风格较为刚健，明朝中后期的海景诗歌则相对空洞。明初较具代表性的描绘奇幻海景类的诗歌主要包括以下几种题材：一是描绘海洋壮阔景色的诗歌；二是观潮观海类诗歌；三是观海市的诗歌。

> 百川浩皆东，元气流不息。
> 混茫自太古，于此见容德。
> 积阴涨玄涛，万里失空色。
> 鸿鹄去不穷，鱼龙变莫测。
> 朝登兹楼望，动荡豁胸臆。
> 始知沧溟大，外络九州域。
> 日出水底宫，烟生岛中国。
> 宽疑浸天烂，怒欲吹地臭。
> 常时烈风兴，海若不受职。
> 长堤此宵溃，频劳负薪塞。
> 况今艰危际，民苦在垫溺。
> 有地不可居，溃洞风尘黑。
> 安得击水游，图南附鹏翼。

——高启《登海昌城楼望海》①

> 海天漠漠际无穷，巨舰樯高挟两龙。
> 帆饱已知风力劲，舵宽方觉水情雄。
> 鳌鱼背上翻飞浪，蛟蜃鬐头触见虹。
> 何日定将归泊处，也应系缆水晶宫。

——朱元璋《沧浪翁泛海》②

> 蓬莱阁对蓬莱山，遥望蓬莱山之间。
> 水面作楼忽作树，城头为台复为关。
> 烟波渺渺换今古，人物悠悠似往还。

① 王国平总主编，郑翰献主编《钱塘江文献集成 第28册》，杭州出版社2016年版，第305页。
② 《中国皇帝全书》编委会主编《中国皇帝全书 第6卷》，大众文艺出版社2010年版，第3270页。

欲从海上觅仙迹，令人可望不可攀。

——王钝《蓬莱阁观海市》[1]

高启（1336—1374），字季迪，号槎轩，元末明初著名诗人，元末曾隐居，明初受诏修《元史》。其才华高逸，学问渊博，擅长作诗，为明初诗文三大家之一。

《登海昌城楼望海》先从宏大方面描绘了海洋的壮阔景象，百川汇集、太古流传、波涛汹涌、鱼龙变幻，不但辽阔，而且多变，物产也极为丰富。之后则是描绘登上海昌楼之后看到的海洋景象和感悟，在高楼望海才感受到海洋之无边无际且无所不包，但同样壮阔多变的海洋也不断带给人们水患灾害，所以本诗其实反映了社会动荡之相，表达了作者对未来的忧虑、对民生疾苦的关怀。

朱元璋（1328—1398），字国瑞，原名朱重八，明朝开国皇帝，史称明太祖。其虽然实行了海禁措施，但是留下了极为优秀的海洋诗篇，《沧浪翁泛海》就是其中一首气势极为磅礴的诗歌。

《沧浪翁泛海》虽然语言质朴，但气势极为壮阔雄浑，主要描绘了登船远航时所观赏到的海洋景象和航海风景，抒发了情系故土的感慨。

王钝（1334—1404 年），字士鲁，明朝初期大臣。其所作《蓬莱阁观海市》描绘的就是在蓬莱观看海市蜃楼的景象，写出了观海市的场景和海市景象，虚无缥缈的景象如同仙境，给人以可望而不可即的深切感受。

明朝时期描绘海市的诗歌多数作于蓬莱附近，通常是作者通过不同角度描绘海市的奇异景象，其虚无缥缈之状令人仿佛在观看古人的生活景象，因此追忆多多。

（二）抒情诗歌中的海洋世界

明朝时期的海洋诗歌中不乏一些借海抒情怀古的作品。这些抒情海洋诗歌和前朝通过描绘海洋景象抒情的内容有所不同，多数是以海洋传说来表达感触，而不注重描绘海洋的真实景物。

闻说秦皇海上游，至今绝岛有名留。

---

[1] 蔡启伦，于国俊，孙克传，吕平安，张法银选注《蓬莱阁诗文选注》，山东人民出版社 1983 年版，第 30 页。

不知辽海城边路，多少秦人骨未收。

——陈绾《题秦皇岛》①

蓬莱阁下晚凉开，倦客乘凉坐未回。
不住鸟声冲雨过，有时龙起带潮来。
愁云尚识田横岛，仙月还虚汉武台。
回首夕阳瀛海上，一尊怀古独徘徊。

——赵鹤《蓬莱阁观海》②

陈绾，字用章，生卒年不详，明朝著名诗人，因年轻时形貌昳丽、风度翩翩、博学多才而受人尊敬。在《题秦皇岛》中，作者借秦始皇求仙的传说抒发了自己的情感。其大意是传闻秦始皇曾海上求仙，如今在海外的一些孤岛上仍有其传闻，无人知道海洋到底有多广阔，也不知道秦始皇为了求仙在海洋之中留下了多少秦人的尸骨。

赵鹤，字叔鸣，号具区，明朝著名学者，其晚年注诸经而纠正其中的谬误，一生中著述和辑录极多。《蓬莱阁观海》描绘的是作者在登州蓬莱阁观海时看到的场景，大意是蓬莱阁凉风习习，疲倦的外客在阁上乘凉，风声、鸟声、雨声连绵不断，有时又潮涌潮落。看此海景，不禁想到田横在孤岛对峙、汉武帝的求仙不得，如今独自一人观海，只感到物是人非、沧海桑田。

在这些咏海抒怀的诗作中，作者并未对海洋景象进行详尽的描绘，而是通过历朝历代有关海洋的典故和传说来抒发自身观海时的感慨。

（三）抵御海患的悲壮海洋诗歌中的海洋世界

明朝时期的海禁政策和朝贡政策令东南沿海地区倭寇极为盛行，其中海盗居多，对沿海社会的民生安定造成极大影响。为了平定海患、抵御倭寇，明朝主要的海洋活动就是巩固海防。当时出现很多抗倭名将，他们所作海洋诗歌极为悲壮，是明朝时期比较独特的一类海洋诗歌。

倚剑东冥势独雄，扶桑今在指挥中。
岛头云雾须臾尽，天外旌旗上下翀。
队火光摇河汉影，歌声气压虬龙宫。

---

① 王庆普主编《秦皇岛港口史话》，河北人民出版社1998年版，第21页。
② 李越选编《中国古代海洋诗歌选》，海洋出版社2006年版，第197页。

夕阳景里归篷近，背水阵奇战士功。

——俞大猷《舟师》①

小筑暂高枕，忧时旧有盟。

呼樽来揖客，挥麈坐谈兵。

云护牙签满，星含宝剑横。

封侯非我意，但愿海波平！

——戚继光《韬钤深处》②

十年海浪喷长鲸，万里潮声杂鼓声。

圣主枌榆思猛士，元戎诓意属儒生。

身经百战心犹壮，田获三狐志幸成。

报国好图安治策，舟山今作受降城。

——胡宗宪《题受降亭》③

俞大猷（1503—1579），字志辅，号虚江，明朝著名军事家、武术家、诗人，明朝抗倭名将，与戚继光并称"俞龙戚虎"，其一生几乎都在和倭寇作战，所作《舟师》就是描绘抗倭战斗的诗篇。

《舟师》大意是带领的水军将领倚剑出海，在海上叱咤风云、运筹帷幄、奋不顾身、英勇杀敌，将倭寇灭尽后凯旋。诗篇之中的自豪之情和喜悦之感溢于言表。

戚继光（1528—1588），字元敬，号南塘，晚号孟诸，明朝杰出军事家、书法家和诗人，是抗倭名将，更是民族英雄。其在东南沿海抗倭寇达十余年，确保了沿海民众的安全，又曾在北方抗击蒙古部族十余年，保卫了北部民众的安全，可以说是一位纵横海陆的军事大家。

其所作很多诗篇均涉及海洋，也均抒发了对海疆安宁的渴望。这里所选《韬钤深处》的大意是本可以独享安乐、高枕无忧，但海疆之外总有人侵扰，于是每日和志同道合的朋友谈兵论战、习武读书，以寻找抗击倭寇的良计，这样努力并非为了将来立功封爵，而是希望沿海民众能够真正过上安乐的日子。"封侯非我意，但愿海波平"这句表达崇高理想的诗句更是得以流芳百

---

① 李汉秋主编《中国历代名诗名词鉴赏辞典　诗卷》，延边人民出版社2001年版，第755页。

② 徐寒主编《历代古诗鉴赏　下　全新校勘珍藏版》，中国书店2011年版，第995~996页。

③ 舟山市政协文史资料委员会编《舟山诗粹》，国际文化出版公司出版社1997年版，第43页。

世，其中爱国之心、拳拳报国之情跃然纸上，情真意切。

胡宗宪（1512—1565），字汝贞，号梅林，明朝抗倭名将和诗人，中国第一位海疆意识极为明确的大将，曾灭杀多位对国家沿海地区危害极大的海寇和海盗。

《题受降亭》的大意是在海洋拼打十余年，听了十余年万里海洋的涛声和战斗声音，自己带领着无数身经百战的猛士不断抗击倭寇，终于将倭寇王抓捕劝降。抗击倭寇是保家卫国的良策，今日在舟山建亭以纪念倭寇王受降。此诗概述了作者抗击倭寇的十余年战争，并对剿灭倭寇、对抗海患抒发了自身的感慨。

明朝时期的海洋诗歌除以上所说部分外，还有一部分是在清军入关之后描绘抗清情况的诗篇。虽然整体而言，明朝时期的海洋诗歌数量无法与隋唐时期和宋元时期的相比，但其内容更加充实和现实，其抒发和承载的深切感情也令此阶段的海洋诗歌取得了较高的文学成就，尤其是洋溢着保家卫国深情和豪迈不屈精神的爱国诗篇在海洋诗歌的发展史上留下了光辉的一页。

第二节　跨越虚浮话征途的明代海赋

赋作为秦汉时期发展到巅峰的文学形式，之后一直在走下坡路，尤其是隋唐和宋元时期，唐诗宋词的兴盛更是令赋这一文学形式的发展举步维艰。赋之所以无法长久发展，在很大程度上是因为其铺陈写法和生僻字运用（华丽辞藻堆砌）的写作手法，逐渐偏离了民众范畴，成了文人之间用以赏玩的文体。

明朝时期的文人对赋体的局限性和特点认识很清晰，于是他们对赋进行了一定的改造和升级，从而令赋焕发了新的生机。明朝时期的海赋在传统海赋题材的基础之上，增加了滨海生活、对抗海患、海洋贸易等新题材。从写作手法看，明代海赋主要有两类：一类是直接以铺陈手法描绘海洋景象的海赋；另一类是运用征实手法描绘海洋生活和生产情况的海赋。

一、铺陈手法下海赋中的海洋世界

以铺陈手法描绘寻常海洋景象根本无法超越前人的成就，而随着海洋状貌和海洋生活的形式多样化，明朝时期有了描绘海洋风光的海赋，其中较具代表性的有杨觐光的《海日赋》和黄卿的《海市赋》。

擅六一之奇观，惟东海而已矣！抛危屿其如拳，错惊涛而似织。三山迷岸，扁舟万里，一线横波，游龙千尺。志在浴天，喜洪津之上达；量能容物，任轻鸥而载息。外疑无地兮，沙砾迎潮；中若有天兮，鲸鳄类虬。维此瑰丽，犹滞寻常。虽鼉市之九衢，未堪撰异；况蜃楼之千堞，奚足称祥。独天枢出地，羲仲飞芒，人逐繁华之梦，海生寂寞之光。阴阳欲判兮天水两合，物理相催兮鸡声三唱。

…………

中流浩浩，内景盘盘。冲破琉璃，似瑞煌之笼红玉；摩开琥珀，若芳草之转金丸。万缕光驰，走赤蛇而摩毂；十洲焰吐，鞭火龙而驾辕。海若留宾，浮光上下，波臣送客，金影盘旋。初凌波而电掣，忽帖天而镜圆。信始旭之杲杲，若经浴而鲜鲜。雪浪别兮，叹绮罗之罢凤舞；青云接兮，欣鸳鹭之绕龙颜。自西徂东，轮转安在，入天出地，梯度维何。精甫炳焕，意尚婆娑。纷上征而荡漾，更返顾而错愕。徐转长空之磐，还惊前路之波。

——杨觐光《海日赋》节选①

陟蓬莱之峻阁兮，出海隈之崇冈。盱雯霏之乍敛兮，泛霁日之浮光。渺万顷之激滟兮，胸襟豁以徜徉。人走报以市起兮，仆御奔而跟跄。两竹山之梦梦兮，牵牛岛失其青苍。肇蓊郁于寻尺兮，旋腾蓊以悠扬。少徒倚于岩阿兮，已宛在水之中央。卧青霓之空明兮，如潼潼于沸汤。簇碧霞于一区兮，浮晻霭而回翔。譬画苑之会众艺兮，悬绘品之千章。

——黄卿《海市赋》节选②

杨觐光（1585—1635），字星仲，号拱宸。其作品《海日赋》的描绘对象是海上日出，先描绘的是海洋之上的壮丽景象，之后突出了海上日出的壮观，令人感受到了无限希望。

黄卿，生卒年不详，字时庸，号海亭，明朝正德年间进士。其所作《海市赋》描绘了海市蜃楼的景象，似真似幻，宛若仙境，于海洋中心出现，宛若画卷。

明朝时期的海赋中所描绘的海洋景象不但题材更为丰富，而且意象更为

---

① 王赛时著《山东海疆文化研究》，齐鲁书社 2006 年版，第 419~420 页。
② 王赛时著《山东海疆文化研究》，齐鲁书社 2006 年版，第 420~421 页。

鲜明，衬托性的内容和传说融合得更加紧密而自然，明显与汉赋的华丽辞藻堆砌有所不同，意境更加清晰，也更显其海赋的发展和成熟。

二、征实手法下海赋中的海洋世界

征实手法是明朝时期多数海赋常运用的一种写作手法。针对其关注内容的不同，明朝时期的海赋可分为从海洋物产和海洋贸易着手的作品、从海洋防御和海外交流着手的作品等。

（一）海赋中的海洋物产和贸易

明朝时期描绘海洋物产和贸易最具代表性的作品就是王悦的《威海赋》。王悦（1456—1510），字恭轩，威海人，因极为热爱乡土，所以不断收集佚文传说等，并以威海的山海奇貌为对象，仿《京都赋》创作了《威海赋》。

《威海赋》虽然运用的是传统汉赋的问答形式，但其内容更加翔实而丰富，全文达 4 000 字有余，涉及的海洋内容非常丰富，包括海洋物产、滨海产业、海疆防御、海运贸易、海岛景色等，每一项均运用了征实手法进行详细描绘。

主人俯听，不胜其悼，乃愀然变色，而顾客曰："吾闻之君子一言以为智，一言以为不智，言不可不慎也。是何子发言之易也？夫威海为卫，部掌戎兵，防奸御侮，保障居氓，实东藩之屏蔽，为朝廷之所重而匪轻也。顾其地，抵京师，仅千余里，密迩登莱，称为腹里，岂若外国异邦。梯山航海，况其山海之雄，风物之美，有不可殚述而揣拟。今子徒以目前所见，遽以荒远为耻，是正坐井而观天，搦管以窥豹，其所见者小耳；诚犹蚁缘丘垤，而不知泰山之为高；蛙藏坎穴，而不知江河之为大，乃真所谓以蠡而测海者乎！故吾多见其非此地之鄙，而实子所见者自鄙焉。"

…………

且夫海不徒巨而已也，其下则有宝货之窟，珠宫贝阙，蛟龙所都，螭鼍所宅，鲸鲲所游，鳌鳅所穴，怒则舟吞，戏则浪拍，以至殊鳞异族，则又浮沉而自适也。当春夏之交，波静风休，居民渔户，棹楫乘舟，撒网索於水底，兢泛海以沉浮，橹声呕哑，渔众歌讴，鳞跳鱼跃，戏浪优游，时呼邪而齐力，掣巨罟於沙洲。但见暴腮折鬐，其积如邱，长大琐细，不可名求。姑粗言其梗概，斯百数而一收。其鳞介也，则有嘉鱼、海、鲻鲞、鲭鲛、鲫、鲍、鳖、鲨、鲳、鳝、鲻、鳜、鲟鳇、燕儿、青菜、黑婆、红娘。他如虾、

蟹、蛤蜊之种类，错杂而难详。又有海驴、海豹、海狗、海羊，深居岛屿，
出没沧浪，渔人捕获，以剥以戕，取皮弃肉，毛泽以光，或为鞍鞯，或为囊
箱，雨不能润，器用最良。其海蔬也，则有龙须、鹿角、牛尾、谷穗、海枣、
沙芹、青虫、紫苣，居人采掇以为食计。盐之所产，於海之洼，潮波既退，
男女如麻，区分畦列，刮土爬沙，漉水煎卤，灶参差，凝霜叠雪，积屯盈家，
饮食贸易，资用无涯。呜呼，噫嘻！此特山海之常，民固利于无穷也。

…………

论其集市，则在阛阓，外客他商，宝货珍贝，服食之需，水陆之类，或
驴马之驮载，或老壮之负背，如蚁之归垤，如川之东沛，百辙千涂，于焉是
会。故吾卫之人，无小无大，皆能谋利。是以一日之间，一霎之内，虽货积
丘山，皆旋来旋去，而举不知其所在。又有海运之船，巨舸大舶，吴越制
造，江湖发迹，转水道以浮泗，竟扬波而北逝，樯橹如林，联绵络绎，便道
刘公，落篷住楫。凡百珍奇，载衰载集。故吾卫之人，不求不劳，而坐收坐
获，其视彼疲身穷力，走千里而负荷者，奚啻倍蓰而什伯也。

——王悦《威海赋》节选①

以上所节选的内容中，第一部分描述了威海所处地理位置的重要性和特
殊性。威海不仅是国之卫地，而且物产丰富，长期居于此能令人心胸开阔，
观海而得广阔心境；第二部分描绘了威海所在海洋物产之丰盛，其中鱼类、
海蔬菜、海兽、海产、海盐等层出不穷，并罗列了数十种。第三部分则描绘
了威海贸易集市的繁华热闹，各地商旅络绎不绝，所展示的商品更是奇货可
居，同时海港之中舰船无数，大大小小的船只多如牛毛，甚至用各种方式来
集市售卖商品，繁华之中更显其多样化特征。

除所选的部分内容之外，王悦的《威海赋》中描绘的海洋状貌同样极为
真实详尽。从整个赋作来看，其内容所展现的征实手法极为明显。其中，各
种阐述性渲染内容做了极具气势的铺陈，也展示了写实的风格，还不会如汉
赋一般过于堆砌。

（二）海赋中的海防和海外交流

明朝时期，海防是极为重要的一项海洋事务，且海外交流与以前有很大

---

① （清）乾隆《威海卫志》卷九《艺文志·威海赋》，台北成文出版社 1976 年版，第
342—349 页。

不同，这种海洋生活的特殊性也表现在了明朝时期的海赋之中。其中，描绘海防的代表性作品是屠隆的《溟海波恬赋》，描绘明朝海外交流的代表性作品是谢杰的《海月赋》。

西岳山人游于东海，遭东海生于海滨，西岳山人揖东海生而曰：仆西岳山人也，世居西岳华山中，今者汗漫游于东海，奚若。东海生曰：夫东海，天下巨丽之观也。今者子从华山西来，大海之胜，吾且与子共览焉。又焉事仆空侈谈其盛哉，乃相与登海门，纵目观之伟哉。大浸恢诡，特异气蒸宇宙，流湿云翳，籁弄寥廓，万形失丽，合浑沌并元气，荡八荒吞四裔，溁瀁浩淼，超忽不知其穷际。尔乃跼蹐旁皇于其上，海风蓬蓬而萧飕，高天下，垂大地，欲浮长波卷雪，跳沫崩丘，肆遐瞩于空旷，颠倒恍忽窅然，丧其赤县神州雄怪，骇尔心目神光散而不收。

……………

当其时，岛夷跳梁，弄兵海上，鲸鲵吹腥，蛟鳄鼓浪，洪波鼎沸，飘忽震荡，掠我编户。虔刘元元壮者俘馘，老弱见残，积骸如丘，流血成川，羽书交驰，侦骑络绎，将士枕戈，天子旰食。固尝徽发荆楚之剑士，召募三河之巨猾，广收秦陇之勇悍，结纳燕赵之豪杰，莫不临陈怖栗，不战自摧。虏人屠之如芟草，菜贼用猖獗疾于风雷。浙河以东、江淮以南，贼众横行，蹂为戎马之墟。城邑萧条，人民逃遁，天子震怒，大吏伏诛，秉钺相继，董而剪锄。今者刘公之来，军声大扬，不怒而威，不战而疆，穷寇褫魄，远窜遐荒。

——屠隆《溟海波恬赋》节选①

縶波臣之来服，矢宝目于明庭。敦籲梏之遗则，激皇王之濯灵。帝嘉声教之被，讫鉴孤逷之款。诚爰命二臣以于迈，泛舻艎而东征。

余乃弃挈息辞，弟兄耦星使趁王程出晋安、道新宁、驾飞廉、冯大庭、望洲岛、涉神瀛，翩然霞举，泠如风行。比中流以遥瞩，值华月之方升。瞻彼月兮太阴之精，潮应而落，潮应而兴，潮侵而阙，潮盛而盈。既与潮而为伍，自与海而相仍。

此善下而大，彼虚受而凝；此浮天而为岸，彼借日而生明；此纳百谷而称王，彼从众星而名卿。沧桑以为昼夜，晦朔以为死生。

……………

方夫崦嵫既没，扶桑未启，光风乍融，太宇转霁，下无惊涛，上无微

———————————

① （明）屠隆著《屠隆集 第1册》，汪超宏主编，浙江古籍出版社2012年版，第1~5页。

臀。望舒狩而升舆，羿妻奔而骋辔，纤阿骖乘，结璘翼卫。重轮税于归墟，合璧腾于蒙汜，黄道经于碧津，赤路交乎黑齿，沧屿养魄，沃焦抱珥，员峤奉规，尾闾循纬。碣石薄而凫飞，之罘荡而兔逝，天墟浃而黄长，析木浮而桂坠。玉琫石华潜盗其灵，海镜方诸亦禀其气，非胐非朒，非匿非朏，时五而三，时八而二。增润重溟，流辉万里，洗光金银之宫，湛碧珊瑚之址。

…………

谏议曰：美哉色也，洋洋奕奕，宜谐宫商，服之无斁，视彼乘兴，南楼赋诗，赤壁牛渚，泛舟晋阳，却敌洵夷，险之殊致。又遐迩之迥迹奚，窨大明之与爝火，海若之于河伯。

——谢杰《海月赋》节选[1]

　　屠隆（1543—1605），字长卿，号赤水，明朝著名戏曲家和文学家，书画造诣极为深厚。此处节选的《滇海波恬赋》描绘的就是明朝时期的海防之战。其开篇以铺陈方式描绘了海洋的辽阔和浩瀚；之后通过对海洋岛屿的地理位置介绍，引出了对抗倭寇的重要性；接着作者通过控诉倭寇在沿海城市的罪行，反映了明朝时期民众对倭寇的厌恶之情；又以辽东总兵来到此处对抗倭寇的行为，歌颂和盛赞了其大破倭寇的丰功伟绩。

　　整篇海赋洋洋洒洒数千字，通过对海洋状貌的描绘衬托了重兵之地的海防效果和关键作用，又以倭寇的恶行抒发愤怒之情，用华丽辞藻体现了总兵战胜倭寇的丰功伟绩和如虹气势，尽显豪迈气节。

　　谢杰（1535—1604），字汉甫，万历年间进士，明朝著名政治家。其所作《海月赋》描绘了其出使琉球的经历，极具道家思想深度。

　　明朝时期的海赋多数采用问答的方式进行写作，其内容更加写实、详尽，语言更加平易近人，生僻字的运用也更少。铺陈的也是现实中存在的事物，因此其铺陈更加生动、详尽，不会给人以过分的空洞感。整个明朝时期的海赋虽然创作数量远少于前代，但其质量和题材方面同样有所发展，尤其是其包括海洋贸易和海战的内容，更具历史价值和参考价值。

---

① 许结主编《历代赋汇 校订本 1》，凤凰出版社 2018 年版，第 704~705 页。

第三节　市井寻根的妙趣海洋小说

如果说隋唐是诗歌的年代，宋元是词曲的年代，那么明朝就是小说的年代。明朝时期的小说主要有两类：一类是短篇小说；另一类是长篇小说。

一、明朝涉海的短篇小说

明朝时期的短篇小说中涉海较多的就是现今耳熟能详的"三言二拍"，这是明朝时期五本极为著名的短篇小说和拟话本小说集的合称。其中，"三言"是由冯梦龙创作的《喻世明言》《警世通言》《醒世恒言》，"二拍"则是由凌濛初创作的《初刻拍案惊奇》和《二刻拍案惊奇》。另外，冯梦龙还编辑了《古今谭概》《情史》等笔记小说。

虽然以上所说短篇小说含有不少涉及海洋的篇章内容，但其实很大一部分内容的实际创作时代是宋朝，冯梦龙和凌濛初只是将宋朝较为著名的涉海短篇小说进行了轻微改动和润色。

（一）编辑润色而出的短篇海洋小说

冯梦龙（1574—1646），字犹龙、耳犹、子犹，号龙子犹等，明朝著名文学家、戏曲家，其对小说、民歌、戏曲、笑话等通俗文学的创作和搜集等为中国后世的文学发展做出了极大的贡献。

凌濛初（1580—1644），字玄房，号初成，明朝著名文学家和小说家。其最大的成就除短篇小说之外，还有其所作套版印书，即在雕版印书的基础上发展起来的以套版刻印技术为支撑的印刷术。

两人所作的短篇小说中，有一部分涉海小说是在前代作品基础上加工而成的。冯梦龙的《情史》中就有很多是《夷坚志》中的涉海小说。比如，《情史·情妖类·焦土妇人》就取自《夷坚志·岛上妇人》，并进行了简单的润色和加工而成型；《情史·海王三》完全取自《夷坚志·海王三》，其内容基本未做任何改变。

这种现象的出现有两方面原因：一方面是明朝时期海禁政策造成了明朝文人多数对海洋并不了解，因而他们很难创作出具有新意的海洋小说，不得不从前朝的作品之中汲取营养；另一方面是明朝时期的市民阶层的阅读能力较强（小说的通俗度较高），文人的创作能力无法完全满足民众的需求，因此他们就编辑了前朝的小说内容。

（二）短篇小说中的海商故事

与前朝海洋小说相比，明朝时期的海洋短篇小说内容和题材基本都是海商故事。

次日清晨，杨八老起身梳洗，别了岳母和浑家，带了随童上路。未及两日，在路吃了一惊。但见：

舟车挤压，男女奔忙。人人胆丧，尽愁海寇恁猖狂；个个心惊，只恨官兵无备御。扶幼携老，难禁两脚奔波；弃子抛妻，单为一身逃命。不辨贫穷富贵，急难中总则一般；那管城市山林，藏身处只求片地。正是：宁为太平犬，莫作乱离人。

杨八老看见乡村百姓，纷纷攘攘，都来城中逃难，传说倭寇一路放火杀人，官军不能禁御，声息至近，唬得八老魂不附体。进退两难，思量无计，只得随众奔走。且到汀州城里，再作区处。

又走了两个时辰，约离城三里之地，忽听得喊声震地，后面百姓们都号哭起来，却是倭寇杀来了。众人先唬得脚软，奔跑不动。杨八老望见傍边一座林子，向刺斜里便走，也有许多人随他去林丛中躲避。谁知倭寇有智，惯是四散埋伏。林子内先是一个倭子跳将出来，众人欺他单身，正待一齐奋勇敌他。只见那倭子，把海巨罗吹了一声，吹得呜呜的响。四围许多倭贼，一个个舞着长刀，跳跃而来，正不知那里来的。有几个粗莽汉子，平昔间有些手脚的，拼着性命，将手中器械，上前迎敌。犹如火中投雪，风里扬尘，被倭贼一刀一个，分明砍瓜切菜一般。唬得众人一齐下跪，口中只叫饶命。

——冯梦龙《喻世明言·杨八老越国奇逢》节选①

一日，有几个走海泛货的邻近，做头的无非是张大、李二、赵甲、钱乙一班人，共四十余人，合了伙将行。他晓得了，自家思忖道："一身落魄，生计皆无。便附了他们航海，看看海外风光，也不枉人生一世。况且他们定是不却我的，省得在家忧柴忧米，也是快活。"正计较间，恰好张大踱将来。原来这个张大名唤张乘运，专一做海外生意，眼里认得奇珍异宝，又且秉性爽慨，肯扶持好人，所以乡里起他一个混名叫张识货。文若虚见了，便把此意——与他说了。张大道："好，好。我们在海船里头不耐烦寂寞，若得

---

① （明）冯梦龙编《喻世明言》，光明日报出版社 2008 年版，第 150~156 页。

兄去，在船中说说笑笑，有甚难过的日子？我们众兄弟料想多是喜欢的。只是一件，我们多有货物将去，兄并无所有，觉得空了一番往返，也可惜了。待我们大家计较，多少凑些出来助你，将就置些东西去也好。"文若虚便道："多谢厚情，只怕没人如兄肯周全小弟。"张大道："且说说看。"一竟自去了。

…………

开得船来，渐渐出了海口，只见：银涛卷雪，雪浪翻银。湍转则日月似惊，浪动则星河如覆。三五日间，随风漂去，也不觉过了多少路程。忽至一个地方。舟中望去，人烟凑聚，城郭巍峨，晓得是到了甚么国都了。舟人把船撑入藏风避浪的小港内，钉了桩橛，下了铁锚，缆好了。船中人多上岸，打一看，原来是来过的所在，名曰吉零国。原来这边中国货物拿到那边，一倍就有三倍价。换了那边货物，带到中国也是如此。一往一回，却不便有八九倍利息，所以人都拼死走这条路。

…………

——凌濛初《初刻拍案惊奇·卷一·转运汉遇巧
洞庭红　波斯胡指破鼍龙壳》节选①

此处节选的《喻世明言》的内容是第十八卷的一个故事，其虽为短篇小说，但比前朝的小说明显要更加丰富和完善。通过其阐述模式和风格可以看出，此时的小说已经与如今的小说相差不多。

此故事名为《杨八老越国奇逢》，整个故事说的是西安人士杨八老读书不成，为免自身坐吃山空，于是到沿海漳州经商。节选的部分就是其经商过程中所遭遇的倭寇祸害沿海居民的情形，情节极为详细，将倭寇的残忍展现得淋漓尽致。故事之后的内容是杨八老因想念家人打算回家探亲，但被倭寇劫持，之后到了日本，整整19年之后才得以寻找到机会混迹在倭寇之中回到中国。

整个故事极为真实地描绘了倭寇带给沿海居民的伤害，并经过恰当的艺术加工，带给人一种奇闻轶事的观感。其故事情节紧凑，人物性格、来历、背景等均交代得非常详细，属于通俗类小说的范畴。

上述所节选的内容是凌濛初《初刻拍案惊奇》中的第一篇故事。其大意是说苏州人文若虚因家道中落而经商，却一直赔本，后看到海商打算搏一把，最终赚到钱财。文若虚还在海洋遇风浪后捡到一个龟壳，在带回福建

---

① （明）凌濛初著《初刻拍案惊奇》，岳麓书社2010年版，第1~16页。

后，被人当巨宝高价买走，他也因此成为巨富，而买走龟壳者则发现其中有巨大的夜明珠。此处节选的内容是文若虚遇海商的开端，以及他真正成为海商时对海洋风景的观察。

以上所选的两篇与海洋相关的短篇小说，以现代小说叙事模式来看并不太精彩，但将其与前朝的一些海洋小说对比就会发现，明朝时期的海洋小说叙事技巧更加成熟，其中的描写更加精细，人物的性格和经历也更加具有时代化特性。尤其是海商的高额收益和倭寇等均是明朝时期海洋生活的真实写照。

从这一点来看，明朝的海洋短篇小说反映的多是真实的社会生活情况，虽拥有一定的艺术加工成分，但其叙事模式和人物特征均富有极强的明朝社会风格。

二、明朝涉海的长篇小说

元末明初，中国文学史上开始出现一种以分章回来进行叙事的长篇小说，这种小说形式由宋元时期的"讲史话本（说书艺人讲述历史故事的话本）"发展而来，会将整个故事分成若干章节，也称"回"，所以也叫章回体小说。明朝初期最为著名的章回体小说就是《水浒传》和《三国演义》，它们都曾广泛流传于民间，经过说话艺人不断完善和补充，最终又由作家加工完成。

章回体小说通常是长篇小说，整个明朝时期涉海的长篇小说主要有明朝初期以海神为主题的志传性小说《天妃娘妈传》《南海观音菩萨出身修行传》、第一部浪漫主义神魔长篇小说《西游记》和长篇小说《封神演义》等。

以上几部小说中，《天妃娘妈传》和《南海观音菩萨出身修行传》虽是章回体小说，但其中的主人公较为单一，即将妈祖和观音菩萨作为通篇主角，情节和其他人物事件均围绕单一主人公进行；《西游记》和《封神演义》则是以群像塑造为主，也就是说，主角并非单一人物，而是多人物。

（一）以海神为单主角的章回体小说

《天妃娘妈传》也称《天妃娘娘传》，由吴还初创作。吴还初，名迁，字还初，号南州散人，是明朝万历年间人士，其创作的该长篇章回体小说发展变化妈祖为单主角，是以缘起于宋代民间传说和在沿海区域广为流传的民间信仰"妈祖"为主题，经过一定的艺术加工而完成的。

《天妃娘妈传》共三十二回，对妈祖传说中的主角"天妃娘娘"的身世和来历做了极为明确的交代——玄真女出身，为了免除民众所受妖物威胁，她转世投胎到福建莆田林家蔡夫人所怀胎儿身上，化名林默娘。林默娘长大后不善女红，其母蔡夫人一直懊恼，后确知林默娘并非凡人则开始一切听从其安排。

该小说体现了民间对神仙的观念，在塑造天妃娘娘的人物性格和形象时，同样体现了人性与神性的融合特征，如天妃不但能够变化万物，而且能够身魂合离自如，其神力完胜海洋中的各种妖魔，但在家中，天妃则与普通民间女子一样孝敬父母、织布纺纱等。

《天妃娘妈传》描绘的是天妃为护民于海，在四海游历除暴安良、消灭海洋妖魔的故事。整部小说以海洋为主背景，其中很多妖魔也是于海洋之中产生。

　　由是玄真禀告星君曰："妖怪既漏网而逃，其为害必不止一苑，而受殃亦奚啻万蚁。此怪不除，儿誓不生。"星君慰之曰："汝虽生长玄宫，其实未尝传受秘诀。安能以绰约之躯，与凶孽决一旦之命乎？彼恶彼自恶，尔独何仇之深焉？"真曰："父母之言，于自善得矣，如仁民何，爱物何？儿闻之，一个志士，苟存心爱物，于人必有所济。今儿虽体顺坤承，尤幸长育玄宫。彼西王母非女流之辈乎？道法盛传。观音非英雄之选也？普济无量。以此观之，有志者事竟成。儿将西叩瑶池之上，再游南海之滨。默聆心传，然后周流四海。去暴除残，造万世福。望父母推爱子之心爱民，民之幸也，儿之幸也。"妙极知其心坚如石，乃应之曰："恻隐之心，人皆有之。第未知汝此去，传授如何？周流如何？不惟汝之思亲不置，亦恐亲之念汝不忘矣。但汝志既笃，吾不可违。当遣一侍女随行，吾心始无挂虑。"登时即治行李，向西而发。诗证：

真女出玄宫，容与上瑶庭。

动衣香满路，移步袜生尘。

志传真妙诀，心存普济仁。

一叩西王母，再朝观世音。

…………

　　时正遇秋汛，东海若差夜叉鬼卒巡守边境，至浪矶之地，忽见云雾蔽天而来。行行将近，现出一个怪物，锐头坚甲，四口长须，真个生得古怪。有诗为证：

禀气原无正，成形亦不真。

蛟龙非种类，鱼鳖耻比并。

孽恶流今古，灾踪播海滨。

僧尼敲不置，狱讼著凶名。

二三夜叉一见，慌忙进前问曰："汝是何方奸凶，无故擅入吾境？吾大王正因前数年汛守不备，号令不严，使奸邪得以私侵境内，以致四境不平。今新主莅政，诸臣戮力，纪纲重重振举，政治处处铺张。令甲悬自象魏，防守重于边疆。犯者难逃三尺，孰敢不宪王章。汝独不闻入国问禁乎？可接淅而行乐则生矣。毋三宿出昼必有后灾。"鳄闻言大喝一声曰："汝这无名小鬼，辄敢侮慢大人。本欲将汝斋粉，但吾有一事，使汝通报。汝可速回，多多拜上大王，道有北天碧池内四喉尊伯，闻东海境界无边，畜物蕃盛，特来借地为邻。顺则求结和好，不失兄弟之亲。违则天戈一指，寸草亦自不留。"

　　　　　　　　　　　——吴还初《天妃娘妈传》节选①

此处所选部分内容中，上部分阐述天妃的来历，即天妃为玄真仙女，为荡尽海洋妖魔而投胎入世；下部分节选了鳄妖和猴妖从天网逃离后分开，鳄妖逃亡无尽东海遭遇海中夜叉的情景。

《南海观音菩萨出身修行传》又名《观音传》，相传是由明朝小说家朱鼎臣编纂而成，共四卷二十五回或二十六回，主要描绘了南海观音菩萨修行成仙的整个过程。小说的前半部分主要描绘了观音修道之心的坚定，后半部分则叙述观音与人为善、降妖除魔的故事。

以上两部以海神为主角的海洋长篇小说是海洋小说的一大突破。前朝的海洋小说受篇幅和艺术表现手法的影响，通常以一种静态方式展示故事情节，即类似交代事件而不是推动事件发展；以上两部小说则运用了章回体形式，将故事以动态的方式进行推进和展示，更加有灵活性和逻辑性，使得整个故事更加连贯和更具吸引力。

（二）多主人公小说

明朝时期，最具代表性的多主人公海洋小说就是《西游记》，其中所描绘的海洋广阔，物产丰富，拥有众多神仙。比如，在《西游记》中，孙悟空所穿的一身衣物是东海龙王所赠，甚至金箍棒是东海之中的定海神针；唐僧师徒在前往西天求取真经的路上，遭遇危机时多次向南海观音求助。

---

① （明）吴还初撰《天妃娘妈传》，黄永年标点，上海古籍出版社1990年版，第2~5页。

这样的海洋情结其实和南传佛教通过海路传播有极大关系，因为海路交流和海洋贸易，所以海路交通能力被体现到了小说的情节之中。

《西游记》由明朝杰出的小说家吴承恩创作而成。吴承恩（约1500—1583年），字汝忠，号射阳，其自幼就极为聪慧，尤其喜爱神话故事，这也为其后期创作广为流传的《西游记》打下了坚实的基础。

感盘古开辟，三皇治世，五帝定伦，世界之间，遂分为四大部洲：曰东胜神州，曰西牛贺洲，曰南赡部洲，曰北俱芦洲。这部书单表东胜神州。海外有一国土，名曰傲来国。国近大海，海中有一座名山，唤为花果山。此山乃十洲之祖脉，三岛之来龙，自开清浊而立，鸿蒙判后而成。真个好山！有辞赋为证，赋曰：

势镇汪洋，威宁瑶海。势镇汪洋，潮涌银山鱼入穴；威宁瑶海，波翻雪浪蜃离渊。水火方隅高积土，东海之处耸崇巅。丹崖怪石，削壁奇峰。丹崖上，彩凤双鸣；削壁前，麒麟独卧。峰头时听锦鸡鸣，石窟每观龙出入。林中有寿鹿仙狐，树上有灵禽玄鹤。瑶草奇花不谢，青松翠柏长春。仙桃常结果，修竹每留云。一条涧壑藤萝密，四面原堤草色新。正是百川会处擎天柱，万劫无移大地根。

…………

猴王参访仙道，无缘得遇，在于南赡部洲，串长城，游小县，不觉八九年余。忽行至西洋大海，他想着海外必有神仙，独自个依前作筏，又飘过西海，直至西牛贺洲地界。登岸遍访多时，忽见一座高山秀丽，林麓幽深。他也不怕狼虫，不惧虎豹，登山顶上观看。果是好山：

千峰排戟，万仞开屏。日映岚光轻锁翠，雨收黛色冷含青。枯藤缠老树，古渡界幽程。奇花瑞草，修竹乔松。修竹乔松，万载常青欺福地；奇花瑞草，四时不谢赛蓬瀛。幽鸟啼声近，源泉响溜清。重重谷壑芝兰绕，处处蓓崖苔藓生。起伏峦头龙脉好，必有高人隐姓名。

…………

——吴承恩《西游记》节选[①]

《西游记》共一百回，其开篇就以上古神话传说描绘了海洋状况。上述节选的第一部分从盘古开天辟地说起，描绘了海洋之壮美、花果山之秀丽和

① （明）吴承恩著《西游记》，程洪注评，译林出版社2019年版，第1~5页。

灵俊，其中涉及的海洋神话传说被艺术加工为统一背景，"百川之汇、撑天之柱、大地之根"，构建了一个神异的猴王出生地。

所节选的后一部分则描写了猴王独自漂流于海去求仙的经历，并通过猴王攀上山峰对海洋和山峰的景象进行了详细的描绘。

除《西游记》之外，还有明朝万历年间的小说家罗懋登（生卒年不详，字登之）所创作的《三宝太监下西洋记》，同样描绘了很多海洋场景和内容。《三宝太监下西洋记》也被称为《西洋记》，虽然其名字和历史与郑和下西洋息息相关，但其实内容并未和史料匹配，主要描写的是郑和下西洋过程的降妖除魔的故事，并未涉及海外交流等，属于典型的神魔小说。而且《西洋记》中语言较为粗糙且语病较多，整体艺术价值和文化价值无法比拟《西游记》。

从以上小说的情况来看，明朝时期不论长篇涉海小说还是短篇涉海小说，都在艺术形态和文学价值方面达到了前所未有的高度。此阶段的小说，构思巧妙，情节曲折，人物的性格更加鲜明和立体化。同时，此阶段的小说更加通俗易懂，语言更加流畅而简洁，具有极为明显的话本痕迹。

虽然从海洋小说的形态和艺术价值来看，明朝时期小说的艺术成就极高，但其也显现了此时期作家海洋生活经验不足的缺陷，即绝大多数涉及海洋的内容都是从前朝的文献之中获取素材后经过加工而成的，并非真正涉海之后所产生的体验和真实观察。这也从一定层面上说明了中国海洋文化在明朝已经开始从繁荣逐步显露出疲态和局限性。

第七章　梦醒·清朝时期的海洋文学余晖

1616 年，女真首领努尔哈赤建立后金。1636 年，皇太极称帝，改国号为清。1644 年，明将吴三桂投降清军，多尔衮率清兵入关，并在随后二十年时间里平定了多处政权和三藩之乱，最终实现了全国统一。自此，中国正式进入清王朝统治时期。

整个清朝时期可以从三个时间节点计算：若从努尔哈赤建立后金算起，清朝持续时间为 296 年，于 1912 年灭亡；若从皇太极改国号为清算起，清朝持续时间为 276 年；若从清军入关算起，清朝持续时间则为 268 年。

在二百多年的时间跨度中，中国农业经济发展极为迅速，综合国力远胜汉唐阶段，但在鸦片战争之后开始遭受各国列强入侵，国力被严重削弱。1912 年，北洋大臣袁世凯逼迫溥仪逊位，自此清朝统治结束。

清朝时期，中国不但农业发展鼎盛，而且商业极为发达，江南出现了密集的商业性城市，全国出现了多个大商帮，人口也在农业和经济的发展推动下达到了四亿以上。

清朝时期，沿海地区并不平静，倭寇海患依旧极为严重，这对清朝的统治造成了极大的困扰。为了巩固政权，清朝延续了明朝的海禁政策，甚至其海禁政策比明朝时期更加苛刻，如其实行的迁海令强迫沿海居民向内陆迁移了 15 千米，过程中甚至采取了极为残酷的手段。

海禁政策和迁海令虽然对沿海经济造成了一定的破坏，但在清初阶段对政权的稳固有一定的促进作用。随着清王朝统治的稳固，该政策已经完全不适宜社会的发展，但清政府并未将其废除，而是将其视为一种基本国策继续延续，这就使沿海经济受到了更大的影响。虽然在清朝盛世期间有过几次海禁取消，但延续许久的海禁政策已经令当时的统治者形成了被动防守的海洋观念，更别提对制海权的重视了，最终导致原本是海洋强国的中国沦落为西方列强争夺的对象。

第一节 沿袭并超越前朝的清朝海洋诗歌

清朝时期，文化的发展与当时的社会背景及政策关系密切。为了稳固统治，清朝统治者采取了高压与怀柔并用的文化手段：一方面，大兴文字狱，用高压手段镇压和惩处对清王朝心怀不满的士人和文人；另一方面，加强了思想统治，大兴八股科举制度，以便吸引汉族士人为朝廷效力。

一、清朝时期海洋诗赋的发展背景

在清朝前期和中期，诗赋等创作呈现出了极为兴盛的景象，海洋文学作品也是以诗赋为主。但纵观整个清朝社会形态，我们会发现海洋诗赋的兴盛只是昙花一现，长期的海禁政策令海洋文学出现了极为明显的衰落。比如，多数咏海诗赋止步于遥望海洋，而非真正的涉海以观景、赶海以咏怀；多数海洋文学作品都建立在前朝所创作的文学作品基础之上，因此许多作品含有自负的幻想，对海洋危机和民族危机根本毫无察觉。

清朝晚期，西方殖民者开始入侵中国。在这样的现状之下，人们才察觉到国家已经处于落后的境地，海洋文学作品也开始出现对清王朝的愤懑之情和对现状的抗争内容，但这种在行将就木之下再次清醒的海洋文学，只是其最后的余晖。

二、清朝时期海洋诗歌的发展

诗歌在整个中国的历史发展过程中，都处于较为正统的文坛地位。清朝时期的海洋诗歌篇数极多，诗人的身份也多种多样，但其所描绘的内容多数以遥望海洋为主，还有一部分是对沿海生活的描绘。整体来看，这些海洋诗歌在题材方面较为狭窄，其中的海洋意境和艺术成就、思想内涵等也无法超越前人。

直到清朝晚期中国遭受西方列强的入侵，才有部分诗人察觉到了国家现状和危机，从而以海洋诗歌表达了对侵略者的仇恨和对清政府的不满。

整体来看，清朝时期的海洋诗歌可以分为两大类内容：一是拟古所作的咏叹类海洋诗歌；二是体现国难的海洋诗歌。

（一）清朝咏叹类海洋诗歌

清朝时期，咏叹海洋的诗歌较多，但多数无法超越前人作品，不过其中亦有一些颇具特色的咏叹海洋的内容，比较具有代表性的有毛奇龄的《观海》、高兆的《荷兰使舶歌》。

秋色翻溟渤，晨征企混茫。

乘桴随汉使，鞭石笑秦皇。

水气粘星黑，潮流滚日黄。

大瀛环尽处，久已识扶桑。

——毛奇龄《观海·其三》①

乙巳冬十月，铃阁日清秘。

抚军坐筹边，颇及荷兰事。

幕下盛才贤，共请窥其使。

连骑出城隅，江声来潃濞。

横流蔽大舶，望之若山坠。

千重列楼橹，五色飘幡帜。

飞庐环木偶，层槛含火器。

画革既弥缝，丹漆还涂坚。

叩舷同坚城，连锁足驰骑。

仁立望崇高，真非东南利。

某也亦宾客，绳藤许登跂。

番儿候雀室，探首如鬼魅。

摄衣升及半，火攻炫长技。

烟雾横腰合，雷电交足至。

译使前致词，此其事大义。

其上容千人，方车蚼并辔。

其人各垂手，周行若沈思。

中央匮指南，枢纽浮天地。

铁轴夹其间，凌云百丈植。

七帆恒并张，八风无定吹。

沓施如网罗，坐卧引猿臂。

---

① 善行主编《齐鲁历代诗文词曲鉴赏》，泰山出版社 2002 年版，第 350 页。

下观空洞底，委积于焉寄。

悬釜炽饮食，戴土滋种莳。

但可叹博厚，安能测远邃。

舶师亦国臣，逢迎慰临莅。

坐我卧榻旁，黳黳足明媚。

雕棁障玻璃。悬桁垂卣觯。

发筍云葡萄，洗盏注翡翠。

高泻成贯珠，传饮劝沾醉。

银盘荐瓜蔬，风味颇浸渍。

岂欲倾其酿，因之穷审视。

明明籤笔边，半卷有文字。

绘事江海迹，水道可太备。

岛屿分微茫，山川入详委。

观图见包藏，宁惟一骄恣。

上马大桥头，目送增忧喘。

呜呼通王贡，讵可忘觊伺。

周防勿逡巡，公其戒将吏。

飏去势已形，礼义不足饵。

——高兆《荷兰使舶歌》①

　　毛奇龄（1623—1716），原名甡，字初晴，后改为奇龄，明末清初文学家。其所作《观海》将客观景象和自身的主观感情糅合于一体进行了展示。开篇以秋日海景描绘海洋意境，其广阔和空寂令人思维开阔，之后引用两个古代与出海相关的典故，提升海洋的意境和观海的心境，在一定程度上将历史与现实进行了融合。后四句再次转向现实景象，海洋之中水汽弥漫、星光暗淡，浪潮汹涌下日光都变得昏黄，继续烘托了海洋的气势，最后则抒发了自己的感情。

　　高兆（生卒年不详），字云客，号固斋居士，在明末曾任官职，在清初康熙年间较为活跃。其所作《荷兰使舶歌》是海洋文学史上较为少见的叙事诗，即通过诗歌将事件进行详细的描绘。该诗对荷兰使者乘坐的船进行了详尽的叙述，包括其规模、配制、炮火等，并对其先进性进行了概述，具有很

① 周啸天主编《元明清名诗鉴赏》，四川人民出版社2001年版，第593~594页。

强的史料价值。另外，诗中还描写了荷兰人以纳贡的名义窥探清政府和中国的情况，说明其有伺机侵略的可能，警示人们应该对其提高警惕。

此诗的内容可以说颇具预见性：一方面表现了诗人对先进航海技术的理解较深；另一方面说明诗人对战乱有深刻的认识，并进行了极为精准的预见，可见诗人具有很强的海防意识。

（二）清朝体现国难的海洋诗歌

1840年，鸦片战争爆发，清王朝开始进入垂死挣扎的阶段。在这样的背景之下，清朝很多文人依旧在用拟古诗咏叹海洋的壮美和丰富的物产，根本没有将现实中的事态融入诗歌，陷入了东施效颦的尴尬境地。当时，仅有少数诗人将对侵略者的仇恨、对清政府的不满、对时局的忧虑写进了诗歌中，体现了当时社会背景下的国难情形，如黄遵宪的《哀旅顺》、康有为的《过虎门》、梁启超的《太平洋遇雨》等。

> 海水一泓烟九点，壮哉此地实天险。
> 炮台屹立如虎阚，红衣大将威望俨。
> 下有深池列巨舰，晴天雷轰夜电闪。
> 最高峰头纵远览，龙旗百丈迎风飐。
> 长城万里此为堑，鲸鹏相摩图一啖。
> 昂头侧睨视眈眈，伸手欲攫终不敢。
> 谓海可填山易撼，万鬼聚谋无此胆。
> 一朝瓦解成劫灰，闻道敌军蹈背来。
>
> ——黄遵宪《哀旅顺》[1]
>
> 粤海重关二虎尊，万龙轰斗事犹存。
> 至今遗垒余残石，白浪如山过虎门。
>
> ——康有为《过虎门》[2]
>
> 一雨纵横亘二洲，浪淘天地入东流。
> 却余人物淘难尽，又挟风雷作远游。
>
> ——梁启超《太平洋遇雨》[3]

---

[1] 夏传才主编《中国古典诗词分类鉴赏辞典》，河北教育出版社2017年版，第121页。

[2] 方笑一主编《中华经典诗词2000首 第10卷》，上海教育出版社2018年版，第196页。

[3] 上海辞书出版社文学鉴赏辞典编纂中心编《元明清诗三百首鉴赏辞典 文通版》，上海辞书出版社2017年版，第542~543页。

黄遵宪（1848—1905），字公度，号人境庐主人，晚清著名政治家、教育家、外交家和诗人，常将新事物融入诗歌，因此有"诗界革新导师"之称。其所作《哀旅顺》就描绘了旅顺作为中国的咽喉之地虽地势险峻、防守牢固、装备精良、军威雄壮，可称天下无双，但被外国列强一夕攻破，造成祖国山河再无防备的现状。

全诗前半部分描绘了旅顺港口的壮丽景象，可与鲸鹏对峙，最后几句则急转直下，明言了固若金汤的港口毁于一旦。通过大起大落的对比，诗人抒发了对晚清情况的悲愤和惋惜，体现了对家国安危的担忧。

康有为（1858—1927），字广厦，号长素，晚清重要政治家、思想家和教育家，因出生于广东南海，所以人称康南海。其所作《过虎门》看似在写虎门景象和气势，其实也是对反侵略战争的赞颂，同时表达了作者对清政府无能表现的愤懑。

梁启超（1873—1929），字卓如，号任公，又号饮冰子，清末举人，中国近代思想家、政治家、教育家和文学家，是戊戌变法的领袖之一。其所作《太平洋遇雨》是作者在戊戌变法失败后逃亡海外后所写的抒发强烈社会责任感的诗篇，表达了作者虽然远离故土漂流海外，但改良中国的初心永远不会变的情怀。

第二节　写实与诗化并存的清朝海赋

唐宋之后，赋的创作已经逐渐走上了下坡路。以明朝来说，虽然海赋数量不少，质量高者也有之，但整体而言，依旧无法有所突破。到清朝时期，原本不温不火的赋体得到了振兴式发展，其中的海赋也一派复兴盛况。

清朝海赋的复兴在很大程度上取决于清朝统治者炫耀宏伟事业的心理，不过这并不影响其中出现了部分质量不俗的海赋。整体而言，清朝海赋不仅延续了明朝海赋的征实手法特征，对海洋意境的塑造极为熟稔，随着多民族化的社会发展模式，逐渐形成了大一统的政治文化观念。因此，此时期海赋中的意象极为恢宏，恢复了隋唐和宋元时期的赋作气象。

一、歌功颂德及闲情逸致类清朝海赋

（一）歌功颂德类海赋

赋体本身就是一种具备歌功颂德文体特征的文学形式，其风格极为契合帝王的炫耀心理，所以在清朝初期和中期，因帝王的需求而产生的歌功颂德类海赋非常多见，其中极具代表性的有纪昀的《海上生明月赋》和程晋芳的《江汉朝宗赋》。

且夫海为阴类，月为阴之所宗；月本水精，海为水之所统。沧溟浩渺，润下而流；红蕊扶疏，倚云而种。在天在地，若迥判其升沈，成象成形，实不殊其体用。近日小而远日大，月之盈阙，海若随以盛衰；下弦减而上弦增，海之往来，月实司其操纵。元冥运气，应知本性之原同，素质流光，自觉清辉之相共，是以沧精巨浸，煜彩秋霄，宛贮之以冰壶，净无渣滓；似洗之以银汉，静绝烦嚣。

——纪昀《海上生明月赋》节选 [①]

纪昀（1724—1805），字晓岚，号石云，清朝文学家，曾任《四库全书》总纂官。其所作《海上生明月赋》就是通过对海洋和海上升起的明月的颂赞来赞颂清王朝的太平和统一。虽然其辞藻华美，但其文学价值并不高。

程晋芳（1718—1784），字鱼门，号蕺园，清朝诗人、经学家，乾隆年间进士，为《四库全书》总目协勘官，曾与翰林院尚书刘墉共事，并与其成莫逆之交。其作品《江汉朝宗赋》创作于1762年乾隆南巡时。正因为此作品，程晋芳被赐举人，并授中书舍人。也就是说，《江汉朝宗赋》是程晋芳献于乾隆的作品，自然以讴歌朝廷和帝王德行为主，属于完全的应制之作，而且其依靠此赋得到了赏赐。

（二）闲情逸致类海赋

清朝时期，文化领域一直被高压政策抑制，因此除应制类海赋作品之外，多数文人会自觉远离政治，以文辞进行自娱，尤其是在清初，很多文人开始创作一些表现闲情逸致的海赋作品，其中最具代表性的就是李渔的

---

① 詹杭伦，沈时蓉校注《中国科举文化通志 历代律赋校注》，武汉大学出版社2015年版，第348~349页。

《蟹赋》。

> 漫夸乃腹，先美其匡。视黄金兮太贱，觑白壁兮如常。剖腹藏珠，宜乎满肚；持金赠客，不合盈筐。揭而易开，初若无底之橐；铲之不竭，知为有底之囊。至其锦绣填胸，珠玑满腹；未餍人心，先饱予目。无异黄卷之初开，若有赤文之可读。油腻而甜，味甘而馥。含之如饮琼膏，嚼之似餐金粟。胸膛数叠，叠叠皆脂；旁列众仓，仓仓是肉。既尽其瓢，始乃其足；一折两开，势同截竹。人但知其四双，谁能辨为十六？二螯更美，留以待终。
>
> ——李渔《蟹赋》节选 [1]

李渔（1611—1688），初名仙侣，后改为渔，字谪凡，号笠翁，明末清初文学家、戏剧家、美学家，艺术成就极高。因嗜食螃蟹而被称为"蟹仙"。其一生浪游各地，在品尝了各种美食后，曾感叹天下最美味的食物就是螃蟹，且江南的螃蟹在所有螃蟹中均属头筹。

李渔嗜蟹并非简单地品尝，而是要吃精致，不仅螃蟹出产的时节日日吃蟹，过了蟹期还要腌制醉蟹过瘾，最终总结出了一套完善的吃蟹经，如各种吃法是什么味道、何种吃法最好等。《蟹赋》对这一套吃法进行了详细的描述。这篇赋虽非海赋，却是以海洋物产为主要描绘对象，具有很强的代表性。

二、反映社会现实及海事革新类清朝海赋

虽然清朝时期实行了海禁政策，但乾隆及前几任皇帝曾几度取消海禁，并加强了海洋贸易，在一定程度上也推动了海商的发展。清朝中后期的海赋中就有一部分作品体现了这些社会现实。另外，随着清王朝的颓败之相逐步显现，清朝中晚期开始实行海运革新、海军革新等措施，这些政策的推行令部分进步文人看到了中兴希望，纷纷作赋称颂，因此清朝中晚期一部分海赋描绘了海运革新和海军革新的内容。

（一）反映社会现实类海赋

反映社会现实的海赋比较具有代表性的是刘学渤的《北海赋》、徐河清的《海市赋》和王崧翰的《西施舌赋》等。

---

① （清）李渔著《李渔全集 第1卷 笠翁一家言文集》，浙江古籍出版社1991年版，第17~18页。

滩池弥望，星罗棋布。漉沙构白，澄波出素。灿如飞霞，峙如积璐。商市万金，税足国赋。

——刘学渤《北海赋》节选①

繄夫海市之为状也，千门璀璨，万户峥嵘，师尔阴闭，霅然阳明。珠阁辚夫天阙，瑶台橛夫星精。碧蜃连卷乎左披，苍虬婉僤乎西清。琪蕊反嵌于藻井，铜仙矗立于金茎。

…………

已而羲驭瞳昽，罡飙吹泊，扫龙伯之云烟，闪麟洲之城郭。虎关雄视，慑灵窟之神奸；雉堞云连，控仙都之锁钥。

…………

是盖真仙之窟，灵怪之丛，借烟霞之游戏，状楼观之玲珑。海经所不及志，封禅所不能穷。如求说于沧桑，何处寻其灵迹；若归功于蛟蜃，谁能代此神工？茫茫银海，渺渺珠宫，自非参真姑射，闻道空闻，其能睹仙乡之郁郁，而悟海气之蓬蓬哉！

——徐河清《海市赋》节选②

江南荡子，客游北海，无以悦口，其心不快，曰将归矣。行车既载，刻不能留，神游天外。乃有齐东野人，追而饯于海之滨，座无他客，唯主与宾。爰呼庖人而命之曰："客行迫矣，不可以止，我肴具矣，不可以已。多之为贵，不如少之为美，无须兼味，一而足矣。非惟悦口，实期悦心。奉客之欢，请始于今。"庖人唯唯，奉盘而蹑。

盘中何有，有肉朕朕，色光而润，后丰前弱。甫啖一脔，客颜顿悦。噫嘻异矣，"是何物也，味如斯之清绝？"

齐东野人哂而言曰："客忘诸乎，请味于美人之舌。忆夫诞弥之时，在于苎萝之村。尝浣轻容之纱，亦负若邪之薪。露浥采香之径，步生罗袜之尘。当年以之倾国，千载犹有此化身。今我与子祖道逡巡，何美柏梁之宴，戏齿妃女之唇。一饭已吸光泽，再饭而滋芳津，三饭四饭，讵不能怡子之神乎？"

江南荡子曰："其西施乎？"齐东野人曰："客知之矣！"

江南荡子曰："主人何予欺也。夫西施产于越，入吴宫，芳魂变灭，久随东风。使一缕之不化，当如胥涛之在浙中，不则同三闾大夫神栖汨罗之

---

① 王赛时著《山东海疆文化研究》，齐鲁书社2006年版，第198页。
② 王赛时著《山东海疆文化研究》，齐鲁书社2006年版，第421页。

江，焉能越千里而生齐邦？"

齐东野人曰："客忘乎自吴之为沼也，已逐鸱夷而随陶朱，乘轻舸而北上，惟眷恋于此都？昼浮家而夜泛宅，经稔习乎养鱼，同神女之解佩，化仙蚌而孕灵珠。且试食乎，蛤蜊其嘉旨也，何如彼海山之仙人，应羞呈其肌肤。胜新浴之杨妃，乳温滑兮如塞酥。色未餐而神已醉，口流涎于狂奴。若宋嫂之鱼羹，又何足入吾之庖厨。肆闲情于渊明，甚老饕于大苏。子归与兮归与吾，惟爱此而踟蹰。"

——王崧翰《西施舌赋》①

刘学渤，清朝乾隆年间诗人，所作《北海赋》描绘了沿海盐场和盐商的情况，体现了海洋经济开发举措带来的丰盛税赋，从社会现实的角度展现了海洋的丰饶和经济潜力。

徐河清，字华治，号华野，道光年间进士，曾办理洋务，督办云贵粮饷，曾国藩对其才能极为认可。其所作《海市赋》描绘了海市蜃楼的气象景观，其意境极为高远，属于清朝时期海赋中较为高质的作品。

王崧翰（1833—1916），字子良，号莱山，清末著名文士，其精于诗文，且文风极具华丽色彩。其所作《西施舌赋》以西施舌这一海贝特产为主要描绘对象，以传统问答模式铺陈，表述极为风趣，尤其是中间借助人物所进行的评说，将西施和海贝进行了形象和意象的互动，具有很强的故事性。

除以上描绘社会现实的海赋之外，清朝反映民生的海赋作品也有不少，如盛庆瑞的《煮海为盐赋》、李锦琮的《海熬波出素赋》都以海赋的形式展示了盐民制盐的过程和艰辛生涯。

（二）海事革新类海赋

清朝中晚期，国家经济实力日趋衰弱，为了改善国力状况，清朝统治者不得不进行一些革新来促进经济的发展，这个过程中的海运革新和海军革新均被文人以海赋的形式流传了下来。其中较具代表性的有咏颂海运革新和忧心海防以及海军革新的作品。

---

① 王赛时著《山东海疆文化研究》，齐鲁书社 2006 年版，第 422~423 页。

五千里争输穗秸，向航海而来；百万石远步沧溟，政以养民为贵。

——李彦彬《海运赋》节选①

珠洋彩映，碧澥锦铺；过鹰门而远驶，历浪沙以若兔。

——王诒寿《海运赋》节选②

一在测要害黄沙之浦，青山之尖，禁垒久伺，坚壁遏瞻，或藏兵于洲渚，或设击于云湄，校阅无间，更代以时。樵采勿扰乎村落，侵鱼勿及乎陂池，而又编廷户以固兵卫。绿钧船以绝盗资，自得指臂相使，而左之右之。一在利器械，水电水雷，制成精刻，药线药箱，互加拂拭。冲波夸藤斗之轻，蹑浪藉皮球之力，稍矛列而波面寒，旌旆魇而潮头折。铜皮铁甲之船，云帆风橼之植，莫不罗备整齐，按时修饬。似此筹防有不寇盗，远飙风流永息乎。

——王廷禄《筹海赋》节选③

于铄圣清，受命遐昌，军威海甸，丽日青阳。驰龙艭之玉勒，耀鹤舰之宝装。异仲冬之大阅，殊南苑之阵行。亿万兆人之节止，四十九旗之辉煌。皇帝飞尘叱驭，哕玉鸣骢，旌翻雪霁，潮落天空。兵旅遥临乎蓬岛，庙谟上秉乎琁宫。

——胡薇元《海军赋》节选④

李彦彬（1793—1838），字则雅、兰屏，号苏楼，是清朝嘉庆年间进士，其所作《海运赋》表现了对海运的渴望和海运能够达成的便利的赞美，也体现了文人对海洋互动交流的期望和开放国界的心态。

王诒寿（1830—1881），字眉叔、眉子，清朝诸生（考取秀才入学的生员），是官方的后补训导师，其性情极为恬淡静逸，喜欢古学。其所作《海运赋》是对1825年光绪帝对海运改革的肯定和颂赞，通过较为夸张的铺陈对海运之势进行了夸赞，同时对光绪帝的德政进行了颂赞。但其对光绪帝的颂赞有失远见，毕竟光绪帝革新海运是无奈之举，并未将海运真正作为国之重业进行发展，闭关锁国依旧是当时的根本国策。

---

① 马积高，叶幼明主编《历代词赋总汇 清代卷 第17册》，湖南文艺出版社2014年版，第16421页。

② 马积高，叶幼明主编《历代词赋总汇 清代卷 第25册》，湖南文艺出版社2014年版，第17485页。

③ 王烨主编《海洋文明与汉语文学书写》，厦门大学出版社2014年版，第59~60页。

④ 马积高，叶幼明主编《历代词赋总汇 清代卷 第20册》，湖南文艺出版社2014年版，第20260页。

　　王廷禄，同治年间人士，其所作《筹海赋》通过主客问答的传统赋作的形式，对中国沿海不断出现的骚乱等进行了描绘，同时针对沿海局势提出了一些具有实用价值的建议，即针对海患最急切的措施应该是加强海防。

　　胡薇元，字玉津，光绪年间举人，其所作《海军赋》对光绪年间海军的诞生进行了较为详细的描绘，充分表现了海军将士在危机四伏的海洋奋勇御敌的豪情和意志。

　　综合而言，清朝时期的海赋虽然并未超越前人，但其题材和形式均有一定的创新，其中有了一定的客观科学的精神体现，同时写实风格较为突出，跳出了原本赋体为统治者服务的文学样式，实现了一定的突破，使海赋得到了一定的发展。

第三节　半梦半醒的清朝海洋小说

　　清朝时期，小说这种文学形式已经颇受大众喜爱，其中不乏高质量的海洋小说。综合来看，清朝描绘和涉及海洋的优秀小说主要有两类：一是短篇海洋小说；二是长篇海洋小说。

一、内容丰富的短篇海洋小说

　　清朝时期，短篇海洋小说很多，其内容极为丰富，其中较具代表性的有明末清初时期蒲松龄创作的《聊斋志异》、清朝盛世时期沈起凤创作的《谐铎》和晚清时期王韬创作的《淞隐漫录》《淞滨琐话》等。

（一）《聊斋志异》中的海洋世界

　　蒲松龄（1640—1715），字留仙，号柳泉居士，世称聊斋先生，是明末清初著名小说家。其创作的《聊斋志异》是文言短篇小说集，运用的是唐传奇小说文体形式，多记述鬼怪狐仙之说，并通过对奇异故事的描绘展现了人性的丑陋、社会的腐败和黑暗等。全书共有短篇小说近500篇，不但题材广泛，而且内容丰富。

　　《聊斋志异》中涉及海洋的小说并不太多，共有10篇内容，分别是《卷二·海公子》《卷二·海大鱼》《卷三·夜叉国》《卷四·罗刹海市》《卷七·仙人岛》《卷九·安期岛》《卷九·蛤》《卷十·罢龙》《卷十一·于子游》《卷十二·粉蝶》。

东海古迹岛，有五色耐冬花，四时不凋。而岛中古无居人，人亦罕到之。登州张生，好奇，喜游猎。闻其佳胜，备酒食，自棹扁舟而往。至则花正繁，香闻数里；树有大至十余围者。反复流连，甚惬所好。开尊自酌，恨无同游。忽花中一丽人来，红裳炫目，略无伦比。见张，笑曰："妾自谓兴致不凡，不图先有同调。"张惊问："何人？"曰："我胶娼也。适从海公子来。彼寻胜翱翔，妾以艰于步履，故留此耳。"张方苦寂，得美人，大悦，招坐共饮。女言词温婉，荡人神志。张爱好之。恐海公子来，不得尽欢，因挽与乱。女忻从之。相狎未已，忽闻风肃肃，草木偃折有声。女急推张起，曰："海公子至矣。"张束衣愕顾，女已失去。旋见一大蛇，自丛树中出，粗于巨筒。张惧，憧身大树后，冀蛇不睹。蛇近前，以身绕人并树，纠缠数匝；两臂直束胯间，不可少屈。昂其首，以舌刺张鼻。鼻血下注，流地上成洼，乃俯就饮之。张自分必死，忽忆腰中佩荷囊，有毒狐药，因以二指夹出，破裹堆掌中；又侧颈自顾其掌，令血滴药上，顷刻盈把。蛇果就掌吸饮。饮未及尽，遽伸其体，摆尾若霹雳声，触树，树半体崩落，蛇卧地如梁而毙矣。张亦眩莫能起，移时方苏，载蛇而归，大病月余，疑女子亦蛇精也。

——蒲松龄《聊斋志异·卷二·海公子》[1]

交州徐姓，泛海为贾。忽被大风吹去。开眼至一处，深山苍莽。冀有居人，遂缆船而登，负糗腊焉。

方入，见两崖皆洞口，密如蜂房；内隐有人声。至洞外，伫足一窥，中有夜叉二，牙森列戟，目闪双灯，爪劈生鹿而食。惊散魂魄，急欲奔下，则夜叉已顾见之，辍食执人。二物相语，如鸟兽鸣，争裂徐衣，似欲啖。徐大惧，取囊中糗糒，并牛脯进之。分啖甚美。复翻徐橐，徐摇手以示其无。夜叉怒，又执之。徐哀之曰："释我。我舟中有釜甑，可烹饪。"夜叉不解其语，仍怒。徐再与手语，夜叉似微解。从至舟，取具入洞，束薪燃火，煮其残鹿，熟而献之。二物啖之喜。夜以巨石杜门，似恐徐遁。徐曲体遥卧，深惧不免。天明，二物出，又杜之。少顷，携一鹿来付徐。徐剥革，于深洞处流水，汲煮数釜。俄有数夜叉至，群集吞啖讫，共指釜，似嫌其小。过三四日，一夜叉负一大釜来，似人所常用者。于是群夜叉各致狼麋。既熟，呼徐同啖。居数日，夜叉渐与徐熟，出亦不施禁锢，聚处如家人。徐渐能察声知

---

① （清）蒲松龄著《聊斋志异》，岳麓书社 2019 年版，第 57 页。

意，辄效其音，为夜叉语。夜叉益悦，携一雌来妻徐。徐初畏惧，莫敢伸；雌自开其股就徐，徐乃与交。雌大欢悦。每留肉饵徐，若琴瑟之好。

————蒲松龄《聊斋志异·卷三·夜叉国》节选①

此处所选《海公子》是全篇，虽其较为短小，但故事非常完整。和以前的海洋小说中主角受人摆布的情形不同的是，《海公子》主角在遭受蛇精海公子攻击后，并未完全闭目等死，而是靠智慧搏杀了大蛇。这个故事虽然简单，但是其中体现的作者的海洋意识已经极为完善，海岛已经不是神秘的神仙之地，人进入其中依旧能够进行反抗。

此处所选《夜叉国》内容节选自其开篇，简述了主角因海风到一岛屿，入夜叉国，其民众相貌和语言虽和中土不同，但并非纯粹的野兽行径，因主角献计而对其颇为爱护，并给他找了年轻母夜叉为妻。之后，整个故事描绘了主角在夜叉国与其妻子生儿育女，虽然因思念故土而带大儿离开，但和以前的海洋小说不同的是，主角并非无情之人，在回归故土后依旧对夜叉国的妻儿深切思念。最后，主角将夜叉国妻儿接回中土，并促进了两个文明的交流。这种开放的文化理念是以前的海洋小说所没有的，也说明了作者包容的海洋观念和开放意识。

总体而言，《聊斋志异》中的海洋小说对比前代的内容有很大进步，不仅题材更丰富，而且情节更离奇曲折，描绘的海洋环境也明显更具科学性和合理性，更符合现代小说的特性和意境。

（二）《谐铎》中的海洋世界

沈起凤，字桐威，号赘渔，清朝著名词曲家。其所作《谐铎》成书于1791年，共有12卷122篇，是一部经典的讽刺故事集。《谐铎》中比较著名的海洋小说有两篇，分别是《鲛奴》和《蟋蟀城》。

茜泾景生，客闽三载，后航海而归，见沙岸上一人僵卧，碧眼蜷须，黑身似鬼，呼而问之。对曰："仆鲛人也。为水晶宫琼华三姑子织紫绡嫁衣，误断其九龙双脊梭，是以见放。今漂泊无依，倘蒙收录，恩衔没齿。"生正苦无仆，挈之归里。其人无所好，亦无所能。饭后赴池塘一浴，即蹲伏暗陬，不言不笑。生以其穷海孤身，亦不忍时加驱遣。

① （清）蒲松龄著《聊斋志异》，岳麓书社2019年版，第115~117页。

⋯⋯⋯⋯⋯

鲛人引杯取醉，作旋波宫宇龙曼衍之舞，南眺朱岸，北顾天墟，之罘碣石，尽在沧波明灭中。喟然曰："满目苍凉，故家何在？"奋袖激昂，慨然作思归之想，抚膺一恸，泪珠迸落。生取玉盘盛之，曰："可矣。"鲛人忧从中来，不可断绝，放声一号，泪尽乃止。生大喜，邀之同归。鲛人忽东指笑曰："赤城霞起矣！蜃楼十二座，近跨鼋梁。琼华三姑子今夕下嫁珊瑚岛钓鳌仙史，仆限已满，请从此逝！"耸身一跃，赴海而没。生怅然独反。

——沈起凤《谐铎·卷七·鲛奴》节选[1]

荀生，字小令，竟体芳兰，有"香留三日"之誉。偶附贾舶，浮槎海上，忽腥风大作，引至一岛。生舍舟登陆，觉恶气熏蒸，梗喉棘鼻，殊不可耐。正欲回步，忽见一翁，偕短发童谈笑而来。见生，大骇，曰："何处腥臊儿，偷窥净土？不怕道旁人吓煞！"生怪其臭，退行三四步，遥叩姓氏。

⋯⋯⋯⋯⋯

生大异，欲征其实，以两指捺鼻而行。见一处，尽以粪土涂墙，四面附蜣螂百万，屹如长城。生振襟欲入，忽闻城中大哗曰："瘅气来矣！速取名香，辟除户外。"生遥睨之，牛溲马勃，门外堆积如山陵。

——沈起凤《谐铎·卷十·蜣螂城》节选[2]

《鲛奴》是一篇以人鱼为主题的故事。虽然前朝多有此类主题的小说，但整体而言，人鱼的形象并不丰满，缺乏故事情节，此篇小说则是以完整的故事情节将人鱼的性格进行了完整的描绘。节选的第一部分是故事开篇，主角偶遇人鱼，将其救下而收为奴仆；第二部分则是人鱼知恩图报，为使主人求得心爱女子，泣而生珠，并在还得恩怨之后回归海洋。

此故事整个情节既完善又曲折，对人鱼的性格进行了全方位的塑造，这是前朝小说无法比拟之处。

《蜣螂城》描绘了一个极为另类的海外世界，其国度以臭为美、以香为臭，整个城镇遍布蜣螂，完全颠倒了黑白。原本以香闻名的主人公因避海难偶入其中，竟被当作瘅气有毒之体。整个故事显得极为荒谬，但其故事的反讽性跃然纸上，是对现实社会的一种影射。

---

① （清）沈起凤著《谐铎》，乔雨舟校点，人民文学出版社1999年版，第109页。
② （清）沈起凤著《谐铎》，乔雨舟校点，人民文学出版社1999年版，第149~150页。

（三）《淞隐漫录》和《淞滨琐话》中的海洋世界

王韬（1828—1897），字紫铨，号仲弢，清末文学家，曾因上书太平天国而被通缉，只得逃亡香港，并游历多个西欧国家。其主要建树覆盖多个方面，包括文学、教育、史学、哲学等，涉及海洋世界的作品主要有《淞隐漫录》和《淞滨琐话》。

> 陆梅舫，汀州人。家拥巨资，有海舶十余艘。岁往来东南洋，获利无算。生平好作汗漫游，思一探海外之奇。
>
> ············
>
> 既入大洋，飓风忽发，船颠簸不定。生命任其所之，冀逢异境。经六七昼夜，抵一岛。岛中人皆倭国衣冠，椎髻阔袖，矫捷善走。男女皆曳金齿屐。女子肌肤白皙，眉目姣好，惟画眉染齿，风韵稍减。……邀生至其家小憩，众渐散去。有一二状似官长，随老者俱入。坐甫定，即有小鬟跪进杯茗。杯甚小，茗作碧色，味甘。
>
> 老者谓此为日本外岛，岁时贡献。明季有三贵官乞兵至此，久留不能去。一官日祷于神前，愿作长人以杀敌。一夜，其身暴长，状如巨灵。人见之，悉惊走。后三人俱服药死……
>
> ——王韬《淞隐漫录·卷四·海外美人》节选[1]
>
> 曲沃项某，本猎户，至项改业读书，文名藉甚，且喜放生。尝经河上，见农人拽一黑猿，尾断足伤，血殷毛革，见项悲嘶仰首，有乞怜态。项心动，购而释之。猿去，频回顾似感谢状，须臾遂杳。后项作幕闽中，归乘海舶。晨发，日未午，飓风大作，舟人惊骇。顷之，雪浪排空，挟舟而起，高数十丈，陡落波心，众均逐浪以去。项抱木板，任其所之。风益大，瞬息不知几千万里。自拼一死，既近海岸，懵然不知。无何，风静潮落。腹搁于浅渚石上，呕水斗余。
>
> ············
>
> 一老叟出问，项以实告，叟曰："君中华人耶？此因循岛之简乡，去中华九万里。上年有海客朱某，亦遭飓到此，居仆处一年，为岛王所知，车载而去，仆因悉中国方言。君无家，盍小作勾留乎？"项喜，从之去。
>
> ——王韬《淞滨琐话·卷十·因循岛》节选[2]

---

[1]（清）王韬著《淞隐漫录》，王思宇校点，人民文学出版社1999年版，第193~197页。
[2]（清）王韬著《淞滨琐话》，刘文忠校点，齐鲁书社2004年版，第239~242页。

《海外美人》是《淞隐漫录》中一篇涉及海洋内容的作品，描绘的主要故事是主人公夫妇两人出海入日本外岛，其中景象和习俗等和现实极为贴切，体现了作者海外生活经历的丰富和独特。

整部《淞隐漫录》共 12 卷，题材和体裁均和《聊斋志异》相仿，不过取材更广，有很多内容涉及欧美以及日本，其中属于海洋小说的有数篇，包括上述的《海外美人》，以及《仙人岛》《海底奇境》《海外壮游》等。虽其内容更加广泛，但一方面完全模仿了《聊斋志异》，另一方面内容偏向对烟花粉黛的描写，所以整体意境无法完全达到《聊斋志异》的高度。

《淞滨琐话》中所选《因循岛》是王韬弟子邹弢所作，但被其以自身名号发表并收录。虽然该行径在当时就被揭发，但因王韬名气较大，当时依旧将此篇故事归为王韬个人所作。整个故事说的是主人公乐善好施，因遭遇海难滞留因循岛，在岛中所遇的各种奇闻。整个故事主要体现的是因循岛的各级官吏如同搜刮民脂民膏的豺狼，而岛上的人都因循守旧，所以称该岛为因循岛。其故事寓意是反讽清末的社会现状，是一篇反映社会现实的小说。

整体来看，清朝时期短篇海洋小说的最大突破是故事中人物的性格更加独立，同时故事中的民族立场、现实投影、社会反讽等均极为明显，这意味着海洋小说已经极为成熟。清朝时期的这些作品推动了海洋文学的延续和发展，并为后续海洋文学的涅槃重生打下了基础。

二、清朝时期的长篇海洋小说

清朝时期最为知名的长篇海洋小说就是李汝珍创作的《镜花缘》。

（一）《镜花缘》的出彩之处

李汝珍（约 1763—1830），字松石，号松石道人，清朝著名小说家、文学家，因其为北京人，所以被称为北平子。其精通文学和音韵，博学多才，一生最大的成就就是所创作的百回的章回体小说《镜花缘》。

《镜花缘》是李汝珍晚年的作品，原本打算写满二百回，但最终仅完成一百回。其前五十回写的是秀才唐敖和林之洋、多九公三人出海游历各国所遇到的各种奇异故事，其中神话和传说被糅合为一体，显得极为多姿多彩；后五十回主要描写武则天时期才女的多样才华。

整部小说涉猎的内容极为广泛，体现出李汝珍的知识面极为广阔。此部小说最为人津津乐道的就是弘扬了女性才能，并充分肯定了女性在封建社会中的地位，这在当时那个时代属极为先进和少见的观念。

《镜花缘》中涉及海洋的内容主要是作者选取《山海经》中《海外西经》和《大荒西经》的素材进行二次加工，融入作者自身的想象，最终以幽默的笔调创作完成的，其中所涉及的各种海外岛屿和海外国度均有其独特之处。整体而言，其前半部分内容成就极高，不但结构独特、构思新颖，而且奇闻轶事、怪异风俗、怪兽野岛、仙境奇闻等内容层出不穷，为后世海洋作品的创作提供了素材。

但相对而言，整部小说对人物性格的刻画和人物个性的描绘不够鲜明和突出，尤其是后半部分内容对人物的形象刻画不够，有炫耀和堆砌知识的嫌疑，这在一定程度上拉低了整部小说的文学价值。

（二）《镜花缘》中的海洋世界

《镜花缘》中涉及海洋的内容极多，尤其是前半部分主人公因感叹命运不公而愤然出海，既有隐遁之意，又有散郁之心，所以出海以游历，经历的种种均与海洋有千丝万缕的关系。此处节选部分内容进行分析。

此时正是正月中旬，天气甚好，行了几日，到了大洋。唐敖四围眺望，眼界为之一宽，真是"观于海者难为水"，心中甚喜。走了多日，绕出门户山，不知不觉顺风飘来，也不知走出若干路程。唐敖一心记挂梦神所说名花，每逢崇山峻岭，必要泊船，上去望望。林之洋因唐敖是读书君子，素本敬重，又知他秉性好游，但可停泊，必令妹夫上去。就是茶饭一切，吕氏也甚照应。唐敖得他夫妻如此相待，十分畅意。途中虽因游玩不无耽搁，喜得常遇顺风，兼之飘洋之人，以船为家，多走几时也不在意。倒是林之洋惟恐过于耽延，有误妹夫考试。谁知唐敖立誓不谈功名，因此只好由他尽兴游了。游玩之暇，因婉如生的聪慧，教他念念诗赋。恰喜他与诗赋有缘，一读便会，毫不费事。沿途借着课读，倒解许多烦闷。

这日正行之际，迎面又有一座大岭。唐敖道："请教舅兄：此山较别处甚觉雄壮，不知何名？"林之洋道："这岭名叫东口山，是东荒第一大岭。闻得上面景致甚好。俺路过几次，从未上去。今日妹夫如高兴，少刻停船，俺也奉陪走走。"唐敖听见"东口"二字，甚觉耳熟，偶然想起道："此山既名东口，那君子国、大人国自然都在邻近了？"林之洋道："这山东连君子，北连大人，果然邻近。妹夫怎么得知？"唐敖道："小弟闻得海外东口山有君子国，其人衣冠带剑，好让不争。又闻大人国在其北，只能乘云而不能走。不知此话可确？"林之洋道："当日俺到大人国，曾见他们国人都有云雾把脚托住，走路并不费力。那君子国无论甚人，都是一派文气。这两国过去，就是黑齿国，浑身上下，无处不黑。其余如劳民、聂耳、无肠、犬封、元股、毛民、毗骞、无臂、深目等国，莫不奇形怪状，都在前面。将来到彼，妹夫去看看就晓得了。"

说话间，船已泊在山脚下。郎舅两个离船上了山坡。林之洋提着鸟枪火绳，唐敖身佩宝剑，曲曲弯弯，越过前面山头。四处一看，果是无穷美景，一望无际。

唐敖忖道："如此崇山，岂无名花在内？不知机缘如何。"只见远远山峰上走出一个怪兽，其形如猪，身长六尺，高四尺，浑身青色，两只大耳，口中伸出四个长牙，如象牙一般拖在外面。唐敖道："这兽如此长牙，却也罕见。舅兄可知其名么？"林之洋道："这个俺不知道。俺们船上有位柁工，刚才未邀他同来。他久惯飘洋，海外山水，全能透彻，那些异草奇花，野鸟怪兽，无有不知。将来如再游玩，俺把他邀来。"唐敖道："船上既有如此能人，将来游玩，倒是不可缺的。此人姓甚？也还识字么？"林之洋道："这人姓多，排行第九，因他年老，俺们都称多九公，他就以此为名。……"

恰好多九公从山下走来，林之洋连忙招手相邀。唐敖迎上拱手道："前与九公会面，尚未深谈。方才舅兄说起，才知都是至亲，又是学中先辈。小弟向日疏忽失敬，尚求恕罪。"多九公连道："岂敢！"

林之洋道："九公想因船上拘束，也来舒畅舒畅？俺们正在盼望，来的恰好。"因指道："请问九公：那个怪兽，满嘴长牙，唤作甚名？"多九公道："此兽名叫'当康'。其鸣自叫。每逢盛世，始露其形。今忽出现，必主天下太平。"话未说完，此兽果然口呼"当康"，鸣了几声，跳舞而去。

——李汝珍《镜花缘·第八回》节选①

走了几日，过了穿胸国。林之洋道："俺闻人心生在正中。今穿胸国胸都穿通，他心生在甚么地方？"多九公道："老夫闻他们胸前当日原是好好的，后来因他们行为不正，每每遇事把眉头一皱，心就歪在一边，或偏在一边。今日也歪，明日也偏，渐渐心离本位，胸无主宰。……亏得有一祝由科用符咒将'中山狼''波斯狗'的心肺取来补那患处。过了几时，病虽医好，谁知这狼的心，狗的肺，也是歪在一边、偏在一边的，任他医治，胸前竟难复旧，所以至今仍是一个大洞。"林之洋："原来狼心狗肺都是又歪又偏的！"

---

① （清）李汝珍著《镜花缘》，岳麓书社2018年版，第20~22页。

行了几日，到了厌火国。唐敖约多、林二人登岸。走不多时，见了一群人，生得面如黑墨，形似猕猴，都向唐敖唧唧呱呱，不知说些甚么。……话才说完，只听众人发一声喊，个个口内喷出烈火，霎时烟雾弥漫，一派火光直向对面扑来。林之洋胡须早已烧得一干二净。……

正在惊慌，猛见海中撺出许多妇人，都是赤身露体，浮在水面，露着半身，个个口内喷水，就如瀑布一般，滔滔不断，一派寒光，直向众人喷去。真是水能克火，霎时火光渐熄。林之洋趁便放了两枪，众人这才退去。再看那喷水妇人，原来就是当日在元股国放的人鱼。那群人鱼见火已熄了，也就入水而散。

——李汝珍《镜花缘·第二十六回》节选 ①

以上节选的部分内容虽然不多，但是体现了《镜花缘》的笔调特征和海洋内容描绘方式。所选第八回的内容是唐敖决定出海后首次入海的情形，对海洋进行了极为简单的描绘，同时提到了很多《山海经》中所言内容，包括山名、兽名等，并将第三位主人公引出。

第二十六回所选内容，则是三人于海上遭遇各个奇异国度的情形，其中对穿胸国的描绘极为幽默，甚至将"狼心狗肺"的寓意和国度进行了融合，接着描绘了厌火国可喷火的奇人以及人鱼报恩的过程。其通过对人鱼知恩图报的描绘反讽了现实社会中部分人的忘恩负义，颇具教育意义。

整部《镜花缘》中涉及的数十个海外奇国多是《山海经》中所记述的。作者并无真正的海洋经历，也没有颠覆式地再创作，只能通过文献记载来展开想象铺陈故事，也正是这样的背景造成其中涉及的海外贸易形式均较落后，并非当时的现实情况。同时，内容中有明显的求仙色彩，尤其是海外岛屿中食用的各种仙家奇物等均和求仙、出世、得道的思想有关。

该长篇小说最值得肯定之处是对女性才能和地位的肯定，字里行间所阐述的男女平等观念在当时的背景下难能可贵。虽然整部小说中作者阐述了自己的社会理想，即海外与中国和谐共处，但是在很大程度上过于脱离现实，带有明显对海洋世界的幻想以及对清朝泱泱大国的过分自信，有极为明显的半睡半醒之间自我标榜的感觉。这同时也意味着清朝时期的海洋文学已经极度衰退，直到西方列强的枪炮轰开清帝国的大门后，才得以梦醒，也才摧毁了清朝时期文人不切实际的海洋梦想。

---

① （清）李汝珍著《镜花缘》，岳麓书社 2018 年版，第 89~92 页。

第八章　新潮·现当代的蔚蓝海洋之魂

1912 年，袁世凯诱使溥仪逊位之后，清朝灭亡，以其为代表的北洋势力开始主政中国，但未经多久北洋政府就分崩离析。恰逢 1911 年辛亥革命爆发，革命党在南京成立临时政府，并推举孙中山为临时大总统。1912 年元月，中华民国正式成立，自此中国进入民国阶段。1949 年，中华人民共和国成立，民国时期结束。

民国时期连续多年的战乱、各国列强的虎视眈眈、全球范围内的大规模战争令整个中国陷入飘摇不定的状态。在这样的社会背景之下，各阶层志士开始从各个方面寻求救国路径，不断有知识分子在此极端下，去海外汲取新文化和新思想，以便让闭关锁国数百年的中国真正认识到世界的发展。

远洋海外寻找救国道路的能人志士中有很多是文人，他们发起的救国运动促进了海洋文学在现当代的快速发展，尤其是 1898 年以康有为、梁启超为代表的维新派人士实施的戊戌变法（也称百日维新），其核心是学习西方，提倡科学文化、政治、教育等各方面的改革。虽然戊戌变法以失败告终，但其对中国的影响极为深远。

正是戊戌变法这次拥有爱国救亡意义的变法维新运动加速了中国的思想启蒙，促进了民众的思想解放，相当于撬开了闭关锁国多年的中国对外交流的大门，为中国的未来发展提供了方向。

尤其是梁启超在论述闭关锁国危害的过程中，常以海洋为例进行警示，这为中国民众加强对海洋的关注和认识起到了极强的促进作用。

1919 年，五四运动爆发，这是一场以青年学生为主体、各阶层人士纷纷参与的爱国运动。这一次爱国运动的爆发彻底激发了中国民众反对封建主义和帝国主义的热情，使他们多年来饱受西方列强欺压、"一战"时受到日本侵略等压抑情绪得到释放。五四运动之后，越洋、留洋、海派、海潮、海归、海居等词汇开始频繁出现在民众周边，这种与日常生活联系紧密的涉海文化极大地促进了海洋文学的发展。

第一节　以海抒情的现当代海洋诗文

自五四运动以来，中国的新文学虽然仅仅经历了百年时光，但其中海洋文学的发展极为迅速，这一情形随着全球对海洋的关注度不断飙升而发展，尤其是1949年中华人民共和国成立之后数十年的发展中，海洋给予国民的震撼和助力更是可贵。

在整个百年时光中，中国的经历可谓跌宕起伏。两次世界大战的发生、中华人民共和国的成立、改革开放的推进、互联网的普及等，均在不同层面、不同角度推进了海洋文学的发展。其中，以海抒情的海洋诗文是现当代海洋文学发展道路上的一大突破。

一、中国新诗奠基人郭沫若眼中的海洋世界

郭沫若（1892—1978），原名开贞，字鼎堂，号尚武，笔名沫若，是中国现当代著名诗人、文学家、剧作家、革命家。五四运动之后，郭沫若曾和郁达夫、成仿吾等人一起组织创造社并积极从事新文化运动。在这一时期，郭沫若所创作的代表诗集《女神》不仅充分反映了五四时代精神，还推动中国诗歌摆脱了传统诗歌的束缚，在中国文学史上开拓了新一代诗风，使郭沫若成了中国新诗奠基人之一。

（一）新诗奠基之作——《女神》

《女神》是郭沫若收录其1919年到1921年所作主要诗作后形成的诗集，共包含序及诗57篇，多数是其在留学日本时所作。可以说，整个诗集通体都散发着作者对海洋的感情，不但在诗歌的形式上突破了传统诗歌旧格套的束缚，创造了极为奔放自由的诗体形式，为之后自由诗歌的发展开拓了新的天地，而且其中所体现的海洋意识极为深刻，透射着作者面对海洋时雄壮清新的豪情以及感伤的处境等。

《女神》中诗篇的意境多和海洋相关，其中含有大量专题吟诵和描绘海洋的诗歌，包括《浴海》《光海》《立在地球边上放号》《太阳礼赞》《新阳关三叠》《鹭鸶》《海舟中望日出》《晨兴》《岸上》《沙上的脚印》等。

以上这些诗篇或描绘海洋生活情境，或借海景抒情，主题极为丰富，但

其抒发的情感和意境极为统一，即一种追赶浪潮和融入世界的国家意识和世界大同理想的抒发。

《女神》中的诗歌形式是一种吸取西方诗歌特性并糅合中国诗歌意象特性最终形成的新文体样式，其中包含西化的形式、语词和元素等，但内容和自身情感结合紧密。

（二）《女神》中的涉海诗歌

《女神》中涉海的诗歌篇幅很多，甚至可以说整部诗集都蕴含着海洋意象。

> 无数的白云正在空中怒涌，
> 啊啊！好幅壮丽的北冰洋的情景哟！
> 无限的太平洋提起他全身的力量来要把地球推倒。
> 啊啊！我眼前来了的滚滚的洪涛哟！
> 啊啊！不断的毁坏，不断的创造，不断的努力哟！
> 啊啊！力哟！力哟！
> 力的绘画，力的舞蹈，力的音乐，力的诗歌，力的律吕哟！
> ——郭沫若《女神·立在地球边上放号》[1]
> 太阳照在我后方，
> 把我全身的影儿
> 投在了前边的海里；
> 海潮呦，别要荡去了沙上的脚印！
> 太阳照在我前方，
> 太阳呦！可也曾把握全身的影儿
> 投在了后边的海里？
> 哦，海潮儿早已荡去了沙上的脚印！
> ——郭沫若《女神·沙上的脚印》节选[2]
> 哦！太阳！
> 白晶晶地一个圆珰！
> 在那海边天际

---

[1]　郭沫若著《沫若文集　第1卷》，人民文学出版社1957年版，第62页。
[2]　郭沫若著《沫若文集　第1卷》，人民文学出版社1957年版，第88~89页。

黑云头上低昂。

我好容易才得盼见了你的容光！

你请替我唱着凯旋歌哟！

我今朝可算是战胜了海洋！

——郭沫若《女神·海舟中望日出》节选[1]

上述节选的《女神》部分中描绘海洋的诗歌意味着中国新的海洋文学正式诞生，其中不乏抒发海洋的力与美的诗句。例如，《立在地球边上放号》中的"无限的太平洋提起他全身的力量来要把地球推倒"，这句描绘了海洋宛若拥有令整个世界翻天覆地的巨力，表达了作者心中"新"的力量必然会令中国出现质的变化的思想。又如，《沙上的脚印》中对海潮不要抹去沙滩脚印的请求、最终海潮的涌动抹平脚印的描绘均体现了海洋仿佛时光一般，会将所有的痕迹清除。

郭沫若的《女神》中诸多涉海诗篇所描绘的海洋题材极为丰富，这和作者海外旅居十年的生活息息相关，而且其中所展示的海洋意识极为清晰，以海抒情的新文体展示手法令新诗体在整个海洋文学的发展史上绽放出了耀眼的光芒。

二、建立于新诗体之上的海洋世界

随着郭沫若的《女神》中新诗体抒情海洋诗文的诞生，现当代海洋诗文拥有了抒发情感的新形式，这也使之后很多以新诗体为代表的优质海洋诗文不断出现。比如，著名乡愁诗人余光中的涉海诗篇、浪漫抒情诗人海子的涉海诗篇、沉静婉约作家冰心的涉海诗篇等。

（一）乡愁诗人余光中作品中的海洋

余光中（1928—2017），中国当代著名作家、诗人、学者，一生从事的创作涉及诗歌、散文、评论、翻译四个方向，因此其自称这是自己写作的"四度空间"。

是骤生也是夭亡的典礼

刹那的惊叹，转瞬的繁华

---

[1] 郭沫若著《沫若文集 第 1 卷》，人民文学出版社 1957 年版，第 136~137 页。

风吹的一株水晶树

浪放的一千蓬烟花

为何偏偏向顽石上长呢?

为何偏偏向绝壁上开?

壮丽的高潮为什么

偏等死前的一霎才到来?

问你啊,无情的海

——余光中《问海》[1]

余光中一生之中至少有四十年的时间生活和工作在海边,长久的海边生涯令他拥有极为长久的观海、赏海、悟海的时间,因此其海缘极为绵长,其所作的涉海作品中海洋的意象极为深沉悠远。

上述所选是余光中所作《问海》,是作者在观海之后对海洋的询问及感悟,问询的是沧浪之中的浪潮为何旋生旋灭,体现的是海洋壮观美景乍现即收的遗憾。其不仅描绘了海洋浪花景象的优美和壮丽,还赋予了海洋一定的感情,可以说是借海抒情的一种创新和探索。

(二)抒情诗人海子作品中的海洋

海子(1964—1989),原名查海生,是中国现当代著名的青年诗人,自1982年大学期间就已经开始进行诗歌创作,其笔名"海子"给人的第一个感觉就是"海的儿子",所以虽然海子的作品并非全是涉海的内容,但并不影响其对海洋意象的表达。

从明天起,做一个幸福的人

喂马,劈柴,周游世界

从明天起,关心粮食和蔬菜

我有一所房子,面朝大海,春暖花开

从明天起,和每一个亲人通信

告诉他们我的幸福

那幸福的闪电告诉我的

---

[1] 曹顺庆、张放主编《华文文学评论 第3辑》,四川大学出版社2015年版,第216~217页。

> 我将告诉每一个人
>
> 给每一条河每一座山取一个温暖的名字
>
> 陌生人，我也为你祝福
>
> 愿你有一个灿烂的前程
>
> 愿你有情人终成眷属
>
> 愿你在尘世获得幸福
>
> 我只愿面朝大海，春暖花开

——海子《面朝大海，春暖花开》[①]

海子的这首诗歌在当代可以说喜闻乐见。在诗文之中，海洋和作者的心境完美融合，包容、普爱又熠熠生辉。这种对海洋的喜爱和意象的融合是中国改革开放后海洋情结的重新释放和挖掘。

虽然有很多人对海子并不推崇，但这并不影响其诗歌《面朝大海，春暖花开》的传播性。海子除了《面朝大海，春暖花开》这一首涉海作品外，还有多首诗歌与海洋意象相合，只是此诗的成就最高，且流传甚广。就如叔本华所说，真正的作品是全凭作品本身获得名声并在不同时期可以引发人们赞叹的创作。海子的其他诗歌可能水平参差不齐，但其《面朝大海，春暖花开》是一首真正的优秀作品，表现了作者与海洋的和谐关系，以及祈求幸福、和平的精神愿望。

（三）婉约派作家冰心作品中的海洋

冰心（1900—1999），原名谢婉莹，中国现当代著名诗人、现代作家、翻译家，其一生作品极多，涵盖小说、散文、诗歌等多个方面，虽然作品少有鸿篇巨制，但都是清新隽永的珍品。其作品通常会撷取现实生活中的一个片段或旅途中的一段机缘，并用概括性文字进行阐述，虽无曲折故事和壮举，但体现了极为现实的生活哲理和人生哲理。

> 她是翩翩的乳燕，
>
> 横海飘游，
>
> 月明风紧，
>
> 不敢停留——

[①] 海子著《海子诗集》，北岳文艺出版社 2013 年版，第 82 页。

在她频频回顾的飞翔里

总带着乡愁！

——冰心《往事》①

记否十五之夜，

满月的银光

射在无边的海上。

琴弦徐徐的拨动了，

生涩的不动人的调子，

天风里，

居然引起了无限的凄哀？

——冰心《乡愁》节选②

故乡的海波呵！

你那飞溅的浪花，

从前这样一滴一滴的敲着我的磐石，

现在也怎样一滴一滴的敲着我的心弦。

——冰心《繁星》节选③

　　虽然冰心的海洋诗歌中多数内容是对家庭和故乡的精神依托，其所展现的海洋意象并不够阔达和广博，但作为新文学时期的第一位女作家，其海洋诗歌所展现的海洋情怀极为清丽，情感的表述也更加美妙和柔婉。这种情感和作者本人幽静的性格极为契合，是一种以心抒海的完美写照。

第二节　生命反思下的当代海洋小说

　　五四运动之后，虽然海洋文学得到了极大的发展，但前期的一段时间，海洋小说并未拥有突破和跨越式发展，直到 1978 年改革开放政策推出之后，海洋小说才得以真正成长起来。

---

① 冰心著《冰心精品诗文集 上》，二十一世纪出版社 2019 年版，第 218 页。

② 冰心著《冰心精品诗文集 下》，二十一世纪出版社 2019 年版，第 289~291 页。

③ 冰心著《冰心精品诗文集 下》，二十一世纪出版社 2019 年版，第 260~267 页。

一、改革开放之前海洋小说的发展

在五四运动的推动之下，民国时期乃至中华人民共和国成立的初期阶段，新文学小说的发展并不如新诗文的发展，整个阶段很难寻找到海洋题材的小说，乃至与海洋有直接缘起关系的小说作品中多数涉及海洋的小说作品，海洋仅是其内容的点缀或映衬，甚至海洋未成为这些作品中纯粹的背景。

（一）作家郁达夫和茅盾的有关海洋的小说

这段时期比较有代表性的涉及海洋的小说作品有郁达夫的《沉沦》和茅盾的《子夜》，但其中的海洋属于完全的陪衬和背景。

郁达夫（1896—1945），原名郁文，字达夫，中国现代作家和革命家，是一位为了抗日救国而殉难的爱国主义作家，和郭沫若同为新文学团体元老。其作品《沉沦》类似自传体小说，创作的年代也是中国风雨飘摇、硝烟四起的时期。整部作品并无详细的故事背景，而是通过站在社会高点和时代高点的位置对微小的线索进行引申和延续，更像是一种对国事多难的内心宣泄和呼吁。其中的海洋只是身处异国他乡的情感背景——因为漂洋过海远离故土，又赶上国家战乱，所以在体会到身在异乡的孤独的同时又感到身世飘摇无定，甚至感觉到四周都是嘲讽自己的人。

整部小说的氛围极为凝重，主人公压抑的感情和所处的社会背景令其不得不对内心深处的情感进行掩藏，这种做法不仅隔开了主人公和社会的距离，还令其内心处于一种畸形的情感压迫之中。虽然这是一部极为优秀的心理刻画类小说，但其中的涉海内容微乎其微。

茅盾（1896—1981），原名沈德鸿，字雁冰，中国现代著名作家、文化活动家，因自幼接受新式教育，所以奠定了其成年后走上改革中国文艺的道路。其同样是中国新文化运动的先驱者之一。

茅盾所创作的《子夜》原名《夕阳》，创作于1931年到1932年，是一部30万字左右的长篇小说。小说以上海的海港为背景，将其他地区民生凋零、战乱不断的情况和上海都市化发展的现状进行对比，反讽了整个资本操控之下旧上海的表面繁荣。整部小说中海洋和海港均是陪衬，只是作为衬托上海资本化、都市化发展的背景。虽然警示意味浓重，但该小说并不是纯粹的海洋小说。

（二）海洋作家陆俊超的海洋小说

陆俊超于 1928 年出生在上海一个海员家庭，并自幼随叔父在印度尼西亚、新加坡等地侨居，并在 17 岁时就上船当了海员，具有非常丰富的航海生活经历。

刚当上海员时，他主要是作为外国商船上的水手，和商船上同样生活在社会底层的各国船员同甘共苦。这段经历令陆俊超认识到了海洋的惊险和剥削者的残忍，也令陆俊超拥有了极为深刻且鲜明的海洋意象，为其后来海洋小说的写作奠定了极为扎实的基础。

1946 年，陆俊超离开商船回国，并在当年参加了远洋货轮起义，成了中华人民共和国第一批海员，还在 1960 年成了船长。在 20 世纪 50 年代，陆俊超的文学潜力被激发，创作了多部海洋小说，包括长篇小说《海洋的主人》《幸福的港湾》、中篇小说《九级风暴》《国际友谊号》以及多篇短篇小说。

陆俊超的作品描绘的海洋不再只是背景和陪衬，而是以其自身的生活经历为依托，记述了其海洋生活中经历的种种。这些作品的确令人眼前一亮，但因为时代氛围并未得到广阔的发展。

二、改革开放之后海洋小说的发展

1978 年，改革开放的春风吹拂整个中国，经济发展的同时，思想也开始更加开放。随着不断和世界各国的文化进行交流和融合，中国的海洋文学也开始大跨步前行，出现了一大批具有代表意义的海洋小说作品，其中较具代表性的作家有童恩正、邓刚、宗良煜等。

（一）童恩正小说中的海洋世界

童恩正（1935—1997），考古学家和科幻作家，其在学生阶段就已经开始进行文学创作和科普创作，并在大学毕业后开始在考古学和文学两个领域齐头并进。

童恩正的小说中体现海洋内容的作品主要是《珊瑚岛上的死光》，这是一部科幻短篇小说，创作时间为 1963 年左右，改写于 1978 年。该作品发表之后轰动了全国，并以此为基础拍摄出了中国第一部同名科幻电影。

远处海面上，军舰开始启碇航行，它的身影逐渐消失在水面的雾气之中，可是这致命的光束已经在后面追逐着它，它是无法逃脱毁灭的命运了。

激光的第一次扫射，就把礁湖边上的一排椰子树齐腰斩断，它们哗然一声断裂下来。第二次扫射时，马太的手抖颤了一下，光束接触了海面，于是海水爆裂着，一大片蒸气翻腾而起，遮蔽了月光。最后，马太终于把光束对准了军舰，我先看见光芒一闪，接着就是一声剧烈的爆炸，军舰在浓烟和火焰的包围中下沉了……

马太放开按钮，身子便朝旁边歪倒，我连忙把他扶起，这次复仇已经消耗了他身体中的最后一点精力，他的呼吸愈来愈微弱，脉搏已经难以觉察。月光下，他的脸色惨白得就像一张白纸。他的嘴唇蠕动着，拼命想把充塞心头的千言万语告诉我，告诉一切后来的人。

"我错了！"他缓慢地说，"不把这群鲨鱼消灭，世界上就不可能有正义，不可能有和平……"他还想说下去，可是死亡已经来临。我看见他的头一下子低垂到了胸前……半个月中，这是死在我面前的第二个科学家！
……

——童恩正《珊瑚岛上的死光》节选 [①]

《珊瑚岛上的死光》整部故事演绎的是科学家群体与邪恶利益集团进行殊死斗争的内容。虽然以现今的眼光来看，这部小说的情节较为简单，但在当时的社会背景之下，中国现代科幻故事尚未得到发展，此部极具想象力的作品一经发表就得到了广泛关注和认可。该小说是一部以海洋为题材的文学作品，但整体而言，其内容对海洋的关注并不多，而是以阶级斗争、正义与邪恶的较量为表现主旨。

（二）邓刚笔下的海洋世界

邓刚出生于1945年，其自幼就爱好文学，但其文学创作道路极为坎坷。他曾为了生活下海做海碰子以谋生，这为其后来的海洋小说的创作，提供了广泛的素材。

"海碰子"是辽东一带的方言，指的是海边的捕捞高手，其身怀绝技，能够在不借助任何供氧设备的条件下潜入海底进行捕捞。

邓刚这种经历为其创作海洋小说提供了绝佳的素材，其最具代表性的作

[①] 四川省作家协会主编《四川文学60年精品选 第3卷》，四川文艺出版社2009年版，第82~94页。

品就是 1983 年创作完成的中篇小说《迷人的海》。虽然此篇海洋小说有模仿《老人与海》的痕迹，但其题材新颖，融合了作者的亲身经历和感悟，因此可以称得上是海洋文学中里程碑式作品。

　　春天的海参瘦，割三分刀口放肠子，秋天的海参肥，割的刀口要大一些，所以说"春三秋四"。小海碰子却不懂其中道理，只是胡乱地用刀在海参屁股上一剐完事。这刀口大小很重要，弄不好，不仅肠子放不干净，而且制出的海参干也外形难看。老海碰子看小海碰子胡乱地割，惋惜那堆肥大的海参。这可是力气换来的！于是他忍不住，便喝道："春三秋四，刀口再大些！"有时，海参化得稀溜溜的发滑，小海碰子抓来捏去拿不住，没法下刀，干瞪两眼着急。这时老海碰子便又喝道："使劲摔几下！"小海碰子便把海参朝石板上摔去，果然，没几下，那海参变戏法似的变得登登硬了。小海碰子便朝老海碰子感激地笑了，老海碰子却早把脸板着转向一边，根本不理会。心下当然得意极了，因为他那呵斥式的帮助，本意是显示自己的高强。

　　…………

　　老海碰子在旁边看得清楚，他小心地摸过去，一猛子扎进鳝鱼，把所有的力量都运到攥着鱼叉的手臂上，等到挨近鳝鱼的跟前时，出其不意，猛地一叉下去。那狼牙鳝欲发怒为时已晚，锋利的钢刀早已刺透它的脖子，把它紧紧按在沙地上。但狼牙鳝并不认输，它疯狂地卷动一阵，尖削的尾巴打得泥沙翻腾，老海碰子尽力憋住气，死按着鱼叉不动，但等那鳝鱼缠他。果然，狼牙鳝那蛇一样的身子顺着鱼叉一直狠狠地缠到他的胳膊上，而那鱼头也强力地扭过来咬老海碰子的手，因脖子被鱼叉扳住，咬不着，更凶了，张着嘴，咯嚓咯嚓地咬起鱼叉来。这时，老海碰子就势托起这条凶狠的鳝鱼，腾跃而起，浮出水面。他哗哗地跺着水，擎鱼的手高高举着，另一只手抽出鱼刀，用刀背朝鱼头猛击几下，那狼牙鳝才慢慢耷拉下脑袋。

　　　　　　　　　　　　　　　　　　——邓刚《迷人的海》节选[1]

　　《迷人的海》主要讲述的是一老一小两个海碰子在海洋中并肩战斗、互助成长的故事。其结构虽然借鉴了《老人与海》的师徒模式，但内容更加精

---

[1] 梁鸿鹰主编《新中国 70 年优秀文学作品文库　中篇小说卷　第 2 卷》，中国言实出版社 2019 年版，第 720~743 页。

巧细腻，尤其是引人入胜的景象描绘带给人一种身临其境的感觉。

上述节选的内容只是其中一小部分。前段是老海碰子以呵斥的方式向小海碰子传授经验的情节，不但塑造了个性鲜明的角色，而且其描绘方式有一种陌生的美感，这是以海洋为生存场景的汉子表达自身情感的独特方式，虽方式陌生，但感情真实而质朴。后段则是老海碰子看到小海碰子遭遇危险之后不发一声却行之有效地解决问题的表现，描绘了老海碰子丰富的经验和精湛的技艺。

邓刚的笔下不仅描绘了个性鲜明、坚毅而果敢的海碰子形象，完美体现了海碰子面对海洋时的拼搏和坚韧，还通过其他视角描绘了海洋的其他景象。比如，《金色的海浪在跃动》描绘了一个柔韧且顽强的渔家女。又如，《芦花虾》描绘了一个原本柔弱的女学生在海洋的洗礼之下，成为敢于搏斗并主动掌握命运的强者。

第三节　溯根探源的海洋散文及航海文学

五四运动之后，海洋文学的发展方向主要是白话文学，除前面提到的自由海洋诗文和海洋白话小说外，还有部分海洋散文与航海文学颇具代表性。最初，为了区别韵文和骈文，就将不押韵也不重排偶的散体文章统称为散文。后来，散文泛指诗歌以外的所有文学体裁。如今，散文的概念已经从广义向狭义转变多次，其指的是一种与诗歌、小说、戏剧等并行的文学体裁。

一、冰心和余光中海恋情结下的涉海散文

现当代有很多作品涉海的作家，他们的作品均具有极深的海恋情结，其中较具代表性的是冰心和余光中。

（一）冰心的海恋情结

冰心虽然不是海洋文学题材最早的尝试者，但其作品与海洋的关系最为紧密。冰心的父亲是一位海军军官，曾参加过甲午海战，加上冰心自幼于海边长大，后来更是多次在沿海城市生活游历，因此其自身拥有极深的海恋情结，这一点从她很多散文中就能够体现出来。

我童年活动的舞台上，从不更换布景……

在清晨我看见金盆似的朝日，从深黑色、浅灰色、鱼肚白色的云层里，忽然涌了上来，这时太空轰鸣，浓金泼满了海面，染透了诸天……

在黄昏我看见银盘似的月亮颤巍巍地捧出了水平，海面变成一层层一道道的由浓黑而银灰渐渐地漾成光明闪烁的一片……

这个舞台，绝顶静寂，无边辽阔，我既是演员，又是剧作者。我虽然单身独自，我却感到无限的欢畅与自由。

——冰心《海恋》节选①

从这一天起，大海就在我的思想感情上占了一个极其重要的位置。我常常心里想着它，嘴里谈着它，笔下写着它；尤其是三年前的十几年里，当我忧从中来，无可告语的时候，我一想到大海，我的心胸就开阔了起来，宁静了下去！

——冰心《我的童年》节选②

我自少住在海滨，却没有看见过海平如镜。这次出了吴淞口，一天的航程，一望无际尽是粼粼的微波。凉风习习，舟如在冰上行。到过了高丽界，海水竟似湖光。蓝极绿极，凝成一片。

斜阳的金光，长蛇般自天边直接到阑旁人立处。上自穹苍，下至船前的水，自浅红至于深翠，幻成几十色，一层层，一片片的漾开了来。……小朋友，恨我不能画，文字竟是世界上最无用的东西，写不出这空灵的妙景！

——冰心《寄小读者·通讯七》节选③

父亲说："和人群大陆隔绝，是怎样的一种牺牲，这情绪，我们航海人真是透彻中边的了！"言次，他微叹。

我连忙说："否，这在我并不是牺牲！我晚上举着火炬，登上天梯，我觉得有无上的倨傲与光荣。几多好男子，轻侮别离，弄潮破浪，狎习了海上的腥风，驱使着如意的桅帆，自以为不可一世，而在狂飙浓雾，海水山立之顷，他们却蹙眉低首，捧盘屏息，凝注着这一点高悬闪烁的光明！这一点是警觉，是慰安，是导引，然而这一点是由我燃着！"

父亲沉静的眼光中，似乎忽忽的起了回忆。

晴明之日，海不扬波，我抱膝沙上，悠然看潮落星生。风雨之日，我倚窗观涛，听浪花怒撼崖石。我闭门读书，以海洋为师，以星月为友，这一切

---

① 陈恕编《文学精读 冰心》，浙江人民出版社 2018 年版，第 169 页。
② 冰心著《冰心精品诗文集 下》，二十一世纪出版社 2019 年版，第 11~16 页。
③ 冰心著《冰心精品诗文集 上》，二十一世纪出版社 2019 年版，第 264~268 页。

都是不变与永久。

——冰心《往事（二）》节选①

冰心的散文中描绘的海洋世界并不像通常海洋作品中描绘的那么热烈奔放，而是更加沉静婉约，体现出了女性温柔，这种写作风格推动了海洋文学的丰富和完善。

从冰心的作品之中能够明显感受到她是极为海化的人，而且是从内心之中海化，并在字里行间将这种海化展现得淋漓尽致。

（二）余光中的海恋情结

余光中生于江苏，常以江南人自命；而抗日战争阶段，余光中在四川读书，并长居四川数年，因此他又自觉是蜀人。他一生中曾多次涉海，因此其诗歌和散文之中常有海恋情结表现。

无论文明如何进步，迄今人类仍然只能安于陆栖，除了少数科学家之外，面对大海，我们仍然像古人一样，只能徒然叹其复辽，美其博大，却无法学鱼类的摇鳍摆尾，深入湛蓝，去探海若的宝藏，更无缘迎风振翅，学海鸥的逐波巡浪。退而求其次，望洋兴叹也不失为一种安慰：不能入乎其中，又不能凌乎其上，那么，能观乎其旁也不错了。虽然世界上水多陆少，真能住在海边的人毕竟不多。就算住在水城港市的人也不见得就能举头见海，所以在高雄这样的城市，一到黄昏，西子湾头的石栏杆上，就倚满了坐满了看海的人。对于那一片汪洋而言，目光再犀利的人也不过是近视，但是望海的兴趣不因此稍减。全世界的码头、沙滩、岩岸，都是如此。

…………

我这一生，不但与山投机，而且与海有缘，造化待我也可谓不薄了。我的少年时代，达七年之久在四川度过，住的地方在铁轨、公路、电话线以外，虽非桃源，也几乎是世外了。白居易的诗句"蜀江水碧蜀山青"，七个字里容得下我当时的整个世界。蜀中天地是我梦里的青山，也是我记忆深处的"腹地"。没有那七年的山影，我的"自然教育"就失去了根基。当时那少年的心情却向往海洋，每次翻开地图，一看到海岸线就感到兴奋，更不论群岛与列屿。

---

① 冰心著《冰心精品诗文集 上》，二十一世纪出版社 2019 年版，第 218~240 页。

···········

　　那水蓝的世界，自给自足，宏美博大而又起伏不休，每一次意外地出现，都令人猛吸一口气，一惊，一喜，若有天启，却又说不出究竟。

···········

　　站在甲板上或倚着船舷看海，空阔无碍，四周的风景伸展成一幅无始无终的宏观壁画，却又比壁画更加壮丽、生动，云飞浪涌，顷刻间变化无休。海上看晚霞夕烧全部的历程，等于用颜色来写的抽象史诗。至于日月双球，升落相追，更令人怀疑有一只手在天外抛接。而无论有风或无风，迎面而来的海气，总是全世界最清纯可口的空气吧。海水咸腥的气味，被风浪抛起，会令人莫名其妙地兴奋。机房深处沿着全船筋骨传来的共振，也有点催眠的作用。而其实，船行波上，不论是左右摆动，或者是前后起伏，本身就是一只具体而巨的摇篮。

···········

　　造化无私而山水有情，生命里注定有海。

——余光中《海缘》节选①

　　此处节选的是余光中于 1986 年创作的散文《海缘》，其通篇描绘了作者与海洋的情缘，字里行间无不抒发着作者对海洋的眷恋和喜爱。在作者的眼中，海洋是孕育生命的摇篮，更是容纳历代文人对海洋情感的载体。在海洋之上航行，感受到的不仅是海洋自身的意象和意境，更能够触摸到历代文人对海洋的感情。

二、宗良煜的探海之作

　　宗良煜（1957—2006），中国改革开放后著名海洋作家，其一生创作达600 万字以上。其处女作《海外孤星》于 1982 年发表，描绘的就是置身于孤独无边的海外岛屿观赏海洋各种景象的情景。

（一）宗良煜纯粹的涉海作品

　　宗良煜曾在青岛远洋运输公司做过 5 年海员，这种经历令作者拥有了极为独特的海洋阅历，因此其创作的作品多数取材于海洋生活。而且其创作的多数涉海作品均是以现代人的意识去观察和理解海洋，不仅对海洋的底蕴和

---

① 余光中著《世故的尽头　天真的起点》，北京联合出版公司 2019 年版，第 91~110 页。

内涵进行了独特深入的分析，更融合了海洋的优美景象和风暴险恶，在此烘托之下的人性更加饱满，包括人的善良、柔情、凶恶等，在壮丽的海洋衬托下均显得极为无力而平淡，给人一种深入剖析人性和灵魂内涵的洞察感。

其创作的多数作品都是体现海洋生活的内容和题材，且在长篇小说、中篇小说、短篇小说等多个领域有所建树。其1986年出版的长篇小说《与魔鬼同航》是中国第一部反映中国海员劳务输出生活的小说，也是中国文学领域首次涉猎该题材；其1991年出版的短篇小说集《蓝色的心》以全面、深刻的手法刻画了中国20世纪80年代海员的精神风貌和海洋情感；其1995年出版的长篇小说《红色舰队》是中国第一部海洋战争模拟小说，描绘了以海洋为背景的未来战争场景。

（二）宗良煜作品中的海洋世界

宗良煜的作品中有大量有关海洋航行的题材，他通过极为艺术化的语言对海洋之上瑰丽的异域风光进行了详细阐述，而且其笔下的海洋融合着作者自身的心灵历程，因此其创作的涉海人物均极为鲜明饱满。

其处女作《海外孤星》描述的是一位中国远洋海员的赤子之心，虽然远洋海员之中凝聚了各个民族、不同国度的海员，但异域的生活并未改变主角赤诚的爱国之心，这源自他对祖国和新生活的欣喜、热爱，也正是这种发自内心的感动和幸福打动了无数读者。

其作品《驶过好望角》中描绘了海外令人震撼又好奇的异域风光，如硕大的巨轮、船头之上的夏日夕阳、远望宛若仙境的青山、来回穿梭的游艇等，不仅提高了民众对海外异域景象的了解，更加强了民众的海洋意识。

其所作《与魔鬼同航》描绘了详尽的异域风情，在瑰丽的景象背后展现了一代代海员航海生活的艰辛和惊险。作者用极为平和的语言展现出了海员并未表达和显露过的心境，也令民众对海员的生活有了更深层次的认知。

其1995年创作的《红色舰队》以科幻手法描绘了作者对未来海洋战争的畅想，以下截取了小说的部分内容进行展示。

许多像上帝一样高瞻远瞩的人在这场战争结束后，眼盯着南太平洋蓝天一样滢滢平展的海水，愕然它的颜色缘何还是那么纯净，似乎创世纪以来这儿就只有一代又一代的鱼群游过，人类的足迹从未划下任何痕迹，包括人类苦心创造并苦心经营的那些威风凛凛的战舰。

⋯⋯⋯⋯⋯

海鸥和军舰鸟分别列队结群，从远远的马克萨斯群岛依然原始的峡谷中飞来，毫无战争意识地绕着巨大无比的"海王"号盘旋，以为它也像那些远洋商船一样能够供给它们充足的美食；几只胆子更大经验更丰富的海鸥，竟然在甲板上整齐排列的战斗飞机肚皮底下贴着那些可怕的导弹穿梭翻飞……

…………

那些报刊的纸页已是发黄衰老了，电脑信息也显得笨拙陈旧，但它们所记载的某些消息，直到 2010 年的今天才在人们的心目占据了合适的位置。

一时间，整个地球都在感叹。

这些令下世纪初整个世界感叹的信息，当时在大多数人的眼里远没有美国世界贸易中心大厦被炸、日本发生了地铁毒倒众人事件、俄罗斯发生大地震、中国经济飞速发展、刚刚结束不久的海湾战争和连绵不息的波黑战争的消息更具吸引力。当然，从某种角度来说，它的价值还是存在的，至少那些颇有影响的军事刊物肯多给它些版面。比如美国的《防务周刊》1995 年 2 月 8 日就在比较重要的位置上，很是权威性地刊登了这个信息。它的题目似乎也很能招惹人们的视线——《中国在模拟战争中击败美国》。

——宗良煜《红色舰队》节选①

《红色舰队》属于一部硬科幻小说，以小说创作时的 1995 年为轴线，将时间向后延伸了 15 年，描绘了 2010 年中美所进行的以海洋为背景的战争，具有极强的思想性和艺术性。

宗良煜通过多彩的文学画笔描绘了丰富、新奇的航海故事，在为民众描绘了一幅充满海洋气息的航海画卷的同时，通过对海洋景象的种种对比来展示作者极为完善的海洋意识，能够给人一种警醒和感悟。

在中国悠悠数千年的历史之中，海洋文学始终贯穿其中。随着时代的推移，海洋文学虽历经数千年时光后短暂陷入了颓废状态，但在新文学思想的推动下，再次涅槃重生。笔者相信随着 21 世纪中国经济、科技、文化等全方位发展，海洋文学必然会掀起新的发展浪潮。

---

① 宗良煜著《红色舰队 2010 年中美海军大决战》，农村读物出版社 1995 年版，第 55~160 页。

参考文献

[1] 毕旭玲．古代上海：海洋文学与海洋社会——古代上海海洋社会发展史研究 [M].上海：上海社会科学院出版社，2014.

[2] 滕新贤．沧海钩沉：中国古代海洋文学研究 [M].上海：上海三联书店，2018.

[3] 倪浓水．中国海洋文学十六讲（修订版）[M].北京：海洋出版社，2017.

[4] 张放．海洋文学简史 从内陆心态出发 [M].成都：巴蜀书社，2015.

[5] 王爱红．生命叙事的三重奏——中国新文学中的乡土海洋及女性书写研究 [M].天津：天津人民出版社，2019.

[6] 张帆．桅影风骚——海洋文学与海洋艺术 [M].北京：海潮出版社，2012.

[7] 赵君尧．天问·惊世 中国古代海洋文学 [M].北京：海洋出版社，2009.

[8] 朱自强．最值得珍藏的海洋文化丛书 海洋文学 珍藏版 [M].青岛：中国海洋大学出版社，2012.

[9] 柴丽红．论中国现当代海洋诗中的海洋意识 [D].济南：山东大学，2013.

[10] 王丽华．隋唐海洋文学研究 [D].南京：南京师范大学，2012.

[11] 彭松．中国现代文学中的海洋意识 [J].贵州社会科学，2013（1）：40-45.

[12] 宋文娟．中国海洋文学研究概貌与趋向 [J].语文学刊，2012（22）：40-41，53.

[13] 毛睿．论明清海洋小说中的取宝主题 [J].文教资料，2011（36）：40-42.

[14] 柳和勇．中国海洋文学历史发展简论 [J].浙江海洋学院学报（人文科学版），2010（2）：1-7.

[15] 张如安，钱张帆．中国古代海洋文学导论 [J].宁波服装职业技术学院学报，2002（2）：47-53.

[16] 王庆云．中国古代海洋文学历史发展的轨迹 [J].青岛海洋大学学报（社会科学版），1999（4）：75-82.

[17] 王凌，黄平生．中国古代海洋文学初探 [J].福建论坛（文史哲版），1992（3）：

41-46.

[18] 叶澜涛.中国当代文学的海洋意象嬗变 [J].当代文坛，2021（3）：179-184.

[19] 徐勇."海洋文明与中国文学"笔谈 [J].创作评谭，2021（3）：57.

[20] 宁波，韩露月.钩沉中国古代海洋文学的滥觞之作——《沧海钩沉：中国古代海洋文学研究》述评 [J].文化学刊，2020（10）：251-254.

[21] 李清源.大陆命题下的海洋书写——中国古代"海洋文学"刍议（上）[J].南腔北调，2020（9）：66-78.

[22] 李清源.大陆命题下的海洋书写——中国古代"海洋文学"刍议（下）[J].南腔北调，2020（10）：2-21.

[23] 张慧琼.明代抗倭诗的海洋文学特色 [J].中州学刊，2020（7）：148-153.

[24] 孔令媛，尹周红，秦敏.中国古代海洋文学中的人海关系探究及现实启示 [J].名作欣赏，2020（17）：99-100.

[25] 方群.中国古代涉海小说叙事流变 [J].湖南工业大学学报（社会科学版），2019（6）：64-70.

[26] 贾小瑞.被遮蔽的中国现代海洋文学初探 [J].鲁东大学学报（哲学社会科学版），2018（5）：63-70.

[27] 张平.从边缘到活力——中国古代海洋文学研究的拓新之路 [J].广东海洋大学学报，2017（2）：78-83.

[28] 张迪.中国海洋旅游的演进历程及其启示 [J].城市地理，2017（4）：268-269.

[29] 滕新贤.中英海洋文学的传统特征及发展趋势比较研究 [J].安徽文学（下半月），2015（3）：38-39.